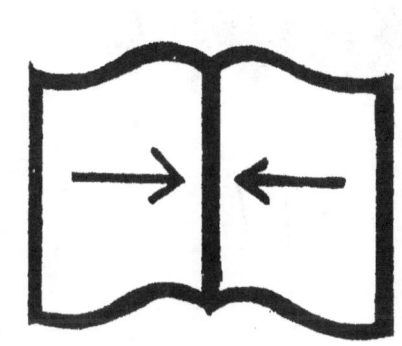

RELIURE SERREE
Absence de marges
intérieures

Début d'une série de documents
en couleur

ALABLE POUR TOUT OU PARTIE
U DOCUMENT REPRODUIT

LERMONTOFF

26011

Un Héros
de notre temps

LE DÉMON

Traduit du russe, par A. de VILLAMARIE

— DEUXIÈME ÉDITION —

PARIS. — Ier

P.-V. STOCK, ÉDITEUR
(Ancienne Librairie TRESSE & STOCK)
27, RUE DE RICHELIEU, 27

1904

BIBLIOTHÈQUE COSMOPOLITE

Fin d'une série de documents
en couleur

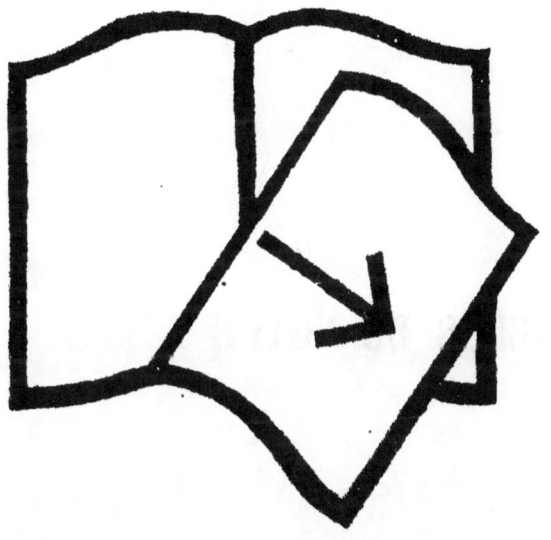

Couverture inférieure manquante

UN

HÉROS DE NOTRE TEMPS

ÉMILE COLIN — IMPRIMERIE DE LAGNY

BIBLIOTHÈQUE COSMOPOLITE — N° 13

LERMONTOFF

UN

HÉROS DE NOTRE TEMPS

RÉCITS

BÉLA. — MAXIME MAXIMITCH.
TAMAN. — LA PRINCESSE MARIE. — LE FATALISTE.

LE DÉMON

POÈME ORIENTAL

Traduit du Russe par A. de VILLAMARIE

— DEUXIÈME ÉDITION —

PARIS. — Iᵉʳ

P.-V. STOCK, ÉDITEUR

(Ancienne Librairie TRESSE & STOCK)

27, RUE DE RICHELIEU, 27

1904

AVANT-PROPOS

En France nous connaissons peu la Russie ; c'est-à-dire l'esprit de la nation, ses mœurs, son caractère et surtout sa littérature; or, c'est là le miroir dans lequel se reflète un peuple entier et dans lequel on peut apprendre quel rang il a déjà conquis dans la civilisation moderne, ou de quel pas il marche vers le progrès.

Des steppes immenses et glacés, des Cosaques à la mine sauvage, voilà géographiquement et historiquement sous quel aspect la plupart d'entre nous se représentent la Russie. Et cependant, il y a dans cet immense empire un grand peuple; grand surtout, par le développement littéraire qui s'est manifesté chez lui depuis le commencement de ce siècle.

Je sais qu'on peut regretter, pour ce pays,

DEBUT DE PAGINATION

le manque de ces institutions libérales, si né-
cessaires au mouvement intellectuel d'une na-
tion; mais la Russie marche dans cette voie
d'un pas ferme et certain. L'abolition du ser-
vage, œuvre éminemment chrétienne et digne
du XIX° siècle, n'a été que le prélude d'une
grande révolution sociale, qui s'accomplit len-
tement et fatalement, malgré les excès de
quelques fanatiques impatients d'arriver au
but. Leurs violences appellent les violences du
Pouvoir et ne font qu'éloigner pour ce peuple,
le moment où il pourra jouir des avantages
sérieux d'une liberté progressive, modérée par
l'ordre, mais toujours amie du perfectionne-
ment social.

Parmi les écrivains nombreux qui ont illus-
tré la littérature russe pendant la première
moitié de notre siècle, un surtout est parti-
culièrement sympathique, autant par l'éléva-
tion que par la précocité de son génie, et
cette sorte de fatalité dont sa vie si courte est
empreinte.

C'est Lermontoff, né en 1814, mort à la suite
d'un duel en 1841. Coïncidence étrange et dou-
loureuse, que deux des plus grands poètes de la

Russie, Pouchkine et Lermontoff, soient tombés dans une rencontre !

Ce que cet épouvantable malheur a ravi à la Russie et aux lettres, qui le saura jamais ! Lorsqu'on parcourt les œuvres de ce poète, mort à 26 ans, on ne peut s'empêcher d'être affligé en songeant au monument qu'il eût, sans nul doute, élevé durant une longue vie.

Lermontoff écrivait déjà à douze ans, et le charme de ses compositions aurait pu lui valoir, comme à Victor Hugo, le titre d'enfant prodige. Orphelin dès son bas âge, il fut élevé par sa grand'mère et reçut cette instruction distinguée et complète qu'on s'applique à donner aux jeunes gens de famille en Russie. L'étude des langues anciennes, celle des langues vivantes surtout, l'histoire, la philosophie, les mathématiques, toutes ces différentes branches de l'instruction furent abordées avec des succès rares par le jeune Lermontoff, que l'on destinait à la carrière militaire. Dans ce pays où les privilèges de castes sont encore vivants, la carrière militaire est celle qu'embrassent de préférence les jeunes gens de famille noble.

Lermontoff était petit, avait l'air gauche, les yeux rouges et les pieds assez mal tournés. Il était cependant fort vaniteur, jaloux surtout des succès mondains de ses camarades et il ne pouvait leur pardonner de réussir mieux que lui, se sentant une certaine supériorité intellectuelle; aussi son caractère était-il empreint des inconvénients de ce travers : une susceptibilité outrée, une humeur railleuse et sarcastique devaient lui attirer les querelles et les duels dont le résultat lui fut si fatal.

Il servit d'abord aux porte-enseigne, puis aux hussards de la garde où il mena une vie fort dissipée et composa des poésies érotiques qui, par leur verve et leur facilité, séduisirent tous ceux qui les lurent. Un duel qu'il eut avec M. de B...., à la suite d'une querelle insignifiante, lui valut son envoi au Caucase, pays où il avait passé une grande partie de sa jeunesse et pour lequel il eut toujours une prédilection marquée. C'est là qu'à dix ans, il s'était épris d'une jeune fille dont le souvenir resta toujours gravé profondément dans son âme : il assurait à vingt-cinq ans qu'il n'avait réellement aimé que cette fois. C'est en écoutant les récits naïfs, pleins d'images et de fantaisie orientale des habitants de ces hautes montagnes, que son génie s'inspira et acquit cette élévation qui le plaça, au niveau des grands poètes.

Aussi ce sont presque toujours ces cimes couvertes de neiges éternelles et les riantes plaines de la Géorgie qu'il choisit pour théâtre de ses fictions ou qu'il chante en vers dignes de cette nature imposante.

Lermontoff a toutes les qualités d'un grand poète : imagination riche et ardente, langage toujours élevé et plein de cette couleur qui est le vêtement obligé des plus belles idées poétiques. Sans avoir le scepticisme de Byron, dont il affectionnait la lecture, il est plus tendre et plus aimant que lui et ne lui cède jamais en passion et en énergie. Amant enthousiaste de la nature, il sait en dérouler les magiques tableaux comme un habile enchanteur ; et, qu'il dise un simple récit, ou que sa pensée s'élève dans la plus haute région de la philosophie, il reste toujours un des maîtres de la littérature contemporaine.

Le démon et les récits que nous donnons ici sous le titre de : UN HÉROS DE NOTRE TEMPS sont, en vers et en prose, ses œuvres les plus remarquables, celles où son génie s'est montré sous ses faces les plus diverses et les plus attrayantes, et qui peuvent donner plus particulièrement la mesure de son talent.

Les œuvres de Lermontoff n'ont été publiées qu'après sa mort. Leur réunion en recueil et leur publication sont dues aux soins pieux d'un ami qui ne voulait pas que le pays fût privé de ces chefs-d'œuvre.

Bien qu'une traduction ne soit jamais que la pâle copie d'une œuvre, comme la gravure qui ne donne jamais qu'une faible idée de la composition d'un grand peintre, nous avons cru néanmoins qu'il plairait à tous ceux qui s'intéressent à la littérature étrangère de parcourir une de ses plus belles productions.

PRÉFACE DE L'AUTEUR

———

Dans tout livre, la préface est ordinairement la première chose et en même temps la dernière. Elle sert ou à indiquer le but de l'ouvrage, ou à le justifier et à répondre par avance à la critique. Mais on aurait tort de croire que j'écris celle-ci dans l'intérêt moral des lecteurs ou contre les attaques des critiques de journaux : ni les uns ni les autres ne la liront. Et je regrette qu'il en soit ainsi, surtout dans notre pays où le public est encore si primitif, si ingénu, qu'il ne comprend pas les fables, si, à la fin, il n'y trouve une moralité. Il ne devine pas la plaisanterie et ne saisit pas l'ironie ; il est simple et grossièrement élevé : il ne sait pas encore que dans le monde comme il faut, et dans un livre de bon ton, une discussion violente ne peut avoir lieu d'une manière trop apparente ; il ignore que la civilisation actuelle a découvert des armes plus fines, presque invisibles, et non moins sûres, qui, sous le couvert de la flatterie, vous portent des coups mortels et inévitables.

Notre public ressemble à un paysan qui entendant causer deux diplomates, appartenant à des

cours ennemies, resterait persuadé que chacun
d'eux trompe son gouvernement, dans l'intérêt
d'une douce et réciproque amitié.

Ce livre m'a valu d'essuyer naguère les ennuis
de la malheureuse crédulité des lecteurs et des
journaux, et ceci, dans le sens littéral du mot.
Ainsi les uns se sont tenus pour offensés sérieusement, en croyant se reconnaître dans ce type inex-
cusable que j'ai appelé : *Un héros de notre temps.*
D'autres ont fait remarquer avec beaucoup de mali-
gnité que l'auteur avait dû peindre son propre
portrait et celui de ses connaissances. Vieille et
misérable idée !

La Russie est ainsi faite, que de pareilles absurdités peuvent s'y propager facilement. Le plus
fantastique des contes a chez nous bien de la peine
à se soustraire au reproche d'attaques dirigées
contre quelque individualité.

Le héros de notre temps, mes très chers lecteurs,
est réellement un portrait, mais non celui d'un
seul individu. Ce portrait a été composé avec tous
les vices de notre génération, vices en pleine éclosion. A cela vous me répondrez qu'un homme ne
peut être aussi méchant : mon Dieu ! si vous croyez
à la possibilité de l'existence de tous les scélérats
de tragédie et de romans, pourquoi ne croiriez-vous
pas que Petchorin ait pu être ce qu'il est dans ce
livre ? Si vous avez aimé des fictions beaucoup
plus effrayantes et plus difformes, pourquoi ce
caractère ne trouverait-il pas grâce auprès de vous
comme toute autre fiction ?

C'est que, peut-être, il se rapproche de la vérité plus que vous ne le désirez.

Il est vrai que cette justification n'est ni complète ni victorieuse ; mais permettez : pas mal d'hommes ont passé leur temps à se nourrir de douceurs et leur estomac s'est gâté ; il leur faut maintenant la médecine amère des vérités piquantes. N'allez pas cependant croire, après cela, que l'auteur de ce livre ait fait le rêve orgueilleux de s'établir en redresseur de l'humanité vicieuse : Dieu le préserve d'une pareille sottise! non, il lui a paru tout simple et amusant de dépeindre un homme de notre époque comme il l'entendait et comme, pour notre malheur commun, il l'a trop souvent rencontré; il suit de tout cela que la maladie est indiquée, mais comment la guérir? Dieu seul le sait.

BÉLA

Je partis de Tiflis en voiture de poste ; tout mon bagage se composait d'un seul petit porte-manteau, à moitié rempli de mes écrits sur mes excursions en Géorgie. Par bonheur pour vous, ami lecteur, une grande partie de ces écrits fut perdue, mais la valise qui contenait les autres objets, par bonheur pour moi, resta tout entière.

Déjà le soleil commençait à se cacher derrière les cimes neigeuses, lorsque j'entrai dans la vallée de Koïchaoursk. Le conducteur circassien fouettait infatigablement ses chevaux, afin de pouvoir gravir avant la nuit la montagne, et à pleine gorge, chantait ses chansons. Lieu charmant que cette vallée !..... de tout côté des monts inacessibles ; des rochers rougeâtres d'où pendent des lierres verts et couronnés de nom-

breux platanes d'orient; des crevasses jaunes
tracées et creusées par les eaux et puis plus
haut, bien haut, la frange ~~argentée~~ des neiges ;
en bas l'Arachva qui mêle ses eaux à un autre
ruisseau sans nom, et qui, se précipitant avec
bruit, d'une gorge profonde et obscure, se
déroule comme un fil d'argent et brille comme
un serpent couvert d'écailles.

En approchant du pied de la montagne de
Koïchaoursk, nous nous arrêtâmes auprès d'une
cabane. Là étaient rassemblés une vingtaine de
Géorgiens et de montagnards. A proximité une
caravane de chameliers s'était arrêtée pour passer la nuit; nous étions en automne et il y avait
du verglas, aussi fus-je obligé de louer des
bœufs pour traîner ma voiture jusqu'au haut
de cette montagne, qui est à environ deux verstes
de la vallée.

Comme je n'avais que ce parti à prendre, je
louai six bœufs et quelques hommes du pays.
L'un de ces derniers plaça ma valise sur ses
épaules et les autres se mirent à aider les
bœufs, en poussant ensemble un grand cri.

Derrière ma voiture, quatre bœufs en traînaient une autre aussi facilement que si ce n'eût

été rien pour eux ; elle était cependant chargée
jusqu'en haut. Cette circonstance m'étonna.
Son maître la suivait, en fumant une pipe
de Kabarda montée en argent. Il portait
une tunique d'officier sans épaulettes et un
chapeau fourré de Circassien. On lui aurait
donné cinquante ans : son teint basané indiquait
qu'il avait fait depuis longtemps connaissance
avec le soleil du Caucase, et ses moustaches,
blanchies avant l'âge, ne répondaient point à son
allure vigoureuse et à son air dégagé. Je m'approchai de lui et le saluai ; il répondit en silence
à mon salut et lança une grande bouffée de tabac.

— Il me semble que nous suivons le même
chemin ? lui dis-je.

Il me salua de nouveau en silence.

— Vous allez probablement à Stavropol ? continuai-je.

— C'est cela, précisément..... avec une mission de la Couronne.

— Dites-moi, je vous prie, comment il se fait
que ces quatre bœufs traînent si facilement ce
lourd chariot, tandis que six autres, aidés de
ces hommes, peuvent à peine tirer le mien, qui
est vide ?

Il sourit avec un air malin et me dit, en me regardant d'une manière significative :

— Vous êtes probablement depuis peu au Caucase?

— Il y a environ un an.

Il sourit une deuxième fois.

— Eh bien, que voulez-vous dire ?

— Ah voilà! ces Orientaux voyez-vous, sont *d'affreuses* canailles ! vous croyez qu'ils excitent leurs animaux, parce qu'ils crient? mais qui diable comprend ce qu'ils disent? Si ! les bœufs. Vous auriez beau en atteler vingt, quand ils poussent leurs cris, les bœufs ne bougent pas de place. Ce sont de terribles filous ! Et que peut-on espérer d'eux ? Ils n'aiment que l'argent qu'ils arrachent au voyageur : on les a gâtés ces voleurs ! vous verrez qu'ils vous demanderont encore un pourboire. Moi, je les connais bien et ils ne me trompent plus.

— Est-ce qu'il y a longtemps que vous servez ici ?

— Oui ! j'ai déjà servi ici sous Alexis Petrovitch, répondit-il en s'inclinant: lorsqu'il vint prendre le commandement, j'étais sous-lieutenant, et sous ses ordres, je reçus deux grades dans nos affaires contre les montagnards.

— Et maintenant vous êtes?

— Maintenant j'appartiens au 3e bataillon de ligne.

Et vous ! peut-on vous demander?

Je déclinai mon nom et ma position.

La conversation finit à ces paroles et nous continuâmes de marcher en silence, l'un près de l'autre. Au sommet de la montagne, nous trouvâmes de la neige. Le soleil se cacha et la nuit succéda au jour, sans intervalle, comme cela arrive habituellement dans le Midi. Grâce aux traces marquées sur la neige, nous pûmes aisément distinguer le chemin, qui allait toujours en montant. Comme il n'était plus aussi raide, j'ordonnai de placer ma valise dans la voiture, de remplacer les bœufs par des chevaux, et une dernière fois, je plongeai mon regard dans la vallée. Un brouillard épais montait comme un flot du fond du défilé et le voilait entièrement. Pas le moindre bruit ne parvenait à notre oreille. Les Circassiens m'entourèrent en faisant grand tapage et me demandèrent un pourboire. Mais le

capitaine les apostropha si durement qu'ils
s'enfuirent en un instant.

— Voyez quel peuple ! me dit-il : ils ne savent
pas demander du pain en Russe , mais par
exemple ils ont appris à dire : seigneur l'officier
donne-moi un pourboire; selon moi les Tartares
valent mieux, ils ne boivent pas.

Il restait encore une verste à parcourir avant
d'arriver au relais. Autour de nous, tout était
calme, si calme, que par le murmure des moucherons on aurait pu suivre leur vol ; à gauche se
trouvait un précipice sombre ; derrière ce précipice et devant nous, les crêtes des montagnes,
d'un bleu foncé, sillonnées par de grandes ra-
vines et couvertes de neige, se dessinaient sur
un horizon pâle, gardant encore les derniers
reflets du crépuscule. Dans le ciel assombri les
étoiles commençaient à briller et il me semblait,
chose étrange, qu'elles étaient plus élevées que
dans nos contrées du Nord. Des deux côtés de
la route, des pierres nues et noires surgissaient
de dessous la neige comme des arbustes.
Pas une feuille ne bougeait et c'était plaisir
d'entendre, au milieu de ce tableau de nature
morte, le souffle de l'attelage de poste fati-

gué et le tintement inégal des grelots russes.

— Demain le temps sera très beau ! m'écriai-
je. Le capitaine ne répondit pas un mot ; mais il
me montra du doigt la haute montagne qui
s'élevait juste en face de nous.

— Quelle est donc cette montagne ?

— C'est le mont Gutt :

— Eh bien, que peut-il nous indiquer ?

— Regardez comme il fume.

En effet, la montagne fumait ; sur ses flancs
rampaient de légers flocons de vapeur et sur son
sommet on apercevait un nuage noir, si noir,
qu'au milieu des ténèbres du ciel, il faisait tache.

Déjà nous distinguions le relais de poste et
le toit des cabanes qui l'entouraient ; devant
nous se montraient des feux hospitaliers, lorsque
nous ressentîmes de l'humidité et un vent froid.
Le défilé rendit un son prolongé et une pluie
fine commença à tomber ; à peine avais-je mis
mon manteau, que la neige couvrait déjà la terre
de tous côtés. Je regardai avec inquiétude le
capitaine.

— Nous serons obligés, dit-il avec un air peiné,
de passer la nuit en ce lieu ; au milieu d'un pareil tourbillon de neige, on ne peut traverser les

montagnes : y a-t-il eu déjà des avalanches sur
le Christovoï (1)? demanda-t-il au conducteur.

— Non, seigneur ; il n'y en a pas eu encore ;
répondit le Circassien. Mais elles sont immi-
nentes en ce moment.

Au relais, les chambres manquant pour les
voyageurs, nous allâmes coucher dans une
cabane enfumée. J'invitai mon compagnon de
route à prendre avec moi une tasse de thé ;
car j'emportais toujours une théière en métal,
mon unique soulagement pendant mes pérégri-
nations au Caucase.

La cabane adhérait par un côté au rocher ;
trois marches humides et glissantes condui-
saient à la porte. J'entrai à tâtons, et me heur-
tai contre une vache ; l'étable, chez ces gens-là,
tient lieu d'antichambre. Je ne savais où me
mettre: ici, des brebis bêlaient, là, un chien gro-
gnait : par bonheur dans un coin luisait un jour
terne qui me permit de trouver une autre ouverture assez semblable à une porte : là, on
découvrait un tableau intéressant. Une large
cabane dont le toit s'appuyait sur deux poteaux

(1) Nom de montagne,

enfumés était pleine de monde. Au milieu, pétillait un petit feu allumé par terre, et la fumée,
chassée par deux courants d'air qui venaient
des ouvertures du toit, étendait autour de la
chambre un voile si épais, que de longtemps
je ne pus m'orienter. Devant le feu étaient
assises deux vieilles femmes, une multitude
d'enfants et un seul Géorgien d'aspect misérable : tous étaient en guenilles. Que faire?
Nous nous refugiâmes près du feu, nous nous
mîmes à fumer nos pipes et bientôt la bouil-
loire commença à chanter agréablement.

— Pauvres gens, dis-je au capitaine, en in-
diquant nos hôtes, qui se taisaient et nous
regardaient avec une espèce d'ébahissement.

— Peuple stupide ! répondit-il ; croyez-le ! ils
ne savent rien et sont incapables de quelque civilisation. Au moins nos Kabardiens et nos Circassiens, quoique bandits et pauvres hères, ont
en revanche des têtes exaltées. Mais ceux-ci
n'ont aucun goût pour les armes et on ne trouve
sur eux aucune arme de quelque valeur; ce sont
certainement des Géorgiens !

— Mais êtes-vous resté longtemps à Tchetch-
nia?

Oui ! je suis resté dix ans dans la forteresse avec une compagnie près de Kamen-Broda ; connaissez-vous ces lieux ?

— J'en ai entendu parler ;

— Ah ! ces drôles nous ont bien ennuyé alors ; grâce à Dieu, maintenant ils sont plus tranquilles. On ne pouvait, à cette époque, faire cent pas au-delà du rempart, sans trouver en face de soi quelque diable qui faisait le guet ; et à peine l'aperceviez-vous et le regardiez-vous, que vous aviez déjà une corde autour du cou ou une balle dans la tête. Ah ! ce sont de rudes gaillards !

— Mais sans doute, il a dû vous arriver bien des aventures ? lui dis-je, excité par la curiosité.

— Comment ne m'en serait-il pas arrivé ! Oh oui, j'en ai eu beaucoup !...

Il se mit à tirer sa moustache, pencha sa tête et devint pensif. Je désirais ardemment avoir de lui quelque récit, désir naturel chez tous les hommes qui voyagent et écrivent. Le thé était prêt ; je tirai de ma valise deux verres de voyage, les remplis et en plaçai un devant mon compagnon : Il huma quelques gouttes et comme s'il se parlait à lui-même :

— Oui! murmura-t-il, il m'est arrivé bien
des choses !

Cette exclamation augmenta mon espoir ; je
savais que les vieux du Caucase aiment à raconter et longuement : l'occasion leur en est si rarement donnée ! On passe quelquefois cinq
années entières dans un lieu écarté et pendant
ce temps, pas un homme ne vous dit simplement bonjour : c'est à peine si le sergent-major
lui-même, vous salue par ces mots : « Votre
seigneurie, je vous souhaite une bonne santé ; »
et cependant il y aurait de quoi causer, car on a
autour de soi des peuples sauvages et bien
curieux à étudier.

Là, chaque jour est un danger ; des évènements merveilleux surviennent et il est regrettable que nous écrivions si rarement.

— Ne voulez-vous pas ajouter du rhum à
votre thé, dis-je à mon compagnon de causerie ; j'en ai du blanc de Tiflis ? il fait si froid
ce soir.

— Non ! je vous remercie, je ne bois pas.

— Pourquoi cela ?

— Ah ! c'est comme cela ; je me le suis juré,
lorsque je n'étais encore que sous-lieutenant, et

voici pourquoi : une fois où nous avions un peu
bu entre nous, il y eut une alerte de nuit ; nous
marchions déjà devant le front des troupes avec
une pointe de vin et l'on était en train de nous
réprimander, lorsque Alexis Petrovitch l'apprit.
Grand Dieu, quelle colère s'empara de lui ! Peu
s'en fallut qu'il ne nous envoyât devant un con-
seil de guerre car nous l'avions mérité. Cependant, que voulez-vous ? on passe quelquefois
dans ces lieux une année entière sans voir une
âme et alors si l'on a de l'eau-de-vie sous la
main, on est un homme perdu !

En entendant cela, je sentis fuir presque l'espoir que je caressais ; mais il reprit :

— Ainsi par exemple, lorsque les Circassiens,
soit aux noces, soit aux funérailles de l'un des
leurs se sont enivrés de *bouza* (1), il arrive presque
toujours quelque bataille. Une fois entre autres,
j'eus bien de la peine à tirer mes jambes de là et
encore étais-je en visite chez un prince soumis.

— Comment cela vous arriva-t-il ?

— Voici, dit-il ; il bourra sa pipe, aspira
une bouffée de tabac et se mit à raconter :

_____

(1) Liqueur fermentée, faite avec du grain et du miel.

— J'étais alors avec ma compagnie dans la forteresse qui est sur le Terek ; il y a environ cinq ans de cela. C'était en automne ; un convoi de vivres nous arriva. Avec le convoi se trouvait un officier ; c'était un jeune homme de vingt-cinq ans. Il se présenta à moi en uniforme et me déclara qu'il avait l'ordre de rester avec moi dans la forteresse. Il était si mince, si blanc et portait un uniforme si neuf que je devinai facilement qu'il était depuis peu au Caucase.

— Sans doute, lui dis-je, on vous a envoyé ici de la Russie ?

— Précisément Monsieur le capitaine, me répondit-il.

— Je lui pris alors la main et lui dis : Je suis heureux, très heureux de vous voir parmi nous. Vous vous ennuierez un peu, mais nous vivrons en véritables amis. Je vous en prie, dès ce jour, appelez-moi simplement Maxime Maximitch. Pourquoi cet uniforme ? venez toujours chez moi en casquette. Je lui fis désigner un appartement et il s'établit dans la forteresse.

— Et comment l'appelait-on ? demandai-je à Maxime Maximitch :

— Il se nommait Grégoire-Alexandrovitch

Petchorin ; c'était un excellent garçon ; mais un
peu singulier : ainsi, il lui arrivait de passer une
journée entière à la chasse par la pluie et le froid
et lorsque tous étaient transis et fatigués, lui ne
l'était pas le moins du monde, et puis d'autres
jours où il n'avait pas quitté sa chambre, il se
plaignait de sentir le vent et assurait qu'il avait
froid et si le volet battait, on le voyait frissonner et blêmir. Je l'ai vu attaquer le sanglier tout
seul. Parfois il passait des heures entières, sans
qu'on pût lui arracher une parole, et d'autres
fois, quand il se mettait à parler, on se tenait
les côtes à force de rire ; il avait de grandes
bizarreries et je crois que c'était un homme riche.
Son bagage, était considérable !

— Mais vécut-il longtemps avec vous ?

— Oui ! un an ; et cette année est encore
présente à ma mémoire. Il m'a donné bien des
tracas ; mais ce n'est pas cela qui le rappelle
à mon souvenir ! Il y a vraiment de ces gens
dans la destinée desquels il est écrit qu'ils auront des aventures extraordinaires !

— Extraordinaires, m'écriai-je avec un sentiment de curiosité et en lui versant encore du thé.

— Oui ! Je vais vous raconter cela :

A deux verstes de la forteresse, vivait un
prince soumis. Son fils, garçon de quinze ans,
avait l'habitude de venir chez nous chaque jour.
C'était tantôt pour une chose, tantôt pour une
autre. Petchorin et moi le gâtions ; mais quel
vaurien c'était déjà ! Très adroit par exemple, il
savait à cheval ramasser un chapeau par terre
au galop le plus rapide et tirer son fusil ; mais il
avait un grand défaut ; il aimait passionnément
l'argent. Un jour Petchorin lui promit en plaisantant de lui donner un ducat s'il lui apportait
le meilleur bouc du troupeau de son père ; et,
comme vous le pensez bien, la nuit suivante il
le lui amena par les cornes. Puis lorsque nous
l'irritions, ses yeux s'injectaient de sang et tout
de suite il mettait le poignard à la main : « Fi
Azamat! tu es trop violent ! lui disais-je ; et ta
tête ira loin.

Le vieux prince vint un jour lui-même nous
inviter à des noces ; il mariait sa fille aînée et
nous étions des amis. Il était impossible de lui
refuser, quoiqu'il fût Tartare, et nous nous mîmes
en route. Dans le village, une multitude de chiens
nous accueillit par de bruyants aboiements ; les
femmes, en nous voyant, se cachaient; celles dont

nous pouvions voir le visage étaient loin d'être belles.

— J'avais bien meilleure opinion des Circassiennes! me dit Petchorin.

— Prenez patience! lui répondis-je en souriant, j'avais quelque chose dans l'idée. »

Une foule de monde s'était déjà réunie à la maison du prince; chez ces Orientaux la coutume est d'inviter aux noces tous ceux qu'on rencontre, quels qu'ils soient. On nous reçut avec tous les honneurs et on nous mena dans le salon : mais je n'oubliai point d'observer, en cas d'événement imprévu, le lieu où l'on plaçait nos chevaux.

— Comment célèbrent-ils leurs noces? capitaine.

— Voici ce qui se passe ordinairement : d'abord le Moula lit quelques versets du Coran; ensuite on fait des cadeaux aux jeunes mariés et à tous les parents. On mange, on boit du bouza, et puis vient le divertissement. C'est toujours un individu sale, en haillons, qui monte sur un vilain cheval boiteux, fait des grimaces, imite polichinelle, et fait rire l'honnête compagnie. Dès que la nuit paraît, commence au salon, ce que nous appelons le bal. Un pauvre vieillard frappe sur un instrument, j'ai oublié comment on l'appelle chez eux ; nous le nommons, nous, une guitare à trois cordes. Les jeunes filles et les jeunes gens sont placés sur deux rangs, les uns vis-à-vis des autres et frappent dans leurs mains en chantant. Bientôt une jeune fille et un jeune homme s'avancent au milieu du salon et se disent l'un à l'autre des vers qu'ils chantent, tandis que le reste de l'assistance accompagne en chœur. Petchorin et moi étions assis à la place d'honneur ; soudain, la plus jeune fille de la maison s'approcha de lui ; c'était une jeune enfant de seize ans à peine ; elle lui chanta, comment m'exprimerai-je, une espèce de compliment.

— Vous souvenez-vous de ce qu'elle lui chanta ?

— Oui ! voici ce qu'il me parut entendre :

Nos jeunes gens sont bien faits
Et leurs vêtements sont brodés d'argent ;
Mais un jeune officier russe
Est plus svelte qu'eux
Et porte des galons d'or.
Il est au milieu d'eux
Comme un beau peuplier
Seulement il ne grandira point
Et ne fleurira point dans notre jardin.

Petchorin se leva, la salua, mit la main sur son front et sur son cœur et me pria de répondre pour lui.

— Je connaissais leur langue et je traduisis sa réponse. Lorsqu'elle s'éloigna de nous, je dis à l'oreille de Petchorin :

— Eh bien ! comment la trouvez-vous ?

— Que de charmes ! me répondit-il ; comment s'appelle-t-elle ?

— Elle se nomme Béla. »

Elle était réellement belle ; grande, svelte, des yeux noirs comme ceux des chamois de la montagne et qui pénétraient jusqu'au fond de l'âme. Petchorin, tout rêveur, n'ôtait plus ses yeux de dessus elle, et elle le regardait de temps en temps. Mais il n'était pas seul à admirer la jolie princesse. D'un coin de la chambre, deux autres yeux se fixaient sur elle, immobiles et ardents. Je regardai de ce côté et je reconnus ma vieille connaissance Kazbitch. C'était un homme ni soumis, ni insoumis ; mais beaucoup de soupçons planaient sur lui, quoiqu'il n'eut été remarqué dans aucune algarade. Il nous amenait à la forteresse des moutons et nous les vendait assez bon marché ; toutefois il ne souffrait pas qu'on les lui marchandât; ce qu'il demandait, il fallait le lui donner; il se serait plutôt fait tuer que de céder. On disait aussi de lui, qu'il aimait a rôder au-delà du Kouban avec les Abreks (1).

Sa figure était celle d'un brigand. Il était petit, sec et large d'épaules, aussi adroit, aussi leste qu'un diable. Ses vêtements étaient toujours en loques, mais ses armes étaient montées en argent. On vantait son cheval dans tout Kabarda et réellement il était impossible de trouver rien de meilleur que cet animal. Ce n'était pas sans raison que tous les cavaliers le lui enviaient et que, plusieurs fois, ils avaient essayé de le lui voler, sans pouvoir y réussir. Quand je songe encore maintenant à ce cheval! Il était noir comme du jais, des cordes pour jarrets, des yeux comme ceux de Béla, et quelle vigueur! on pouvait faire avec lui cinquante verstes sans s'arrêter; il était dressé comme un chien qui suit son maître, connaissait sa voix, et ce dernier ne l'attachait jamais; c'était enfin un vrai cheval de bandit.

---

(1) Peuplade insoumise et pillarde du Caucase.

Ce soir là, Kazbitch était plus mélancolique qu'à l'ordinaire. Je remarquai qu'il avait sous son vêtement une cotte de mailles. Ce n'est pas sans motif, pensai-je, qu'il a revêtu cette cotte de mailles ; il doit certainement méditer quelque coup.

La chaleur était étouffante dans la cabane et j'allai à l'air pour me rafraîchir. La nuit descendait déjà sur la montagne et l'ombre envahissait les défilés. Je songeai à revenir sous le hangar où étaient nos chevaux, afin de voir s'ils avaient du fourrage ; et puis on n'est jamais trop prudent ! J'avais un beau cheval et pas un Kabardien ne le regardait sans me jalouser.

Je me glissai le long de la cloison et j'entendis alors une voix que je reconnus tout de suite. C'était celle de cet étourdi d'Azamat, le fils de notre hôte. Il parlait à un autre, distinctement, mais à voix basse.

De quoi parlent-ils ? ne serait-ce pas de mon cheval ? Je m'accroupis contre la cloison et me mis à écouter, m'efforçant de ne pas perdre un mot. Parfois le bruit des chants et le murmure des voix étouffaient cette conversation curieuse :

« Tu as un bien beau cheval, disait Azamat :

si j'étais le maître à la maison et si j'avais un troupeau de trois cents juments, je t'en donnerais la moitié pour ton coureur, Kazbitch ! »

Ah ! c'est Kazbitch ! pensai-je et je me souvins de la cotte de mailles.

— Oui ! répondit celui-ci, après un instant de silence ; dans tout Kabarda il n'a pas son pareil ! Une fois, c'était au-delà du Terek, j'étais parti avec des Abreks pour enlever des troupeaux russes ; nous ne réussîmes pas et nous nous dispersâmes dans tous les sens ; j'avais à ma poursuite quatre Cosaques. Et déjà, j'entendais leurs cris et leurs jurements de très près, lorsque devant moi se présenta un bois épais. Couché sur ma selle, je me recommandai à Allah et pour la première fois de ma vie, j'offensai mon coursier en le frappant du fouet. Comme un oiseau, il plongea au milieu des branches ; les épines tranchantes déchiraient mes vêtements ; les branches sèches me battaient le visage ; et mon cheval bondissait par-dessus les troncs d'arbres coupés et enfonçait les buissons avec sa poitrine. Il aurait mieux valu peut-être l'abandonner et me cacher à pied dans le bois, mais je n'eus pas le cœur de m'en sé-

parer et le prophète m'en récompensa. Plusieurs balles sifflèrent au-dessus de ma tête;
les Cosaques étaient descendus de cheval et
couraient sur mes traces ; quand tout à coup
devant moi, s'ouvre un précipice. Mon coursier
hésite un instant, puis s'élance ; ses pieds de
derrière glissent sur le bord opposé, il reste ac-
croché par les pieds de devant ; alors j'abandonne
les rênes et roule dans le précipice : ce fut
le salut de mon cheval qui parvint à se repla-
cer d'un bond. Les Cosaques avaient vu tout
cela ; mais pas un d'eux n'osa se mettre à ma
poursuite ; ils crurent assurément que je m'étais
tué et je les entendis s'élancer pour prendre
mon cheval. Mon cœur saignait ; je me mets à
ramper sur l'herbe épaisse le long du précipice ;
je regarde ; c'était la limite du bois. Quelques
Cosaques entrent dans la plaine et bientôt mon
cheval passe devant eux ; tous se jettent, en
criant, après lui. Longtemps, longtemps ils le
poursuivirent ; l'un d'eux, surtout, faillit deux
fois jeter le lacet sur son cou ; je frémis, bais-
sai les yeux et me mis à prier. Au bout d'un
moment je regardai et je vis mon cheval qui
volait, secouant sa queue et libre comme le vent :

Au loin les Cosaques défilaient l'un après l'autre
à travers le steppe sur leurs chevaux fatigués.
Mais par Allah ! ceci est la vérité, la simple
vérité ; jusqu'à la nuit avancée je restai caché
dans le précipice ; tout à coup, tu ne le croirais
pas Azamat, dans les ténèbres j'entends courir
un cheval au bord du ravin, il hennit et frappe
la terre de ses fers et je reconnais le hennisse-
ment de mon cheval ; car c'était lui, mon compagnon ; depuis lors, nous ne nous sommes
plus séparés. Et on entendait comme il frappait
avec sa main sur la fine encolure de l'animal,
en l'appelant des noms les plus caressants.

— Si j'avais un haras de mille juments, dit
Azamat, je te le donnerais en échange de ton
Karaguetz (1).

— Et je n'accepterais point, répondit avec indifférence Kazbitch.

— Écoute Kazbitch ! dit Azamat en se rapprochant de lui avec un air câlin ; tu es un homme !
Tu es un brave guerrier ! tandis que mon père
a peur des Russes et ne me laisse pas aller dans

---

(1) Nom que l'on donne aux chevaux d'une partie du
Caucase.

les montagnes ; donne-moi ton cheval et je ferai
tout ce que tu voudras. Je déroberai pour toi à
mon père sa meilleure carabine, son meilleur
cimeterre, ce que tu voudras, et son sabre est un
véritable *Damas ;* il coupe la peau rien qu'en
l'approchant de la main, et une cotte de mailles
comme la tienne ne serait rien pour lui.

Kazbitch se taisait.

—La première fois que je vis ton cheval, continua Azamat, il s'agitait sous toi, bondissait,
soufflait avec ses naseaux et faisait jaillir une
pluie d'étincelles sous ses sabots. Dans mon
âme, j'éprouvai quelque chose d'inexplicable et
depuis lors tout me parut ennuyeux ; je regardais les meilleurs chevaux de mon père avec dédain ; j'avais honte de parler d'eux et l'ennui
s'empara de moi ; plein de cet ennui, je restais
assis des jours entiers sur les rochers, ton coursier à la tête noire occupait sans cesse ma pensée, avec sa démarche étrange et sa croupe lisse
et droite comme une flèche. Il semblait me regarder dans les yeux avec son regard ardent,
comme s'il eut voulu me parler. Je mourrai,
Kazbitch, si tu ne me le donnes pas, dit Azamat
d'une voix émue.

On aurait dit qu'il pleurait et il faut vous dire qu'Azamat était un garçon très dur et qu'on ne pouvait faire pleurer, même lorsqu'il était plus jeune .

En réponse à ces larmes on n'entendit qu'une raillerie.

— Écoute ! dit Azamat d'une voix ferme : Tu vois que je suis décidé à tout. Veux-tu que je ravisse pour toi ma sœur Béla? Comme elle danse! Comme elle chante et brode de l'or! C'est merveilleux et le grand Padischa n'a pas une pareille femme!..... Veux-tu? Attends-moi demain pendant la nuit dans le défilé où court le ruisseau ! j'irai avec elle près du village voisin et elle sera à toi. Penses-tu que Béla ne vaille pas ton cheval ?

Longtemps, longtemps Kazbitch se tut. Enfin au lieu de répondre, il entonna à demi-voix une vieille chanson :

> Nous avons dans nos villages
> Beaucoup de jeunes beautés ;
> Leurs yeux brillent dans l'ombre.
> Comme les étoiles du ciel
> Quel heureux destin
> De les aimer tendrement
> Mais j'aime mieux
> La liberté de la jeunesse !

> Avec de l'or on achète quatre femmes ;
> Un bon cheval n'a pas de prix :
> Car il ne manquera jamais d'ardeur dans le steppe ;
> Ne faillira pas et ne trompera pas.

En vain Azamat le suppliait de se mettre d'accord avec lui. Il pleurait, le flattait, et finissait par jurer. Kazbitch impatienté l'interrompit :

— Va-t'en petit imbécile ! où irais-tu avec mon cheval ? aux trois premiers pas, il te jetterait à terre et tu te casserais la tête sur les pierres.

— Moi ! cria Azamat avec rage, en faisant sonner sous son poignard d'acier la cotte de mailles de Kazbitch. Mais la forte main de celui-ci le repoussa au loin et heurta si fort la cloison, qu'elle chancela.

Ça va devenir amusant ! pensai-je, et je me précipitai vers l'écurie, bridai nos chevaux, et les fis sortir derrière la maison. Deux minutes après il y avait dans la cabane un affreux conflit. Azamat s'enfuyait avec ses habits déchirés, disant que Kazbitch avait voulu l'assassiner.

Tous sortirent, sautèrent sur leurs fusils et le divertissement commença. Les cris, le bruit, les coups de feu retentissaient ; mais Kazbitch était déjà à cheval, et, traversant la foule, il passa au milieu d'eux comme un vrai démon, faisant des moulinets avec son sabre. Mauvaise affaire que d'avoir la tête échauffée, après un dîner chez ces étrangers ! dis-je à Petchorin en le prenant par le bras ; ce qu'il y a de mieux pour nous c'est de décamper au plus vite.

— Prenez patience, jusqu'à ce que ce soit fini ! me dit-il :

— Mais c'est que cela finira mal ! chez les Orientaux c'est toujours ainsi : ils s'enivrent de bouza ; puis vient la bataille !

Nous montâmes à cheval et regagnâmes notre logis.

— Que fit Kazbitch ? demandai-je avec impatience au capitaine :

— Ce que font d'ordinaire ces gens-là ; me répondit-il en avalant une tasse de thé : sans doute il s'échappa.

— Et sans blessure ?

— Ah ! Dieu le sait ! Ces coquins-là ont la vie dure ! je les ai vus quelquefois dans une affaire tout troués de coups de baïonnette comme des cribles et ils agitaient encore leur sabre.

Le capitaine, après quelques moments de silence, étendit ses jambes à terre et continua :

— Jamais je ne me pardonnerai une chose :

pendant que nous regagnions la forteresse, le diable me poussa à raconter à Petchorin tout ce que j'avais entendu pendant que j'étais assis près de la cloison ; lui souriait le dissimulé, mais au fond de lui-même, il méditait quelque coup.

— Mais que méditait-il? dites-moi je vous prie?

— Patience ! nous n'y sommes pas encore ; et le capitaine me déclara que, puisqu'il avait commencé, il fallait le laisser continuer.

Quatre jours après, Azamat vint à la forteresse. Selon son habitude, il alla chez Petchorin qui le bourrait toujours de friandises. J'étais là ; la conversation s'engagea sur les chevaux. Petchorin commença à vanter le cheval de Kazbitch : il est aussi agile, aussi délié qu'un beau cerf, disait-il, et certainement il n'a pas son pareil dans tout le monde.

Les petits yeux du Tartare étincelaient déjà, mais Petchorin ne paraissait pas le remarquer ; moi, je parlai des autres chevaux : mais lui, comme vous pensez bien, ramenait toujours la conversation sur celui de Kazbitch. Cette histoire se répétait toutes les fois qu'Azamat revenait.

Trois semaines après, je remarquai qu'Azamat

maigrissait, devenait blême comme il arrive aux amoureux de roman, c'était surprenant ! or vous verrez tout ce que j'appris plus tard. Petchorin l'excita au point qu'il était près de se jeter à l'eau. Une fois il lui dit : Je vois Azamat, que ce cheval te plaît énormément et que tu ne pourras jamais l'avoir. Eh bien ! que me donnerais-tu, si je te le livrais ?

— Tout ce que tu voudras ; répondit Azamat.

— Dans ce cas, je te le donnerai; mais à une condition : jure que tu accompliras ce que je te demanderai.

— Je le jure ! je le jure ! et toi ?

— Eh bien moi je te jure que tu posséderas ce cheval, mais il faudra me donner pour cela ta sœur Béla et le Karaguetz sera à toi. Je pense que le marché est avantageux pour toi ?

Azamat se taisait.

— Tu ne veux pas? mais que désires-tu alors? je te croyais un homme, tu n'es qu'un enfant ! et tu n'es pas encore capable de monter à cheval !

Azamat s'enflamma :

— Mais mon père? dit-il.

— Est-ce qu'il ne s'absente jamais ?

— C'est vrai !

— Consens-tu alors ?

— Je consens! chuchotta Azamat, pâle comme un mort ; et quand donc ?

— La première fois que Kazbitch viendra ici ; il doit m'amener des moutons : le reste est mon affaire ; cela me regarde Azamat !

Voilà comment ils traitèrent cette affaire ; marché dégoûtant en réalité !

Plus tard je dis cela à Petchorin et il se contenta de me répondre que cette farouche Circassienne devait se trouver heureuse d'avoir un mari comme lui ; en somme il valait bien ce brigand de Kazbitch, qui ne valait pas même la peine que l'on s'occupât de lui.

Vous devez penser vous même que je n'eus rien à répondre à cela et du reste à cette époque, j'ignorais tout à fait leur complot.

Or, un jour, Kazbitch vint et me demanda si je n'avais pas besoin de miel et de moutons : Je lui recommandai de m'en apporter le lendemain.

— Azamat, dit Petchorin, demain le Karaguetz sera dans tes mains, mais si, cette nuit, Béla n'est pas ici, tu n'auras pas le cheval.

— Bien ! dit Azamat ; et il regagna le village.

Le soir Petchorin s'arma et sortit de la forteresse. Comment ils arrangèrent les choses, je
l'ignore, seulement ils revinrent tous deux pendant la nuit et la sentinelle vit qu'une femme
était étendue devant la selle d'Azamat. Elle avait
les mains et les jambes liées et sa tête était enveloppée d'un grand voile.

— Et le cheval ? demandai-je au capitaine.

— Tout à l'heure !.... Le lendemain de grand
matin, Kazbitch vint à la forteresse et amena dix
moutons à vendre ; après avoir placé son cheval
dans l'enceinte, il entra chez moi. Je le régalai
de thé, car quoique ce fut un bandit, je le con-
sidérais cependant comme une espèce d'ami.

Nous causions de choses et d'autres, lorsque
soudain je le vois frissonner et changer de visage;
par malheur la fenêtre donnait sur l'arrière-
cour :

— Qu'as-tu ? lui dis-je.

— Mon cheval ! Mon cheval ! dit-il tout
tremblant.

En effet, j'entendais un bruit de sabots.

— C'est quelque Cosaque qui passe !

— Non! hurla-t-il avec rage, et comme une pan-
thère furieuse, d'un bond il s'élança au dehors.

En deux sauts il était à la porte de la forteresse ; la
sentinelle lui barra le passage avec son arme, mais
il écarta la baïonnette et se précipita à la course
sur la route. Au loin, la poussière volait ; Azamat
bondissait sur le rapide coursier ; Kazbitch en
courant débarrassa son fusil de son étui, et fit
feu. Un instant, il s'arrêta afin de voir s'il n'avait
pas manqué son coup ; puis, il poussa un grand
cri, jeta son fusil sur une pierre, le brisa en mille
morceaux et se mit à se rouler à terre et à crier
comme un enfant. Déjà le monde de la forteresse
se groupait autour de lui : Lui, ne voyait personne. Ils s'arrêtaient, le poussaient légèrement
et s'en retournaient. Je fis placer à côté de lui
l'argent de ses moutons, mais il ne le toucha pas
et resta étendu la face contre terre, comme un
mort. Croiriez-vous qu'il resta dans cette position jusqu'à la nuit avancée et même toute la
nuit ? Le lendemain, il vint à la forteresse et demanda qu'on lui nommât le ravisseur. La sentinelle, qui avait vu comment Azamat avait pris et
monté le cheval, ne crut pas nécessaire de le lui
cacher. A ce nom, les yeux de Kazbitch lancèrent
des éclairs et il se dirigea vers le village où vivait le père d'Azamat.

— Et qu'arriva-t-il au père ?

— Vous devez penser qu'après ce tour, Kazbitch ne trouva point Azamat. Alors, il se mit à rôder pendant six jours autour de la maison, afin de voir s'il ne pourrait point enlever la sœur. Lorsque le père revint, son fils et sa fille n'étaient plus là. Mais en habile homme, Kazbitch comprit qu'il pourrait bien perdre sa tête s'il était pris et depuis lors il disparut. Il se joignit probablement à quelque bande d'Abreks au-delà du Terek ou bien alla errer dans le Kouban.

J'avouerai que tout cela m'ennuyait. Dès que j'appris que la Circassienne était chez Petchorin, je mis mes épaulettes et mon épée et j'allai chez lui.

Il était couché sur son lit dans la première chambre, avait une main appuyée sous sa tête et de l'autre tenait sa pipe éteinte. La porte de la seconde pièce était fermée à clef et la clef enlevée de la serrure. Je remarquai tout cela et commençai à tousser et à frapper légèrement de mon talon contre le seuil de la porte ; il feignit de ne pas m'entendre.

— Monsieur le sous-lieutenant ? m'écriai-je

3

alors avec tout l'éclat possible, est-ce que vous ne voyez pas que je suis chez vous ?

— Ah ! bonjour Maxime ! voulez-vous une pipe ? dit-il sans se lever :

— Pardon ! je ne suis pas Maxime ; je suis votre capitaine !

—C'est vrai ! mais ne voulez-vous pas accepter une tasse de thé ? si vous saviez combien je suis inquiet ?

—Je sais tout ! répondis-je, et je m'approchai de son lit.

— Tant mieux, je ne suis pas d'humeur à vous le raconter.

— Monsieur le sous-lieutenant, vous avez commis une faute dont je puis aussi avoir à répondre !

— Allons donc ! Et du reste quel mal y aurait-il ?

Depuis longtemps, sans doute, nous avons l'habitude de tout partager !

— Quelle plaisanterie ! votre épée, je vous prie ?

— Mitika ? mon épée ?

Mitika apporta l'épée : Voyant qu'il accomplissait son devoir, je m'assis sur son lit et lui dis :

— Écoutez, Grégoire ! avouez que ce n'est pas bien !

— Mais qu'ai-je fait de mal ?

— Mais vous avez enlevé Béla ! Quel butor que cet Azamat ! avouez-le ?

— Oui, c'est vrai ! mais elle me plaisait.

Que répondre à cela! j'étais embarrassé. Après un moment de silence, je lui dis que si le père venait la réclamer il faudrait bien la lui rendre.

— Mais ce n'est pas du tout nécessaire !

— Et s'il le sait?

— Comment le saura-t-il ? »

J'étais de nouveau déconcerté :

— Écoutez, Maxime, me dit Petchorin en se soulevant un peu, sans doute vous êtes un brave homme ; eh bien, sachez que si je rends cette fille à ce sauvage, il la tuera ou la vendra, c'est une chose certaine ! il ne faut donc pas lui en donner l'occasion ; laissez-la chez moi : j'ai mon épée pour la défendre.

— Faites-moi la voir ? lui dis-je.

— Elle est derrière cette porte ; mais en ce moment, c'est en vain que je désirerais moi-même la voir ; elle est assise dans un coin, enveloppée dans son voile, ne parle pas et ne regarde personne ; elle est timide comme une biche des forêts ; je lui ai donné une compagne qui sait le tartare, qui la soignera et l'habituera à cette pensée qu'elle est à moi ; car elle ne sera jamais à personne qu'à moi ! ajouta-t-il en frappant du poing sur la table.

Je consentis à tout cela ; que vouliez-vous que je fisse ? Il est des hommes avec lesquels il faut toujours être de leur avis.

—Mais qu'arriva-t-il? demandai-je à Maxime; est-ce que réellement il l'habitua à lui, ou bien se mit-elle à languir et à regretter les siens ?

—Eh ! de grâce, quel chagrin vouliez-vous que lui procurât la privation de sa famille ? On voyait aussi bien les montagnes de la forteresse que de son village. Et il ne faut pas autre chose à ces sauvages.

Pourtant, chaque jour, Grégoire lui offrait un présent ; pendant quelque temps elle se tut et refusa fièrement ceux que lui présentait sa compagne afin d'exciter son babil. Ah ! des présents !... que ne fait cependant une femme, pour un chiffon de couleur? Mais laissons cela de côté... Grégoire se donna beaucoup de peine

avec elle ; entre autres choses, il apprit le tartare,
et elle commença à comprendre notre langue.
Peu à peu il l'habitua à le regarder ; elle le fit
d'abord en-dessous et de côté ; puis, toute cha-
grine, elle chantait ses chansons à demi-voix, si
bien que j'en devenais triste lorsque je l'entendais de la chambre voisine. Je n'oublierai jamais une scène dont je fus le témoin. En passant un jour près de la fenêtre, je jetai les yeux
dans la chambre. Béla était couchée sur la
léjanka (1), la tête penchée sur son sein, et Petchorin était debout devant elle :

« Écoute, ma Péri, disait-il; sans doute tu sais
que tôt ou tard tu dois m'appartenir ; eh bien !
pourquoi me fais-tu souffrir ? Est-ce que tu
aimes quelque Circassien ? S'il en est ainsi, à
l'instant même je te laisserai retourner à ta maison (elle frissonna légèrement, et nia par un
mouvement de tête) ; ou bien, continua-t-il, te
suis-je complètement odieux ? (elle soupira)
ou bien ta croyance te défend-elle de m'aimer ?
(elle pâlit et resta silencieuse). Crois-moi ! il

---

(1) La léjanka est le dessus des grands poëles russes
sur lequel on place un lit de repos.

n'y a qu'un Dieu pour toutes les races, et s'il me permet de t'aimer, pourquoi te défendrait-il de me le rendre ? »

Elle le regarda attentivement comme si elle voulait se pénétrer de cette nouvelle pensée. Ses yeux exprimaient de la défiance et le désir d'être convaincue. Et quels yeux ! Ils brillaient comme deux charbons ardents.

« Écoute, ma chère et bonne Béla ! continua Petchorin, tu vois combien je t'aime ; je suis prêt à tout donner pour que tu sois gaie ; je veux que tu sois heureuse ; mais si tu redeviens triste, je mourrai. Dis ! seras-tu plus gaie ? » Elle réfléchissait, ne détachant pas ses yeux noirs du visage de Grégoire ; puis elle sourit avec caresse et remua la tête en signe de consentement. Il lui prit alors la main et continua de l'engager à l'embrasser. Elle se défendait faible- ment et répétait ces mots : « Je t'en prie ! il ne faut pas ! Il ne faut pas ! » Il insista ; alors, toute tremblante, elle lui dit en pleurant : « Je suis ta captive, ton esclave enfin, tu peux abuser de moi ! » et elle fondit en larmes.

Petchorin frappa son front du poing et passa dans l'autre chambre. Je m'approchai ; il croisa

ses mains derrière lui et se promenait de long
en large, avec un air abattu.

— Eh bien ! quoi ! mon Dieu !

— C'est un démon ! répondit-il, et non une
femme ! Je vous donne ma parole d'honneur
qu'elle m'appartiendra ! »

Je hochai la tête.

« Voulez-vous parier, dit-il, que ce soit avant
une semaine ?

— Soit !... »

Nos mains se choquèrent et nous nous séparâmes.

Le lendemain, il envoya un exprès pour divers achats à Kizliard. Une quantité d'étoffes
persanes, très variées et d'un grand prix, lui
fut apportée.

—Pensez-vous, Maxime, me dit-il en me montrant ces présents, que cette beauté asiatique ré-
siste devant cette batterie ?

— Vous ne connaissez pas les Circassiennes ;
ce n'est point là ce qu'elles préfèrent, ces Tartares du Caucase, ces Géorgiennes ! Ce n'est
pas cela. Elles ont d'autres goûts et elles sont
autrement élevées. »

Grégoire sourit et se mit à siffler une marche.

Et il arriva que j'avais dit vrai. Les présents ne produisirent aucun effet, et même elle avait été auparavant plus affable et plus confiante ; si bien qu'il se décida pour un dernier moyen. Un matin, il fit seller son cheval, se vêtit en Circassien, s'arma et vint la trouver :

« Béla, lui dit-il, tu sais combien je t'aime ; lorsque je t'ai enlevée, je pensais qu'un jour tu me connaîtrais mieux et m'aimerais. Je me suis trompé ; adieu ! Reste maîtresse entière de tout ce qui m'appartient ici, ou, si tu veux, retourne chez ton père ; tu es libre ! J'ai de grands torts envers toi, et je dois me punir moi-même. Adieu ! je pars ! où ? pourquoi ? je ne le sais ! Peut-être ne serai-je pas longtemps sans recevoir quelque balle ou quelque coup de sabre. Alors, souviens-toi de moi, et pardonne-moi ! »

Et se détournant, il lui tendit la main en signe d'adieu. Elle ne prit pas sa main et resta silencieuse. J'étais appuyé contre la porte et je pus examiner par une fente le visage de Béla. Elle me fit pitié ; tout son joli visage si mignon était couvert d'une pâleur mortelle. N'entendant pas de réponse, Petchorin fit quelques pas vers la porte ; il tremblait, et je vous dirai même qu'il était effectivement capable d'accomplir ce qu'il avait dit en plaisantant. Ce qu'était un pareil homme ? Dieu le sait ! A peine eut-il touché la porte qu'elle bondit, fondit en sanglots et se précipita à son cou. Le croirez-vous ? moi qui étais derrière la porte, je pleurai sans savoir ce qui me faisait pleurer. Je pleurai comme un imbécile.

Le capitaine se tut.

— J'avoue, dit-il un moment après, en tirant sa moustache, que si j'éprouvai un chagrin si profond, c'était de n'avoir jamais été pareillement aimé par une femme.

— Et leur bonheur dura-t-il ? demandai-je.

— Oui ! Elle nous avoua que depuis le jour où elle avait aperçu Petchorin, elle avait souvent rêvé de lui dans ses songes et que jamais un homme n'avait produit sur elle une pareille impression... Et ils furent heureux !..

— Comme c'est ennuyeux ! m'écriai-je involontairement. »— En effet, j'espérais un dénoûment tragique, et voilà qu'au moment où je m'y attendais le moins, mon espérance venait d'être déçue. — « Mais est-il possible, que son

3.

père ne présumât pas qu'elle était chez vous,
dans la forteresse ?

— Il paraît qu'il le soupçonna ; mais, quelques jours après, nous apprîmes que le vieillard avait été assassiné. Voici ce qui s'était
passé :

Mon attention s'éveilla de nouveau.

— Il faut vous dire que Kazbitch crut qu'Azamat avait volé son cheval avec le consentement de
son père ; au moins je le suppose ; et un jour où
le vieillard revenait des recherches qu'il faisait
vainement pour retrouver sa fille, Kazbitch l'at-
tendit sur le chemin, à trois verstes du village ;
le vieillard allait au pas tout soucieux ; lorsque
soudain, agile comme un chat, Kazbitch s'élança d'un buisson, sauta sur la croupe du cheval,
jeta le vieillard à terre d'un coup de poignard
et s'empara des rênes. Voilà ce qui se passa :
Quelques personnes virent cela du haut d'une
colline et s'élancèrent pour le rattraper, mais
elles n'y parvinrent pas.

— Il s'était ainsi indemnisé de la perte de son
cheval et vengé tout à la fois, m'écriai-je, afin
de savoir l'opinion de mon interlocuteur sur tout
cela.

Le capitaine me répondit, après un instant de réflexion :

— Selon leurs mœurs, il était dans son droit. »

Je fus frappé de la facilité avec laquelle cet homme russe s'était accoutumé aux mœurs sauvages de ces peuples, au milieu desquels je venais vivre. Je ne sais si cette souplesse de caractère est digne de blâme ou d'éloge, mais dans tous les cas, elle prouvait chez lui une finesse qui ne paraissait pas et la présence de cet esprit éclairé et sain qui pardonne le mal partout où il le voit absolument nécessaire et impossible à détruire.

Cependant le thé était bu et nos attelages grelottaient de froid depuis longtemps sous la neige.

La lune pâlissait au couchant et semblait près de se replonger au milieu des nuages noirs suspendus sur les sommets éloignés, comme des pans de rideaux déchirés. Nous sortîmes de la cabane. En dépit de la prédiction de mon compagnon de voyage, le temps s'éclaircit et nous eûmes une matinée tranquille. Des groupes d'étoiles, admirables à voir, s'entrelaçaient à l'hori-

zon ; elles s'éteignirent l'une après l'autre, à
mesure qu'une lueur, qui commençait à poindre
au milieu de la voûte céleste teinte de pourpre,
illumina peu à peu les fentes abruptes des montagnes couvertes de neiges virginales. A droite
et à gauche on voyait les précipices se cacher et
devenir plus sombres ; les brouillards tourbil-
lonnaient, se tordaient comme des serpents,
puis rampaient entre les anfractuosités des
roches voisines, comme s'ils eussent compris et
senti la venue du jour.

Tout était calme aux cieux et sur la terre,
comme dans le cœur de l'homme au moment de
la prière du matin. Seulement, de temps à autre,
une brise froide, venant de l'Orient, soulevait la
crinière de nos chevaux, couverte de givre. Nous
nous mîmes en route ; cinq mauvaises haridelles
traînaient avec difficulté nos voitures dans les
chemins difficiles du mont Gutt. Nous allions à
pied, derrière elles et placions des pierres sous
les roues, lorsque les forces des chevaux étaient
épuisées. On aurait dit que ce chemin allait aux
cieux, car quelques yeux que l'on pût employer
à le regarder, il montait toujours et disparaissait
dans le nuage qui, le soir encore, couvrait le

sommet du mont Gutt, comme un vautour guettant sa proie.

La neige craquait sous nos pieds. L'air se condensait au point que notre respiration devenait difficile ; le sang nous montait à la tête de temps en temps ; et une certaine sensation fort agréable se répandait dans mes veines et je me trouvais satisfait de me voir sur un des points les plus élevés du globe : sentiment puéril, s'écartant des choses admises, mais conforme à la nature. Malgré nous, nous étions redevenus des enfants. Dans ce moment, tout ce qui est acquis se détache de l'âme et celle-ci devient ce qu'elle ne fut jamais et sera certainement de nouveau, lorsque la mort viendra. Voilà ce qui arrive à ceux qui, comme moi, errent longtemps au milieu des montagnes désertes, observent leurs bizarres images et respirent avidement l'air vivace qui remplit leurs défilés. Et si j'ai un désir, c'est de vous les faire connaître, de vous les décrire et de vous peindre ces gigantesques tableaux.

Nous atteignîmes enfin le sommet du mont Gutt ; et instinctivement nous nous arrêtâmes pour regarder derrière nous. Sur la pente, s'éten-

dait un nuage gris dont le souffle glacé nous me-
naçait d'un orage voisin ; mais à l'Orient, tout
était si clair et si doré, que le capitaine et moi
l'oubliâmes complètement, et surtout le capitaine. Dans les cœurs primitifs, le sentiment de
la beauté et de la grandeur d'une nature vigoureuse est cent fois plus vivace qu'en nous, qui
ne sommes enthousiastes que des conteurs en
paroles et sur papier.

— Vous êtes accoutumé, je pense, à ces
splendides tableaux ?

— Comme on peut s'habituer au sifflement
des balles ; c'est-à-dire à cacher les palpitations
involontaires du cœur.

— J'avais entendu dire, au contraire, que
pour de vieux soldats cette musique était fort
agréable ?

— Cela s'entend : elle est agréable si vous voulez, mais seulement parce que le cœur se fait
plus fort ! Regardez ! ajouta-t-il en me montrant
l'Orient ; quel pays !

Effectivement ; il me semble qu'on trouve-
rait difficilement un pareil panorama. Sous
nous, s'étendait la vallée de Koïchaoursk,
sillonnée par l'Arachva et par une autre ri-

vière, comme par un double fil argenté ; une vapeur bleuâtre glissait sur elle et courait vers les gorges voisines, chassée par les rayons ardents du jour naissant. A droite et à gauche, les crêtes des montagnes, d'inégale hauteur, ou bien coupées en deux, s'étendaient sous un manteau de neige et un rideau d'arbres. De loin, ces mêmes montagnes paraissaient être deux rochers parfaitement ressemblants l'un à l'autre et tous deux, éclairés par les reflets brillants de la neige, si gaiement et si chaudement, qu'il semblait qu'on aurait pu s'arrêter là et y vivre toujours. Le soleil se montrait à peine au-dessus d'une montagne bleu sombre, que seul un œil exercé aurait pu ne pas prendre pour un nuage orageux. Sur le soleil, s'étendait une raie sanglante que mon compagnon de voyage observa tout particulièrement.

— Je vous ai dit, s'écria-t-il, quel temps nous aurions aujourd'hui ; il faut nous hâter ! mais nous serons arrêtés, croyez-le, sur le mont Saint-Christophe. En route ! cria-t-il aux conducteurs.

On plaça des chaînes aux roues, au lieu de patins, afin qu'elles ne pûssent rouler ; on prit les

chevaux par le mors et l'on se mit à descendre.
A droite était le rocher, à gauche un précipice tel
que tout un village tartare placé au fond, paraissait gros comme un nid d'hirondelles. Je fris-
sonnai en songeant qu'en ce lieu où deux voitures
ne peuvent se croiser, un courrier quelconque,
dix fois par an, passe par une nuit sombre sans
même descendre de son équipage cahotant.
Un de nos conducteurs était un paysan russe
de Jaroslaw et l'autre un Circassien. Ce dernier
tenait les rênes du limonier avec toutes les précautions possibles, prêt à dételer plutôt que de
se laisser emporter. Mais notre Russe, insouciant, n'était pas même descendu de son siège ;
et lorsque je lui fis observer qu'il pourrait bien
s'occuper avec plus de soin de ma valise que je
ne tenais pas du tout à laisser dans ce gouffre,
il me répondit :

« C'est vrai, votre seigneurie a raison ; mais
Dieu veuille que nous n'arrivions pas en plus
piteux état que votre valise ! Ce n'est pas, du
reste, la première fois que nous passons ici ! »

Il disait la vérité ; nous aurions pu effectivement ne pas arriver, et nous arrivâmes cependant
tels qu'au départ. Et si tous les hommes raison-

naient davantage, ils seraient convaincus que
la vie ne vaut pas la peine qu'on s'occupe d'elle
autant qu'on le fait.

Mais peut-être désirez-vous connaître la fin
de l'histoire de Béla? D'abord je n'écris pas un
conte, mais des impressions de voyage, et par
conséquent je ne puis obliger le capitaine à raconter avant qu'il ne le veuille. Ainsi donc, prenez
un peu patience, ou sinon, tournez quelques
pages ; mais je ne vous le conseille pas, parce
que le récit de notre passage sur le Christovoï
(ou mont Saint-Christophe, comme l'appelle
le savant Gamba) est digne de votre curiosité.

Ainsi donc, nous descendîmes du mont Gutt
dans la vallée de Tchertow (1). En voilà un nom
romanesque ! Vous voyez déjà l'antre de l'esprit
diabolique au milieu des rochers inaccessibles !
Eh bien ! il n'en est rien. Le mot vallée de Tchertow vient du mot tcherta (ligne), et non de tchort
(diable). On la nomme ainsi parce qu'elle sert
de frontière à la Géorgie. Cette vallée, qui rappelle assez exactement Saratow, Tambow, et

(1) En russe : du Diable.

autres lieux bien aimés de notre patrie, était
encombrée par les neiges.

« Voilà le Christovoï ! » me dit le capitaine,
lorsque nous arrivâmes dans la vallée de Tchertow, en me montrant la colline couverte d'un
manteau blanc.

À son sommet on apercevait une arête rocheuse, et tout près un sentier à peine visible,
sur lequel on passe, lorsque la neige a couvert
les alentours.

Nos conducteurs déclarèrent qu'il n'y avait
pas encore eu d'avalanche, et s'efforçant de
maintenir les chevaux, suivaient les replis
du sentier. A un détour, nous rencontrâmes
cinq Circassiens. Ils nous offrirent leurs services, s'attachèrent aux roues, et en criant se
mirent à pousser et à soutenir nos voitures.
Réellement le chemin était dangereux. A droite,
se dressaient sur nos têtes des monceaux de
neige, prêts à fondre dans les défilés au premier
coup de vent ; l'étroit sentier était par bonheur
couvert de neige ; dans certains endroits elle
s'écroulait sous nos pieds, dans d'autres elle s'é-
tait congelée sous l'influence des rayons du soleil et de la fraicheur des nuits, si bien que nous-

mêmes avions beaucoup de peine à marcher.
Les chevaux tombaient à chaque instant ; à
gauche bâillait une crevasse énorme au fond
de laquelle coulait un ruisseau, tantôt caché
sous une croûte de glace, tantôt bondissant et
écumant sur les rochers sombres ; à peine si
nous pûmes, en deux heures, tourner le Christovoï. Deux verstes en deux heures ! De plus,
les nuages s'abaissèrent ; nous eûmes de la
grêle et de la neige. Le vent s'enfonçait dans les
défilés, hurlait et sifflait comme un oiseau de
proie et bientôt la crête rocheuse se cacha au
milieu des vapeurs, dont les ondes, devenant
sans cesse plus épaisses et plus obscures, s'a-
moncelaient vers l'Orient.

Il existe une étrange et vieille tradition
sur cette cime : On rapporte que l'empereur
Pierre Ier, voyageant à travers le Caucase, s'y
arrêta : mais, premièrement, Pierre n'alla
qu'à Daguestania ; secondement, sur la croix,
une inscription en grosses lettres atteste qu'elle
a été érigée par ordre de M. Ermolow, en 1824.
Et cependant, malgré l'inscription, la tradition est tellement enracinée, que vraiment on
ne sait qui croire, d'autant plus que nous ne

sommes pas habitués à croire aux inscriptions.

Il nous fallait descendre encore cinq verstes sur des rochers couverts de glace et de neige fondante, pour arriver jusqu'au relais de Kobi; les chevaux étaient harassés et nous, transis de froid. La tempête grondait de plus en plus fort. C'était bien celle qui rugit dans nos pays septentrionaux; mais ses lamentations étaient plus accentuées et plus tristes. Te voilà proscrite! pensais-je; tu pleures sans doute tes immenses et planes steppes, où tes froides ailes peuvent s'étendre à leur aise, tandis qu'ici, trop serrée, tu étouffes comme un aigle prisonnier, qui ronge en criant, les barreaux de fer de sa cage!

« Voilà qui va mal, dit le capitaine. Regardez; autour de nous, on ne voit plus que l'obscurité et la neige. Songez donc, si nous allions tomber dans un précipice ou nous enfoncer dans un trou comme il est arrivé à Baïdar; nous n'en sortirions pas. Oh! je la connais, cette Asie! quels habitants! quelles montagnes! quels torrents! c'est inhabitable! »

Nos postillons se mirent, en criant, à tirer et à frapper les chevaux; ceux-ci hennissaient, se campaient et ne voulaient, pour rien au monde, faire un pas, malgré l'invitation éloquente des coups de fouets.

«Votre seigneurie, dit enfin l'un des postillons, peut être certaine que nous ne pourrons arriver à Kobi maintenant. Mais voulez-vous tourner à gauche, tandis que c'est encore possible? Là bas, au loin, sur le coteau, ne voyez-vous pas quelque chose de noir? C'est sûrement une cabane où les voyageurs s'arrêtent toujours un moment. Ces hommes disent qu'ils vous y conduiront, si vous voulez leur donner un pourboire, ajouta-t-il, en montrant les Circassiens.

— Je le sais, mon cher! je le sais et n'ai pas besoin que tu me le dises, répondit le capitaine; je connais ces brutes-là! Ils sont heureux de me voir dans l'embarras, pour me soutirer un pourboire.

— Avouez, que sans eux nous aurions pu nous trouver bien en peine !

—C'est bon! c'est bon! marmotta-t-il entre ses dents ; j'en ai assez de ces gens-là, ils cherchent toujours à tirer profit de nous ; comme s'il était impossible de trouver le chemin sans eux ! »

Nous tournâmes enfin à gauche, et, après beaucoup de difficultés, nous pûmes atteindre un pauvre asile, composé de deux cabanes bâties en

pierre et en cailloux et entourées d'un mur semblable. Les maîtres, en haillons, descendirent et
nous accueillirent cordialement. Je sus plus tard
que le gouvernement les paie et les nourrît à la
condition d'accueillir les voyageurs surpris par
la tempête.

—Tout va pour le mieux, dis-je en m'asseyant
près du feu ; maintenant vous me finirez l'histoire de Béla. Je suis certain que vous avez
envie de me l'achever !

— Mais pourquoi croyez-vous cela ? me répondit le capitaine, en m'observant avec un
regard fin.

— Parce qu'il est dans l'ordre des choses de
finir un portrait quand on l'a commencé.

— Effectivement ! vous avez deviné.

— J'en suis très content !

— Vous faites bien de vous réjouir ; mais, pour
moi, c'est un pénible souvenir. Quelle charmante
enfant c'était, que cette Béla ! je l'accueillais
comme si elle eût été ma fille et elle m'aimait
bien ! Il faut vous dire que je n'ai plus de famille ; depuis douze ans je n'avais eu aucune nouvelle de mon père et de ma mère et je n'avais
point encore songé à prendre femme. Tel je suis,

tel j'étais alors, et je fus content de trouver quelqu'un à gâter. Elle nous chantait souvent les
airs de son pays et nous dansait divers pas. Mais
comme elle dansait ! J'ai vu les jeunes personnes du gouvernement, j'ai même été à Moscou,
aux assemblées de la noblesse il y a de cela vingt
ans, mais où était Béla ? Ce n'était plus ça ! Grégoire la parait comme une poupée, l'arrangeait,
l'habillait avec soin et elle devenait si jolie, que
c'était admirable. Le hâle de son visage et de
ses mains s'était effacé et les belles couleurs
avaient reparu à ses joues ; puis une fois dans cet
état, resplendissante de gaieté et folle de joie, elle
employait toute son espièglerie à me railler. Que
Dieu le lui pardonne !

— Mais qu'arriva-t-il quand vous lui apprîtes
la mort de son père ?

— Nous la lui cachâmes longtemps, tant
qu'elle ne fut pas faite à sa nouvelle situation, et
lorsque nous le lui dîmes, elle pleura deux jours
et puis l'oublia.

Pendant quatre mois, tout alla on ne peut
mieux. Petchorin, comme je vous l'ai dit, aimait
passionnément la chasse. Il avait souvent envie
d'aller dans la forêt, courir les chevreuils et les

sangliers, mais il n'était guère possible de dé-
passer les remparts de la forteresse. Un jour où
je l'observais, je le trouvai tout pensif et le vis marcher dans sa chambre les mains croisées derrière lui ; une autre fois, sans rien dire, il partit
pour la chasse et disparut toute la matinée. Bientôt cela devint de plus en plus fréquent ; je me disais : ce n'est pas bien, et certainement quelque
chat noir a passé entre eux (1)?

Un matin, j'entre chez eux ; Béla était assise sur
son lit, dans l'ombre, enveloppée dans sa robe
tartare, mais si pâle et si triste que j'en fus effrayé.

— Où est Petchorin?

— A la chasse.

— Est-il parti aujourd'hui?

Elle se tut comme si elle souffrait de me le
dire.

— Non, hier ! dit-elle enfin en soupirant
péniblement.

— Est-ce qu'il ne lui est rien arrive?

— Hier, dit-elle en fondant en larmes, j'ai
pensé tout le jour qu'il avait pu lui arriver

---

(1) Locution russe.

malheur. Il me semblait qu'un sanglier furieux
l'avait blessé, ou que quelque Circassien l'avait
entraîné dans les montagnes, mais maintenant
je crois qu'il ne m'aime plus ?

— Vraiment, ma chère Béla, tu ne pouvais
plus mal penser !

Elle pleura, puis relevant la tête avec fierté,
elle sécha ses larmes et continua :

— S'il ne m'aime plus, qui l'empêche de me
renvoyer de la maison ? je ne veux point le gê-
ner. Mais si cela doit continuer, je partirai moi-
même, je ne suis point une esclave ; je suis la
fille d'un prince ?

Je tâchai de la rassurer :

— Écoute Béla, sans doute il ne peut,
comme aux premiers jours, rester éternellement
assis devant toi, dans ton jupon ; enfin c'est
un jeune homme et il aime à courir après le gibier : Il va et vient, et si tu t'en affliges tu l'en-
nuieras bien plus encore.

— C'est vrai ! c'est vrai ! dit-elle, je serai
gaie. Et riant aux éclats, elle prit son bouben (1)
et se mit à chanter, à danser et à courir autour

---

(1) Espèce de tambour de basque.

de moi. Mais cela ne dura pas, elle regagna son lit et cacha son visage dans ses mains.

Que faire? vous le savez, je n'ai jamais été très entendu auprès des femmes ; je cherchai à la consoler et je ne trouvai rien à dire. Nous nous tûmes quelques moments tous les deux : situation bien désagréable !

Enfin, je lui dis :

— Veux-tu que nous allions nous promener sur le rempart? le temps est si beau ! »

Nous étions en septembre et réellement la journée était admirable et pas trop chaude. Toutes les montagnes se détachaient dans l'espace comme sur un plateau ; nous circulions en tous sens sur le rempart, sans échanger un mot. Enfin elle s'assit sur le gazon et je m'assis également. Il me vint alors à l'esprit cette idée plaisante que j'avais l'air auprès d'elle d'une véritable bonne d'enfant.

Notre forteresse était bâtie sur une hauteur, et on y avait une vue merveilleuse : d'un côté, des champs immenses, légèrement ravinés et terminés par des forêts qui s'abritaient jusque sous les crêtes des montagnes. Par-ci, par-là, la fumée de quelques villages et des trou-

peaux de chevaux ; de l'autre côté, coulait un
ruisseau aux bords plantés d'arbres, dissimu-
lant un petit monticule pierreux qui se ratta-
chait à la haute chaîne du Caucase. Nous nous
étions assis à l'angle d'un bastion, afin d'embrasser tout le tableau d'un seul coup d'œil ;
lorsque soudain j'aperçus, qui sortait de la forêt, un individu monté sur un cheval gris, se
rapprochait, et enfin s'arrêtait près du ruisseau
à cent toises de nous. Et alors il se mit à faire
tourner son cheval comme un fou, mais avec
une incroyable rapidité.

— Regarde donc, Béla ! lui dis-je ; tu as des
yeux jeunes. Quel est celui qui fait ainsi tourner son cheval et par qui cherche-t-il à se faire
remarquer ? »

Elle se retourna et poussa un cri en disant :
« c'est Kazbitch ! »

— Ah ! le brigand ! Comment a-t-il osé venir si près de nous ? »

J'observe ; c'était, en effet, Kazbitch avec
son visage basané ; en haillons et repoussant
comme toujours.

« C'est le cheval de mon père ! » dit Béla, en
me saisissant par le bras.

Elle tremblait comme une feuille et ses yeux étincelaient : Ah! pensai-je ; en toi ma petite, le sang sauvage bouillonne encore.

— Viens ici!, dis-je à la sentinelle ; prépare ton arme ! et si tu veux gagner un rouble, abats-moi cet homme !

— J'entends bien votre seigneurie ; seulement il ne reste pas immobile ;

— Ordonne-le-lui, lui dis-je, en plaisantant.

— Eh! mon cher! cria la sentinelle en agitant sa main : Arrête-toi un peu! Pourquoi tournes-tu comme une toupie? »

Kazbitch s'arrêta et parut observer. Il pensait sûrement qu'on allait entamer avec lui une conversation. Mais alors, mon grenadier visa. Paf..... la poudre s'enflamma, Kazbitch poussa son cheval qui fit un bond de côté ; puis, se levant sur ses étriers, il cria quelque chose en son langage à la sentinelle, la menaça du fouet, et disparut.

« Quelle honte pour toi! dis-je à la sentinelle.»

—Il est allé probablement mourir ailleurs; me répondit celle-ci et votre seigneurie ne m'en voudra pas, car ces maudites gens, on ne peut les tuer d'un seul coup. »

Un quart d'heure après, Petchorin revint de la chasse. Béla lui sauta au cou et ne proféra pas un reproche, pas une plainte pour une si longue absence. Et de longtemps je n'eus plus à me fâcher contre lui.

—Permettez, est-ce que depuis le moment où Kazbitch vint près de la rivière où l'on tira sur lui, vous ne le rencontrâtes plus ? car ces montagnards sont fort vindicatifs. Croyez-vous qu'il ne devina pas que vous aviez aidé Azamat ?...

—Je parierais que ce jour-là il reconnut Béla. Je savais depuis un an qu'elle lui plaisait beaucoup ; il me l'avait dit lui-même ; et, s'il avait espéré avoir une grosse dot, il l'aurait demandée en mariage.

Cet événement fit réfléchir Petchorin.

— Béla ! lui dit-il, il faut être plus prudente, et à partir de ce jour il ne faut plus aller sur le rempart ! »

Du reste j'eus avec Petchorin une longue explication ; je voyais, avec peine, qu'il n'était plus le même pour cette pauvre fille, car, non seulement il passait la moitié de son temps à la chasse, mais dans ses rapports avec elle il était devenu froid et ne lui prodiguait plus que de rares caresses.

4.

Elle commençait à maigrir sensiblement ; sa petite figure s'allongeait, et ses grands yeux s'éteignaient. Nous lui disions :

— Tu soupires, Béla, tu es triste ?

— Non !

— Tu t'affliges en pensant à ta famille ?

— Je n'ai plus de parents !

— Désires-tu quelque chose ?

— Non ! »

C'était comme ça toute la journée ; excepté oui et non, on ne pouvait rien tirer d'elle.

Je résolus donc de parler de cela à Petchorin.

— Écoutez, Maxime, me répondit-il ; j'ai un mauvais caractère ; est-ce l'éducation qui m'a fait tel ou Dieu qui m'a créé ainsi ? je l'ignore ; je sais seulement que si je fais le malheur des autres, je ne suis pas plus heureux pour cela. C'est là une triste consolation, sans doute ! Mais la vérité c'est qu'il en est ainsi ! Dès ma première jeunesse, au moment où je sortis de la tutelle de mes parents, je me pressai de jouir avec fureur de tous les plaisirs que l'on peut se procurer avec de l'argent ; bientôt ces plaisirs me fatiguèrent. J'allai alors dans le grand monde ;

et le monde m'ennuya aussi ; je m'amoura-
chai de quelques beautés mondaines et fus aimé ;
mais dans ces amours mon imagination et mon
amour-propre seuls furent en jeu ; le cœur resta
vide. Je me mis à lire, à m'instruire, tout cela
me parut également ennuyeux ; je voyais que
ni la gloire ni le bonheur ne dépendaient de
ce travail, parce que les hommes les plus
heureux sont souvent les plus ignorants, et
quant à la gloire elle n'appartient qu'au succès. Or, pour l'obtenir, il faut être bien habile. Bientôt après on m'envoya au Caucase :
C'est le temps le plus heureux de ma vie.
J'espérais que l'ennui ne vivrait pas sous les
balles circassiennes : vainement ! Au bout d'un
mois j'étais tellement habitué à leur sifflement
et au voisinage de la mort, que vraiment je ne
m'en occupais pas plus que des moucherons,
et je m'ennuyai plus qu'auparavant, parce
que j'avais, pour ainsi dire, presque perdu ma
dernière espérance. Lorsque je vis Béla,
lorsque, pour la première fois, la tenant sur
mes genoux, je baisai ses cheveux noirs, imbécile que j'étais ! je la pris pour un ange que le
sort compatissant m'envoyait ; je me trompai

encore : l'amour de cette petite sauvagesse ne
vaut guère mieux que celui d'une grande dame;
la naïveté et la candeur de l'une m'importunent
autant que le feraient les coquetteries de l'autre.
Si vous voulez, je l'aime encore ; je lui suis reconnaissant de quelques moments bien doux,
et je donnerais ma vie pour elle; mais auprès
d'elle, je m'ennuie ! Je suis un sot ou plus
méchant encore, je ne sais ; mais ce qu'il y a de
certain, c'est que je suis bien digne de pitié et
peut-être plus qu'elle. J'ai une âme gâtée par
le monde, une imagination sans repos et un
cœur insatiable. Tout me paraît petit ; je m'ha-
bitue facilement à la souffrance comme au plaisir et mon existence devient plus monotone de
jour en jour. Il ne me reste plus qu'une res-
source : c'est de voyager. Dès que je le pourrai,
je me mettrai en route; mais pas en Europe,
grand Dieu ! J'irai en Amérique, en Arabie ou
dans l'Inde ; enfin où que ce soit, je mourrai en
voyageant, à moins que je ne me persuade que
cette dernière consolation sera trop longue à s'é-
puiser, en dépit des orages et des mauvais chemins. »

Il parla ainsi longtemps et ses paroles se gra-

vèrent dans ma mémoire ; pour la première fois,
j'entendais de pareilles choses de la part d'un
homme de vingt-cinq ans et Dieu veuille que ce
soit la dernière ! C'est incroyable !

— Dites-moi, je vous prie, continua le capitaine en se tournant vers moi : Vous avez été dans
la capitale aussi ? mais pas longtemps ; est-ce
que tous les jeunes gens de ces lieux sont ainsi
faits ?

Je lui répondis qu'il y avait bien des hommes
pareils à celui dont il m'avait parlé, et que ce
qui était probable, c'est que ceux-là avaient raison ; que du reste le dégoût de tout, comme toutes
les modes, avait commencé dans les plus hautes
classes de la société, pour descendre ensuite dans
les plus basses qui l'avaient exagéré, et que
c'étaient elles qui, réellement maintenant, s'ennuyaient le plus entre toutes et s'efforçaient de
cacher ce malheur comme un défaut.

Le capitaine ne comprit pas ces finesses et
balança légèrement sa tête en souriant ironique-
ment.

— Ne sont-ce pas les Français qui ont inventé
la mode de l'ennui ? dit-il.

— Non, ce sont les Anglais.

— Ah ! répondit-il, c'est vrai ; ils ont toujours été de grands ivrognes ! »

Je me souvins involontairement d'une grande dame de Moscou qui assurait que Byron n'était rien de plus qu'un ivrogne. Or, la remarque du capitaine était excusable, car depuis qu'il s'abstenait de boire, il s'efforçait de se persuader que dans le monde tous les malheurs provenaient de l'ivrognerie.

Après cette digression, il continua son récit de la sorte :

« Kazbitch ne reparut plus. Mais je ne sais pourquoi je ne pouvais chasser cette idée de ma tête, qu'il n'était pas venu pour rien et qu'il tramait probablement quelque affreux projet.

Un jour Petchorin me pria de l'accompagner à la chasse au sanglier. Je refusai longtemps ; que pouvait avoir de rare pour moi la vue d'un sanglier ? Il parvint cependant une fois à m'entraîner avec lui ; nous prîmes cinq soldats et partîmes de bon matin. Jusqu'à dix heures nous fouillâmes en tous sens les roseaux et le bois ; pas de bêtes ! Retournons, lui dis-je, et ne nous entêtons pas ; il est évident que nous avons choisi un mauvais jour !

Mais Grégoire, malgré la grande chaleur et la
fatigue, ne voulait pas rentrer sans gibier. Ce
qu'il désirait il le lui fallait. Il était évident que
dans son enfance il avait été gâté par sa mère.
Enfin, vers midi, nous découvrîmes un maudit
marcassin ; paff !... paff !... mais rien de tué ;
la bête se réfugia dans les roseaux. C'était décidément un mauvais jour ! Nous prîmes un peu
de repos et nous nous mîmes en route pour regagner la maison, nous allions côte à côte, en
silence, laissant tomber nos rênes et nous
étions presque arrivés à la forteresse. Quelques
arbres seulement nous empêchaient de la voir,
lorsque soudain un coup de feu retentit ; nous
nous regardons l'un et l'autre, un même soupçon
nous a traversé l'esprit. Nous galopons rapidement du côté où le coup était parti ; nous regardons : sur le rempart une foule de soldats était
réunie et indiquait dans la campagne un cavalier qui semblait voler et emportait sur la selle
quelque chose de blanc. Petchorin pousse un
cri en circassien, enlève l'étui de son fusil et
part ; je le suis.

Par bonheur, à cause de notre chasse man-
quée, nos chevaux n'étaient pas fatigués : Ils

bondissaient sous la selle et en un instant, nous avions gagné beaucoup de chemin. Je reconnus enfin Kazbitch, mais je ne pouvais distinguer encore ce qu'il emportait devant lui. Et lorsque j'atteignis Petchorin je lui criai : c'est Kazbitch ! Il me regarda, hocha la tête et fouetta son cheval.

Nous n'étions déjà plus qu'à une portée de fusil de lui ; son cheval était fatigué, en plus mauvais état que les nôtres, et malgré tous ses efforts il n'avançait que péniblement. En ce moment, pensai-je, il doit se souvenir de son Kara-guetz.

Je regarde ; Petchorin au galop le visait avec son fusil ; ne tirez pas ! lui criai-je : gardez votre coup ; nous l'atteindrons sans cela ! Oh ! la jeunesse ! elle s'échauffe toujours mal à propos ! Le coup retentit et la balle cassa la jambe de derrière du cheval ; celui-ci fit encore avec peine une dizaine de pas, broncha et s'abattit sur les genoux.

Kazbitch sauta à terre, et nous vîmes qu'il portait dans ses bras, une femme enveloppée d'un grand voile, c'était Béla ! pauvre Béla ! Il nous cria quelque chose dans sa langue et brandit sur elle son poignard !... Il fallait se hâter !

Je tirai à mon tour assez heureusement; sûrement ma balle l'avait atteint à l'épaule, car son bras retomba subitement. Lorsque la fumée fut dissipée, le cheval blessé était étendu à terre, et à côté de l'animal, Béla évanouie ! Kazbitch jeta son fusil, puis à travers les arbres, grimpa sur les rochers comme un véritable chat. J'eus envie de tirer sur lui de là, mais mon coup n'était pas prêt. Nous sautâmes à terre et courûmes vers Béla. La malheureuse était étendue immobile et le sang coulait à flots de sa blessure. Ce scélérat aurait pu la frapper au cœur et l'achever ainsi d'un seul coup, mais il l'avait frappée dans le dos. C'était un véritable coup de bandit !

Elle était sans connaissance ; nous déchirâmes son voile et pansâmes sa blessure en rapprochant les bords de notre mieux. Vainement Petchorin couvrait de baisers ses lèvres froides ; rien ne put la faire revenir à elle.

Petchorin monta à cheval ; je la pris à terre et la plaçai devant lui sur sa selle ; il l'entoura de ses bras et nous revînmes sur nos pas. Après quelques moments de silence, Petchorin me dit : Maxime ! ne la rappellons-nous pas à la vie ? certainement que si ! lui répondis-je, et nous laissâmes aller nos chevaux à toute bride. Aux portes de la forteresse une grande foule nous attendait. Nous portâmes prudemment la blessée chez Petchorin et fîmes appeler le médecin. Il était presque ivre, mais il vint cependant, regarda la blessure et déclara que Béla ne vivrait pas plus d'un jour. Il se trompait :

— Elle revint donc à la santé ? dis-je au capitaine, en lui prenant la main et presque joyeux malgré moi.

— Non ! répondit-il : le médecin s'était trompé en ceci qu'elle vécut encore deux jours.

— Mais expliquez-moi de quelle manière Kazbitch avait pu l'enlever ?

— Voici : malgré la défense de Petchorin, Béla était allée de la forteresse à la rivière ; il faisait très chaud, comme vous savez, et elle s'était assise sur une pierre et lavait ses pieds dans l'eau. Kazbitch s'approcha d'elle furtivement, lui ferma soudain la bouche, la tira dans les arbres, l'enleva sur son cheval et s'enfuit. Elle, cependant, s'efforçait de crier ; les sentinelles donnèrent l'alarme et nous arrivâmes à propos.

— Mais pourquoi Kazbitch voulait-il l'enlever ?

— Vous savez que les Circassiens sont réputés pour un peuple de voleurs. Il suffit que quelque chose soit mal gardé pour qu'ils l'enlèvent, et quoiqu'un objet leur soit inutile ils le dérobent tout de même, et il faut en cela être indulgent pour eux. Mais cette fois il y avait en plus, que Béla plaisait beaucoup à Kazbitch.

— Et Béla mourut ?

— Oui, elle mourut; mais elle souffrit beaucoup et nous épuisâmes en vain tous nos soins. Vers les dix heures du soir elle revint à elle ; nous nous assîmes sur son lit. Dès qu'elle rouvrit les yeux, elle appela Petchorin :

— Je suis là près de toi, djanetzka ! (ce qui signifie ma chère âme,) dit-il, en la prenant dans ses bras.

— Je mourrai ! dit-elle.

Nous nous efforcions de la consoler en lui disant que le médecin avait promis de la sauver sûrement.

Elle agita sa tête mignonne et se tourna vers le mur. Elle ne voulait pas mourir. Pendant la nuit, elle eût le délire : sa tête brûlait; sur tout son corps courait parfois un tremblement fiévreux. Elle débitait des paroles incohérentes

sur son père et son frère ; elle soupirait après sa
montagne, après sa maison. Puis elle parla aussi
de Petchorin ; elle lui donnait les noms les plus
tendres ou bien lui reprochait d'avoir cessé d'aimer sa Djanetzka.

Lui l'écoutait en silence, la tête appuyée dans
ses mains. Mais pendant tout ce temps je ne
vis pas une seule larme couler de ses paupières.
Était-ce qu'il ne pouvait pleurer ? ou se retenait-
il ? Je ne le sais. Pour moi je n'ai jamais rien vu
de plus digne de pitié que cette scène.

Au matin, le délire disparut. A ce moment
elle était étendue immobile, pâle, et si faible
que c'était à peine si elle paraissait respirer.
Puis il y eut du mieux, et elle se mit à parler ;
savez-vous de quoi ? C'est une pensée qui ne pouvait venir qu'à une mourante : elle se désolait de
ne pas avoir été élevée dans la religion chrétienne, parce que, disait-elle, dans l'autre monde,
son âme ne se rencontrerait pas avec celle de
Grégoire et une autre femme deviendrait sa compagne au paradis. Il me vint à l'idée de la bap-
tiser avant qu'elle ne mourût et je le lui proposai.
Elle me regarda avec irrésolution et ne put de
longtemps proférer une parole... Elle me répon-

dit enfin qu'elle mourrait dans la croyance où
élle était née. C'est ainsi que s'écoula la journée.
Comme elle avait changé en un seul jour ! Ses
joues pâles s'étaient creusées ; ses yeux avaient
grandi, grandi ; ses lèvres brûlaient ; elle ressen-
tait une chaleur intérieure comme si, dans son
sein, elle avait eu un fer rouge !

La seconde nuit vint ; nous ne fermâmes pas
les yeux et ne quittâmes pas son chevet. Elle
souffrait horriblement, elle gémissait, et dès
que la douleur lui laissait un peu de répit, elle
s'efforçait de persuader à Grégoire qu'il devait
lui faire plaisir en allant prendre un peu de repos. Elle embrassait ses mains et les touchait
sans cesse avec les siennes. Avant le matin, elle
ressentit les premières atteintes de la mort, elle
s'agita, arracha son bandage et le sang coula
de nouveau. Lorsqu'on eut pansé sa plaie, elle
se calma un moment, puis demanda Petchorin,
afin de l'embrasser encore. Il se mit à genoux à
côté du lit, leva la tête de Béla de dessus l'oreiller,
et colla sa bouche sur ses lèvres froides ; elle entoura fortement son cou de ses bras tremblants,
comme si elle voulait lui donner son âme dans
un baiser. Oui ! elle fit bien de mourir ! car que

serait-elle devenue si Grégoire l'avait abandonnée ? et tôt ou tard, cela serait arrivé !

Pendant la moitié du jour suivant, elle fut calme, silencieuse et docile, quoique le médecin augmentât ses souffrances avec ses cataplasmes et ses pansements.

— Permettez ! vous disiez vous-même qu'elle devait certainement mourir ; pourquoi alors tous ces remèdes ?

— C'était, répondit Maxime, pour tranquilliser notre conscience.

— Elle est jolie la conscience !

Dans l'après-midi, elle commença à éprouver une soif ardente ; nous ouvrîmes la fenêtre, mais dehors, il faisait encore plus chaud que dans la chambre. Nous plaçâmes de la glace près du lit : rien ne la soulageait. Je savais que cette soif est intolérable, et qu'elle est le signe précurseur de l'agonie. Je le dis à Petchorin :

« De l'eau ! de l'eau ! » dit-elle d'une voix étouffée, en se levant sur son séant.

Grégoire devint pâle comme un linge, prit un verre, le remplit, et le lui donna. Je me couvris les yeux avec mes mains, et me mis à réciter une prière, je ne sais plus laquelle, mon Dieu ! J'ai vu mourir bien des hommes dans les ambulances ou sur les champs de bataille ; mais ce n'était plus cela ! ce n'était pas du tout cela !

Je dois vous avouer ce qui m'attriste encore : En face de la mort, elle ne se souvint pas un instant de moi ; et moi, il me semble que je l'aimais comme un père !... Mais que Dieu lui pardonne ! car en vérité, pourquoi aurais-je voulu qu'elle songeât à moi devant la mort ?

Lorsqu'elle eut bu toute cette eau, elle parut soulagée et trois minutes après, elle exhala son dernier soupir !.....

Nous plaçâmes un miroir devant ses lèvres, mais pas le moindre souffle ne vint en ternir le poli.

J'éloignai Petchorin de cette chambre, et nous allâmes sur le rempart de la forteresse, où nous nous promenâmes longtemps de long en large, côte à côte, sans dire une parole et nos mains croisées derrière le dos. Son visage n'exprimait rien de particulier, et moi j'étais fort triste ; à sa place, je serais mort de douleur ! Enfin il s'assit à l'ombre et avec un bâton dessinait sur le sable. Par convenance je cherchai à le consoler et me mis à lui parler. Il leva la tête et

se mit à rire. Un froid glaça ma peau à ce rire.
Je partis commander le cercueil.

J'avoue que ce fut en partie pour me distraire
que je m'occupai de ce soin. J'avais une pièce
d'étoffe, j'en garnis la bière et la parai avec les
broderies d'argent circassiennes que Petchorin
avait achetées pour elle.

Le lendemain, de bon matin, nous l'enter-
râmes derrière la forteresse, près du ruisseau et
à cette place où elle s'était assise pour la dernière fois. Autour de la tombe, poussent maintenant les blanches fleurs de l'accacia et du su-
reau. J'avais envie d'y placer une croix, mais
je ne le pus, parce qu'elle n'était pas chrétienne.

— Et que devint Petchorin ?

— Petchorin fut longtemps malade et mai-
grit, le malheureux ; mais depuis ce jour nous ne
parlâmes plus de Béla. Je voyais que cela lui était
désagréable. Trois mois après, on lui désigna
un régiment et il partit pour la Géorgie. Depuis
nous ne nous sommes plus rencontrés. Je me
souviens d'avoir entendu dire que peu de temps
après il retourna en Russie ; mais dans les
cadres du corps d'armée il n'en fut plus question.

Et puis les nouvelles nous parviennent si tardivement ici.

Là-dessus il entama une longue conversation sur ceci : qu'il est fort désagréable de ne connaître les nouvelles qu'une année plus tard et que cela n'est supportable que parce que ce retard amortit quelquefois de douloureuses émotions.

Je ne l'interrompis point, car je ne l'écoutais plus.

Au bout d'une heure, il nous parut possible de partir. La tempête s'était calmée ; le ciel s'éclaircit et nous nous remîmes en route. En chemin je ramenai malgré moi la conversation sur Béla et Petchorin.

— Et vous n'avez pas entendu dire ce qu'est devenu Kazbitch ?

— Kazbitch ! à la vérité je n'en ai plus entendu parler. J'ai ouï dire que sur notre flanc droit chez les chapsoug (1) il existe quelque Kazbitch hardi qui, en habit Tartare rouge, va et vient sous nos balles et salue poliment lorsqu'elles sifflent près de lui. Je doute que ce soit le même !

(1) Peuplade du Caucase.

Nous nous séparâmes à Kobi. Je partis en poste. Lui, à cause de sa voiture chargée, ne put me suivre. Nous comptions ne jamais nous revoir, mais cependant nous nous rencontrâmes, et si vous le désirez, je vous raconterai cela. C'est toute une histoire. Avouez seulement que Maxime Maximitch était un homme digne d'estime ! Si vous avouez cela, je vous en récompenserai par un récit qui ne sera pas trop long.

FIN DE BÉLA.

MAXIME MAXIMITCH

Après avoir pris congé de Maxime Maximitch
je traversai rapidement les défilés du Terek et
du Darial; je déjeunai au Kazbek, bus le thé à
Larse, et me hâtai afin d'arriver pour le dîner
à Vladicaucase. Je vous ferai grâce ici de la
description de la montagne, d'exclamations qui
n'expriment rien et de tableaux qui ne représentent pas grand'chose, excepté pour ceux qui
n'y sont pas allés. Je ne vous ferai pas non
plus de remarques statistiques que décidément
personne ne veut lire.

Je m'arrêtai à l'hôtellerie où descendent tous
ceux qui passent et où cependant personne ne
put seulement nous faire rôtir un faisan et
bouillir un peu de soupe aux choux, car les
trois invalides à qui la maison était confiée se

trouvaient tellement ineptes et tellement ivres,
qu'il était impossible de chercher à obtenir d'eux
quelque chose.

Ils me déclarèrent que je devais séjourner là
encore trois jours, parce que l'occasion d'Ekatérinograd n'était pas encore arrivée, et par conséquent ne pouvait encore retourner. Quelle occasion! Mais un mauvais calembour n'est
pas une consolation pour un Russe, et afin
de me distraire, je songeai à écrire le récit de
Maxime sur Béla, ne pensant pas alors qu'il
ne serait que la première partie d'une longue
suite de récits. Vous avez vu comment un événement insignifiant peut avoir quelquefois des
suites fâcheuses. Mais à propos, peut-être ne
savez-vous pas ce que c'est que l'*occasion*? C'est
l'escorte composée d'une demi-compagnie d'infanterie et d'artillerie qui accompagne les transports militaires à travers le pays de Kabarda
entre Vladicaucase et Ekatérinograd.

Je passai le premier jour d'une manière fort
ennuyeuse. Le second jour, une voiture franchit
de bon matin les portes ; c'était celle de Maxime
Maximitch. Nous nous rencontrâmes comme
deux vieilles connaissances. Je lui offris ma

chambre, il accepta sans cérémonie, me frappa
sur l'épaule et arrondit sa bouche en forme de
sourire. Quel excellent homme c'était !

Il faut vous dire qu'il avait, dans l'art culi-
naire, de profondes connaissances ; aussi fit-il
rôtir admirablement le faisan qu'il entoura d'une
délicieuse sauce aux légumes. Je dois avouer
que sans lui je serais resté aux légumes secs
toute la journée. Une bouteille de vieux vin de
Kaketinski nous aida à oublier le nombre modeste de plats de notre repas réduit à un seul, et
puis nous nous assîmes pour fumer nos pipes,
moi sur le bord de la fenêtre, lui tout à côté du
poêle, car la journée était froide et humide. Nous
nous taisions; de quoi parler du reste? Il m'avait
déjà fait le récit de tout ce qui lui était arrivé d'intéressant, et moi je n'avais rien à lui raconter.
Je me mis à regarder par la fenêtre les nom-
breuses maisonnettes éparpillées sur les bords
du Terek. La rivière s'élargissait en serpentant
au milieu des arbres, puis plus loin devenait
plus bleue sous l'ombre dentelée des montagnes,
derrière lesquelles le Kazbek semblait nous regarder pareil à un chapeau de cardinal recouvert
de neige. Je faisais mentalement mes adieux au

Caucase et j'en éprouvais beaucoup de peine.

Nous restâmes ainsi longtemps. Le soleil se cachait derrière les froides cimes et un brouillard épais et gris s'étendait déjà sur les vallées, lorsque dans la rue retentit le son des grelots d'un équipage et la voix des postillons.

Quelques voitures militaires toutes couvertes de boue entrèrent dans la cour et derrière elles une calèche de voyage vide. Sa marche était légère, sa construction commode et élégante et elle avait un cachet étranger. Sur le siège était un homme à longues moustaches et trop bien vêtu pour un laquais ; mais il était cependant impossible de se tromper sur sa position sociale en voyant la manière grossière avec laquelle il secouait la cendre de sa pipe et criait après les postillons. C'était évidemment le serviteur complaisant d'un maître paresseux et avait un air de famille avec le Figaro russe. Dites-moi, mon cher ! lui criai-je par la fenêtre ; l'occasion est-elle arrivée? Il me regarda avec assez d'arrogance, arrangea sa cravate et se retourna. Le conducteur des équipages militaires, placé à côté de lui, répondit qu'effectivement l'occasion était arrivée et qu'elle repartirait le lendemain matin.

Dieu soit béni ! dit Maxime qui s'était approché de la fenêtre pendant ce temps : Quelle jolie calèche ! ajouta-t-il : c'est certainement quelque haut fonctionnaire qui va à Tiflis pour une enquête ! Et probablement il ne connaît pas nos montagnes. Non ! te ne connais pas nos montagnes, elles te briseront ta voiture anglaise, mon cher ! Mais qui cela peut-il être? allons l'apprendre.

Nous entrâmes dans un corridor, au bout duquel il y avait une porte ouverte sur une chambre de côté. Le laquais et les postillons y portaient des valises.

— Écoute, mon ami, lui dit le capitaine : A qui est cette admirable calèche ? Quelle jolie voiture !

Le laquais, sans se retourner, marmotta quelque chose entre ses dents et continua de déboucler ses valises. Maxime se fâcha, toucha l'impoli à l'épaule et lui dit :

— Je te parle, mon cher.

— Eh bien ! cette calèche est à mon maître !

— Mais quel est ton maître ?

— Petchorin !

— Comment, Petchorin ? ah ! mon Dieu !

Est-ce qu'il n'a pas servi au Caucase ? dit Maxime en poussant des cris de joie, me tirant par
la manche, et les yeux pleins de gaieté.

— Il y a servi en effet, je crois ; mais il n'y a
pas longtemps que je suis avec lui.

— Est-ce bien Grégoire Alexandrovitch ?

— C'est bien ainsi qu'on le nomme !

— Sais-tu que nous étions bons amis avec ton
maître, ajouta-t-il en frappant amicalement le
laquais sur l'épaule, si bien qu'il le fit vaciller.

— Permettez, monsieur, vous m'interrompez
dans ma besogne, dit celui-ci d'un air un peu
renfrogné.

—Comment, mon cher ! sais-tu qu'avec ton
maître nous étions intimes et que nous avons
vécu ensemble? Mais où est-il resté lui-même ?

Le domestique répondit que Petchorin s'était
arrêté pour dîner et passer la nuit chez le colonel N...

Ne viendra-t-il pas ici ce soir ? dit Maxime,
ou bien n'iras-tu pas, mon cher, vers lui pour
n'importe quoi? Si tu y vas, dis-lui que Maxime
Maximitch est ici, et qu'il le connaît déjà ; je
te donnerai huit copeks de pourboire.

Le laquais fit une mine dédaigneuse, à

cette modeste promesse, mais affirma cependant à Maxime qu'il ferait la commis-
sion.

Certainement il va venir tout de suite, me
dit Maxime avec un air triomphant : j'irai l'attendre jusqu'aux portes et je regrette de ne
pas connaître N...

Il s'assit sur un banc près de la porte cochère
et moi je rentrai dans la chambre ; j'avoue que
j'attendais aussi avec une certaine impatience
l'arrivée de ce Petchorin. Quoique d'après le
récit du capitaine, je me fusse composé un
portrait de lui pas trop avantageux, quelques
détails de son caractère m'engageaient cependant
à l'observer. Une heure après, un invalide
m'apporta un samovar plein d'eau chaude et
une théière.

— Maxime ! Voulez-vous du thé ? lui criai-je
par la fenêtre.

— Merci ! je n'ai pas envie d'en prendre.

— Allons ! prenez-en, vous voyez qu'il est
déjà tard et qu'il fait froid.

— Ce n'est rien ! je vous remercie.

— Eh bien ! comme il vous plaira ; je vais
prendre le thé tout seul.

Dix minutes après, le capitaine entra.

— Au fait ! vous avez raison ! dit-il ; mieux vaut prendre le thé en attendant, tout de même. Cet homme est déjà depuis longtemps près de lui et il est évident que quelque chose l'a retenu.»

Il avala vite une tasse de thé, en refusa une seconde et retourna vers la porte avec inquiétude. Il était clair que l'indifférence de Petchorin affligeait d'autant plus le vieux capitaine, qu'il m'avait parlé naguère de son amitié pour lui. Et il n'y avait pas une heure qu'il était persuadé que celui-ci accourrait, rien qu'en entendant son nom.

Il était déjà tard et il faisait sombre, lorsque j'ouvris de nouveau la fenêtre pour appeler Maxime, lui disant qu'il était temps de se coucher. Il marmotta quelque chose entre ses dents ; je réitérai mon invitation, mais il ne me répondit rien.

Je me couchai sur un divan, enveloppé dans mon manteau et j'aurais dormi tranquillement si à une heure déjà avancée Maxime, entrant dans la chambre, ne m'avait éveillé. Il jeta sa pipe sur la table, se mit à marcher dans la chambre, activa le poêle. Enfin, une fois couché, il no fit que tousser, cracher et se retourner.

— Est-ce que les punaises vous piquent ? lui demandai-je.

— Oui ! Les punaises ! répondit-il en soupirant péniblement.

Le lendemain matin, je m'éveillai de bonne heure, mais Maxime m'avait déjà devancé ; je le trouvai devant la porte, assis sur le banc.

— Il faut que j'aille chez le commandant, me dit-il. Je vous en prie, si Petchorin vient, accueillez-le pour moi.

Je le lui promis, et il se mit à courir comme si ses membres avaient retrouvé leur jeunesse, leur vigueur et leur agilité.

La matinée était fraîche et belle. Des nuages dorés s'amoncelaient sur les montagnes et formaient comme une nouvelle chaîne de montagnes aériennes: Devant la porte s'étendait une large place, sur laquelle le marché fourmillait de monde, car s'était un dimanche. Les enfants Géorgiens, nu-pieds, portant sur leurs épaules des paniers pleins de rayons de miel, tournaient autour de moi. Je les maudissais et ne m'occupais pas d'eux, car l'inquiétude du capitaine commençait à me gagner.

Il y avait à peine dix minutes écoulées que
celui que nous attendions parut à l'extrémité de
la place. Il était avec le colonel N... qui l'accom-
pagna jusqu'à l'hôtel, prit congé de lui et retourna à la forteresse.

J'envoyai aussitôt un invalide à Maxime.

Le laquais alla à la rencontre de Petchorin,
lui dit qu'on allait atteler tout de suite, lui donna
son porte-cigare, prit ses ordres et partit pour
les exécuter. Son maître tira un cigare, bâilla
deux fois et s'assit sur le banc placé de l'autre
côté de la porte.

Maintenant, je dois vous faire son portrait.

Il était de stature moyenne et bien propor-
tionné ; sa taille svelte et ses larges épaules
annonçaient une forte constitution qui, en lui
permettant de supporter les fatigues d'une existence nomade et les changements de climat, avait
rendu sa santé inaltérable, malgré les excès d'une
vie déréglée dans la capitale et les orages de son
âme. Son pardessus de velours, couvert de poussière et retenu par les deux boutons inférieurs,
laissait voir un linge éblouissant de blancheur,
qui dénotait un homme comme il faut ; ses gants,
quoique sales, disaient qu'ils avaient été faits

pour sa petite main aristocratique, et lorsqu'il
ôta un de ses gants, je fus étonné de la blancheur
et de la finesse de ses doigts. Sa démarche était
nonchalante et paresseuse. Mais je remarquai
qu'il ne gesticulait point, indice certain d'un
caractère dissimulé. Du reste, c'est là une remarque qui m'est personnelle et fondée sur mes
observations, et je ne veux point vous forcer d'y
croire complètement. Lorqu'il se baissa sur le
banc, sa taille droite se courba comme s'il n'avait
pas eu d'épine dorsale. La position de tout son
corps accusait une grande faiblesse nerveuse et
il s'assit comme s'asseoit sur des coussins, après
un bal fatigant, une coquette de trente ans de Bal-
zac. Au premier coup d'œil jeté sur son visage
on ne lui aurait pas donné plus de vingt-trois
ans, quoique plus tard, je fusse disposé à lui en
donner trente. Dans son sourire il y avait quelque chose d'enfantin ; sa peau avait la douceur
de celle d'une femme ; ses blonds cheveux fri-
saient naturellement et ombrageaient d'une manière pittoresque son front pâle et plein de noblesse, sur lequel, après une longue observation, on pouvait apercevoir les plis des
rides qui s'entrecroisaient et étaient profondé-

ment marquées au moment de la colère ou d'une
inquiétude d'âme. Malgré la couleur claire de
ses cheveux, ses moustaches et ses sourcils
étaient noirs, signe de race chez un homme,
comme la crinière et la queue noires chez les
chevaux. Afin de vous finir ce portrait, il faut
vous dire qu'il avait le nez un peu retroussé, les
dents éblouissantes de blancheur, les yeux bruns.
Mais de ses yeux je dois vous dire encore quelques mots :

D'abord ils ne riaient pas, lorsque lui-même
souriait. Ne vous est-il jamais arrivé de remarquer cette chose étrange chez quelques hommes? C'est l'indice ou d'un caractère méchant ou
d'un chagrin profond et permanent! A travers
ses paupières à demi-baissées, ils brillaient d'une
certaine clarté phosphorescente, si l'on peut
s'exprimer ainsi. Ce n'était point le reflet d'une
âme ardente ou d'une imagination enjouée,
c'était un éclat pareil à celui de l'acier poli,
éblouissant, mais froid. Son regard mobile, mais
pénétrant et fatigant vous laissait une impression désagréable d'interrogation indiscrète et
pouvait même paraître insolent, s'il n'eût été
aussi indifférent et aussi tranquille. Toutes ces

réflexions ne me vinrent à l'esprit que parce
que je connaissais quelques évènements de
sa vie et peut-être qu'un nouvel examen de
sa personne aurait produit sur moi des impressions entièrement différentes. Mais quoique vous
puissiez fort bien ne pas vous entendre avec moi
sur tout cela, vous êtes dans la nécessité de vous
contenter de cette description. Je vous dirai
comme conclusion qu'il n'était en somme pas
du tout laid, et qu'il avait une de ses physiono-
mies originales qui plaisent ordinairement aux
femmes.

Les chevaux étaient prêts ; les grelots des
colliers résonnaient de temps en temps et le
laquais s'était déjà approché deux fois de Petchorin pour le prévenir que tout était prêt et
Maxime ne revenait pas. Par bonheur Petchorin s'était plongé dans une rêverie, en regardant les masses bleues du Caucase et ne
paraissait pas du tout pressé de se mettre en
route.

Je m'approchai de lui et lui dis :

—Si vous voulez bien attendre encore un peu,
vous aurez le plaisir de revoir une vieille connaissance.

— Ah ! c'est vrai ! répondit-il vivement ; on me l'a dit hier ; mais où est-il ?

Je me retournai du côté de la place et j'aperçus Maxime courant tant qu'il pouvait. En quelques secondes il fut près de nous. Il pouvait à peine respirer, la sueur coulait à gouttes sur son visage ; les mèches humides de ses cheveux gris s'échappaient de dessous son chapeau et se collaient à son cou ; ses membres tremblaient.....

Il voulut se jeter au cou de Petchorin, mais celui-ci, assez froidement, et cependant avec un bienveillant sourire, lui tendit la main. Le capitaine resta un moment stupéfait, et puis prit avidement cette main dans les siennes ; il ne pouvait encore parler.

— Comme je suis content de vous voir, mon cher Maxime ! mais comment vous portez-vous ? dit Petchorin.

— Mais toi ! Mais vous ! murmura le vieillard, avec des larmes dans les yeux, que d'années ! que de jours ! mais, où allez-vous ?

— Je vais en Perse et plus loin.

— Est-il possible ! maintenant ? Mais attendez un peu, mon ami ! vous ne pouvez pas nous

quitter tout de suite. Il y a si longtemps que
nous ne nous sommes vus !

— Il le faut, Maxime, fut sa réponse.

— Mon Dieu ! Mon Dieu ! mais pourquoi tant
se hâter ? Je voudrais vous dire tant de choses,
et tant vous en demander ? Mais êtes-vous en
congé ? que faisiez-vous ?

— Je m'ennuyais ! dit Petchorin en souriant.

— Mais ne vous souvenez-vous plus de notre
séjour dans la forteresse ? votre passion pour la
chasse ! Vous étiez un intrépide chasseur ! et
Béla ?

Petchorin pâlit légèrement et se retourna.

— Oui je m'en souviens, dit-il en bâillant
presque malgré lui.

Maxime se mit alors à le prier de rester
encore deux heures avec nous.

— Nous dînerons parfaitement, dit-il ; j'ai
deux faisans et le vin de Kaketinski est excellent
ici, ce n'est pas le même qu'en Géorgie, et c'est
le meilleur crû. Nous causerons ; et vous me ra-
conterez votre existence à Pétersbourg, n'est-ce
pas ?

— Vraiment je n'ai rien à raconter, mon cher
Maxime... Adieu il faut que je me hâte !... je

6

vous remercie de ne pas m'avoir oublié !...
ajouta-t-il en lui pressant la main.

Le vieillard fronça le sourcil !... il était bien
triste et bien affecté, quoiqu'il s'efforçât de le
cacher.

— Oublier ! s'écria-t-il ; non ! je n'ai rien oublié ! Mais que Dieu vous accompagne ! Je ne croyais pas que nous nous rencontrerions ainsi !...

— Mais c'est assez ! c'est assez ! dit Petchorin, en l'embrassant amicalement : Est-il possible
que je ne sois plus le même ? Qu'y faire ? chacun
suit son chemin ! Nous sera-t-il donné de nous
rencontrer encore ? Dieu le sait !

En disant cela il s'était déjà mis en voiture
et le postillon rassemblait ses rênes.

— Arrête ! arrête ! lui cria soudain Maxime, en
se cramponnant à la portière de la calèche ; Grégoire, vous avez sans doute oublié que vos
papiers sont restés chez moi ? je les ai conser-
vés ; je pensais vous trouver en Géorgie et voilà
que Dieu nous a fait nous retrouver ici ; que
dois-je en faire ?

— Ce que vous voudrez ; dit Petchorin ;
adieu !

— Ainsi vous allez en Perse ? et quand reviendrez-vous ? lui cria Maxime en le suivant.

La calèche était déjà loin et Petchorin faisait de la main un signe qui pouvait se traduire de la façon suivante : C'est impossible ! Il le faut et je ne sais pourquoi.

Dans le lointain, le son des grelots devenait déjà moins distinct ainsi que le bruit des roues sur les cailloux du chemin, que le pauvre vieillard était encore debout à la même place et enfoncé dans une sombre rêverie.

Il me dit enfin, s'efforçant de prendre un visage plus gai, tandis que des larmes de dépit mouillaient de temps en temps ses paupières :

—Nous étions bons amis, cependant. Mais que sont les amis de maintenant ! que pouvait-il trouver auprès de moi ? Je ne suis ni riche, ni haut placé, et j'ai le double de son âge ! Mais voyez quel petit maître il est devenu pendant son nouveau séjour à Pétersbourg ! quelle voiture ! que de bagages ! quels laquais insolents.

Ces paroles étaient dites avec un sourire ironique :

— Dites-moi ? continua-t-il en se tournant vers moi, quel démon le pousse maintenant vers la Perse ? En vérité, c'est drôle ; je sais que c'est un homme léger sur lequel il est impossible de compter; mais vraiment ce serait regrettable de le voir mal finir, et il est impossible qu'il en soit autrement! Je lui disais toujours que c'était mal d'oublier de vieux amis.

Il se retourna afin de cacher son agitation et alla vers la porte auprès de sa voiture, dont il me parut à peine voir les roues, tellement ses yeux s'étaient en ce moment remplis de larmes.

—Maxime, lui dis-je en m'approchant de lui; quels sont donc les papiers que vous a laissés Petchorin ?

— Ah! Dieu le sait ! quelques récits.

— Mais qu'en ferez-vous ?

— Ce que j'en ferai, mais j'en ferai des cartouches !

— Donnez-les moi, cela vaut mieux ?

Il me regarda avec étonnement, et en murmurant entre ses dents se mit à fouiller dans sa valise. Il en tira un cahier et le jeta à terre avec mépris, puis d'autres, trois, dix eurent le même sort. Dans son chagrin, il avait quelque chose d'un enfant ; cela me paraissait triste et plaisant à la fois.

— Les voilà tous, dit-il, je vous félicite de leur trouvaille.

— Et j'en puis faire tout ce que je voudrai ?

— Même les faire imprimer dans les journaux ; ce n'est pas mon affaire ! Suis-je son ami, son parent ? En vérité, nous avons vécu longtemps sous le même toit ; mais il y en a tant avec lesquels j'ai vécu !

Je pris les papiers et me dépêchai de les emporter de peur que le capitaine ne se repentît de me les avoir donnés. On vint nous prévenir que l'occasion repartait dans une heure ; j'ordonnai d'atteler. Le capitaine entra dans la chambre lorsque je mettais déjà mon chapeau et il me sembla ne pas se préparer au départ. Il paraissait tout contraint et avait le regard froid.

— Mais vous, Maxime, est-ce que vous ne partez pas ?

— Non !

— Et pourquoi ?

— Je n'ai pas encore vu le commandant et je dois régler quelques affaires de service avec lui.

— Mais vous êtes allé chez lui ?

— Oui, j'y suis allé effectivement dit-il, en

hésitant ; mais il n'y était pas et je ne l'ai pas attendu.

Je le compris..... Le pauvre vieillard, pour la première fois de sa vie, avait retardé une affaire de service pour ses intérêts personnels comme on dit en termes de métier, et voilà comment il en était récompensé ?

— Je regrette, lui dis-je, je regrette beaucoup qu'il faille nous séparer avant la fin du voyage.

—Ah bah ! nous sommes, nous, de vieux incivilisés qui ne pouvons aller de pair avec vous. Vous êtes des jeunes gens du monde, fiers, et cependant sous les balles vous marchez à nos côtés ; mais ensuite lorsque nous vous rencontrons, vous rougissez de tendre la main à vos compagnons d'armes.

—Je ne mérite pas ces reproches, Maxime !

— Vous savez bien que ce n'est qu'une manière de parler ; mais du reste je vous souhaite toute espèce de bonheur et un bon voyage !

Nous nous séparâmes assez sèchement. Le bon Maxime était redevenu le capitaine entêté et querelleur ; et pourquoi ? parce que Petchorin, par distraction ou pour tout autre motif, ne lui avait pris que la main lorsqu'il aurait voulu qu'on lui sautât au cou.

Il est triste de voir un jeune homme perdre les meilleurs de ses rêves et les meilleures de ses espérances alors que devant lui s'épanouissent les roses à travers lesquelles il aperçoit les choses et les sentiments de l'humanité. Et cependant il a au moins une espérance, c'est de pouvoir troquer les vieilles erreurs contre les nouvelles qui ne sont ni moins fugitives ni moins douces. Mais à l'âge de Maxime, comment les remplacer ? C'est involontairement que le cœur s'endurcit et que l'âme se ferme.

Je partis seul.

FIN DE MAXIME MAXIMITCH.

PRÉFACE DE L'AUTEUR

J'ai appris depuis peu que Petchorin, à son retour de Perse, était mort. Cette nouvelle m'a fait
presque plaisir, en ce qu'elle m'a donné le droit
d'imprimer ces récits et j'en ai profité pour placer
son nom sur un type dont l'histoire lui est complètement étrangère. Dieu fasse que les lecteurs ne
m'en veuillent pas pour cette innocente fraude !

Je dois maintenant expliquer un peu quels motifs m'ont déterminé à livrer au public, les secrets
intimes de cet homme que je n'ai jamais connu.
Si j'avais été au moins son ami, chacun comprendrait
la maligne indiscrétion d'un ami véritable.
Mais je ne l'ai vu qu'une seule fois dans ma vie et
sur un grand chemin; je ne puis donc nourrir
contre lui cette haine inexplicable qui, cachée sous
le masque de l'amitié, attend la mort ou le malheur
de celui qu'on semblait affectionner, pour décharger sur sa tête une grêle de reproches, de conseils,
de railleries, de regrets.

En relisant ces écrits, je me suis convaincu de
la sincérité avec laquelle cet homme avait mis à
découvert ses propres faiblesses et ses défauts.

L'histoire d'une âme, si petite qu'elle soit, n'est-elle
pas plus curieuse et plus profitable que l'histoire
de tout un peuple? Et surtout lorsqu'elle est le produit des observations d'un esprit méchant sur lui-
même et qu'elle est écrite sans le désir présomp-
tueux de se voir imiter et d'exciter l'admiration.
Une confession franche en Russie est si rare, et
on ne se lit point à ses amis!

Aussi le seul désir d'être utile m'a décidé à faire
imprimer ces fragments d'un journal que m'a pro-
curé le h sard. Cependant j'ai changé tous les
noms; mais ceux dont on parle se reconnaîtront
sûrement et trouveront là la justification de certains faits, pour lesquels, jusqu'à ce jour, ils
avaient accusé un homme, qui n'a déjà plus rien
de commun avec ce monde. Nous pardonnons
presque toujours ce que nous comprenons.

Je n'ai placé dans ce livre que ce qui se rapporte au séjour de Petchorin au Caucase. Il est
resté dans mes mains un énorme cahier où il raconte sa vie. Quelque jour je la soumettrai au jugement du public, mais en ce moment je n'ose
prendre cette responsabilité pour de nombreux et
sérieux motifs.

Peut-être quelques lecteurs auront-ils l'envie de
connaître mon opinion sur le caractère de Petchorin : Ma réponse est le titre du livre. Mais c'est
une méchante ironie me dira-t-on !.....

Je ne sais..……

I

TAMAN

—

Taman est bien la plus sale petite ville de toutes les villes maritimes de la Russie. C'est toutjuste si je n'y suis pas mort de faim, et pour compléter encore cela on a voulu m'y noyer. J'y arrivai en poste à une heure assez avancée de la nuit. Le postillon arrêta son troïka (1) fatigué, à la porte de la seule maison bâtie en pierre, vis-à-vis de l'entrée. La sentinelle cosaque de la mer Noire, entendant le son des grelots, cria d'une voix à demi-endormie et sauvage : qui vive ! Le sergent et le brigadier accoururent ; je leur expliquai que j'étais un officier allant en mission

(1) On appelle ainsi un attelage à trois chevaux.

pour le service de l'État et requis le logement
qui m'était dû. Le brigadier me conduisit jusqu'à la ville où nous ne trouvâmes pas une cabane qui ne fût occupée. Il faisait froid ; je n'a-
vais pas dormi durant trois nuits, j'étais épuisé
et je commençai à me fâcher.

— Conduis-moi quelque part, brigand, m'é-
criai-je. Au diable, si tu veux, pourvu qu'il y ait
une place !

— Il reste encore un endroit, me répondit le
brigadier en me saluant militairement ; seulement il ne plaira pas à votre seigneurie ; ce n'est
pas très convenable.

Ne comprenant pas très bien le sens
qu'il attachait à ce dernier mot, je lui ordonnai
de marcher devant moi, et après une longue
pérégrination au milieu de sales ruelles où de
chaque côté je ne voyais que de vieilles masures
cloisonnées en planche, nous arrivâmes à une
petite maisonnette placée sur le bord même de
la mer.

La pleine lune brillait sur le toit en roseaux et
blanchissait les murailles de ma nouvelle demeure. Dans une cour entourée d'une enceinte en
pierre, s'élevait une autre cabane un peu inclinée

et plus petite et plus vieille que la première. Par un écroulement on descendait au bord de la mer qui mouillait les murs mêmes et au bas desquels les flots sombres rejaillissaient avec leur murmure continuel.

La lune regardait tranquillement l'élément toujours agité, mais soumis à sa puissance ; et je distinguai à l'aide de sa lumière, bien loin du rivage, deux navires dont le sombre gréement, semblable à une toile d'araignée se dessinait immobile sur la ligne pâle de l'horizon. Ce sont des navires en rade, pensai-je ; je partirai probablement demain pour Guelendjik.

J'avais à mon service un cosaque de ligne. Je lui ordonnai de décharger ma valise, de renvoyer le postillon et appelai le maître de la maison, pas de réponse. Je cognai, pas davantage.

Qui est-là? dit enfin un petit garçon de quinze ans qui se trouvait dans le vestibule.

— Où est l'hôte?

— Il n'y en a pas.

— Comment, il n'y en a pas ?

— Non.

— Et l'hôtesse ?

7

— Elle est allée au village.

— Qui donc m'ouvrira la porte ? m'écriai-
je en la frappant à coups de pied.

La porte s'ouvrit d'elle-même ; un air humide
s'échappa de la maison. J'allumai une allumette
en cire et la portai sous le nez de l'enfant ; elle
éclaira deux yeux blancs : il était aveugle, complètement aveugle de naissance, et se tenait immobile devant moi ; ce qui me permit d'examiner les traits de son visage.

J'avoue que je suis fortement prévenu contre
tous les aveugles, borgnes, sourds, muets, culs
de jatte, manchots, bossus, etc... J'ai remarqué
qu'il y a toujours une étrange corrélation entre
l'extérieur de l'homme et son âme ; comme si
la perte d'un membre faisait perdre à l'âme
quelqu'une de ses facultés.

Je me mis donc à observer le visage de l'a-
veugle ; mais que peut-on lire sur un visage qui
n'a pas d'yeux. Je le regardais depuis longtemps
avec une involontaire pitié, lorsqu'un sourire à
peine visible vint errer sur ses lèvres fines et je
ne sais pourquoi, produisit sur moi une très désagréable impression. Dans ma tête naquit ce
soupçon, que cet aveugle ne l'était pas autant

qu'il le paraissait. En vain m'efforçai-je de me
persuader qu'il était impossible de contrefaire
les yeux blancs aussi parfaitement ; mais que
voulez-vous? Je suis souvent très enclin à la
méfiance...

— Est-ce que tu es le fils de l'hôtesse ? lui
demandai-je enfin.

— Non.

— Qui es-tu donc ?

— Un pauvre orphelin.

— Et l'hôtesse a-t-elle des enfants ?

— Non ; elle avait une fille, mais elle s'est
enfuie de l'autre côté de la mer avec un tartare.

— Quel tartare?

— Ah qui le sait ! c'est un tartare de Crimée,
un pirate de Kertch.

J'entrai dans la masure ; deux bancs et une
table, une grande caisse à côté d'un poêle formaient tout son ameublement. Sur le mur, pas
la moindre image de saint (1) ; mauvais signe !

Par un carreau cassé s'engouffrait le vent de
la mer ; je tirai de ma valise une bougie et l'al-

---

(1) Ce qui est rare en Russie, car chaque chaumière a
son image protectrice.

lumai ; j'y pris ensuite mes hardes, les plaçai dans un coin avec mon sabre et mon fusil et déposai mes pistolets sur la table ; puis j'étendis mon manteau sur un banc et mon cosaque le sien sur l'autre. Dix minutes après il ronflait, tandis que je ne pouvais m'endormir. Devant moi, dans les ténèbres, tout se changeait en enfant aux yeux blancs.

Environ une heure s'écoula ainsi. La lune brillait par la fenêtre et ses rayons se jouaient sur le plancher, en terre de la masure. Soudain, sur la ligne éclairée, qui le partageait une ombre passa. Je me soulevai un peu et regardai par la croisée ; quelqu'un, pour la seconde fois, glissa près de moi, et se cacha Dieu sait où. Je ne pouvais supposer que cet être avait fui sur le bord du rivage à pic en cet endroit, et cependant il n'avait pu aller ailleurs. Je me levai, me couvris d'un vêtement, et après avoir suspendu mon poignard à ma ceinture, je sortis à pas de loup de la cabane. Je m'étais caché derrière une cloison lorsque l'enfant passa près de moi avec une allure sûre et prudente ; sous son bras il portait un paquet, et tournant vers le port, il se mit à descendre un sentier étroit et escarpé.

Voilà bien ! pensai-je ; dans le jour les muets parlent et les aveugles recouvrent la vue ; et je le suivis à une certaine distance, de manière à ne pas le perdre des yeux.

Cependant la lune commençait à se couvrir de nuages et un brouillard s'élevait sur la mer. C'est à peine si, à travers ces vapeurs, on pouvait voir briller un fanal placé sur la poupe d'un navire voisin. Au fond de l'eau l'écume faisait scintiller le galet et à tout moment inondait le rivage. Je parvins avec beaucoup de difficultés à descendre jusque sur la berge, et que vis-je alors ? L'aveugle s'arrêta un instant, puis tourna à droite et alla si près de l'eau, qu'en ce moment il me sembla que la vague l'avait atteint et l'emportait. Ce n'était évidemment pas la première promenade de ce genre qu'il faisait, à en juger par la sécurité avec laquelle il sautait de pierre en pierre et évitait les trous. Il s'arrêta enfin, et comme s'il prêtait l'oreille à un bruit quelconque, il s'assit à terre et posa son paquet à côté de lui. Je surveillais tous ses mouvements, caché derrière un des rochers du rivage qui faisait saillie. Après quelques instants une blanche forme se dessina du côté opposé, monta vers l'aveugle et s'accroupit auprès de lui. Le vent m'apportait de temps en temps leur entretien :

— Eh bien l'aveugle ! dit une voix de femme, l'orage est violent ; Ianko ne viendra pas.

— Ianko ne craint point l'orage ; répondit celui-ci.

— Le brouillard s'épaissit ! reprit la voix de femme avec une expression douloureuse.

— Avec le brouillard on peut bien mieux glisser au milieu des bâtiments de vigie, fut sa réponse.

— Et s'il se noie ?

— Eh bien quoi ! dimanche tu iras à l'église sans ton nouveau ruban.

Un silence suivit. Une chose cependant m'avait surpris : l'aveugle m'avait parlé dans le dialecte de la petite Russie et maintenant il s'exprimait en Russe très pur.

— Vois-tu que j'ai raison, dit de nouveau l'aveugle en applaudissant de ses mains. Ianko ne craint ni la mer, ni les vents, ni le brouillard, ni les douaniers. Écoute ! c'est lui ; voilà l'eau qui clapote, je ne me trompe pas, — c'est sa longue rame.

La femme bondit et se mit à observer avec une inquiétude visible.

— Tu radotes, l'aveugle! dit-elle. Je ne vois rien.

— J'avoue que je m'efforçai de distinguer au loin quelque chose qui ressemblât à une barque, mais ce fut sans succès. Dix minutes s'écoulèrent ainsi. Bientôt un point noir se montra au milieu des vagues élevées. Ce point, tantôt grossissait, tantôt diminuait; une barque monta lentement sur la cime des flots, puis descendant rapidement avec eux, se rapprocha du rivage. C'était un hardi nageur que celui qui avait osé, par une semblable nuit, entreprendre un voyage de vingt verstes à travers le détroit; et ce devait être un motif bien sérieux qui le poussait à cela. Tandis que je faisais ces réflexions et que mon cœur se serrait à la vue de la pauvre barque; celle-ci plongeant comme un oiseau de mer et se relevant rapidement sur ses avirons comme sur des ailes, se dégagea de l'abîme des flots écumants; et lorsque je pensais que dans son élan elle se heurterait au rivage et volerait en mille éclats, elle tourna légèrement, présenta son travers et entra dans la petite baie saine et sauve. Un homme de taille moyenne et coiffé d'un bonnet tartare en peau de mouton en sortit; il fit un signe de la main et tous trois se mirent à extraire quelque chose de la barque. Le fardeau était si volumineux, que depuis je n'ai pu comprendre comment la barque n'avait pas coulé; le prenant chacun par un coin sur leur épaule, ils le traînèrent le long du rivage et bientôt je les perdis de vue. Il fallut retourner à la masure; mais j'avoue que tous ces évènements étranges m'avaient troublé et j'attendis péniblement le matin.

Mon cosaque fut très étonné, en se réveillant, de me trouver entièrement habillé; je ne lui en fis pas cependant connaître le motif. J'admirai pendant quelque temps de la fenêtre, le ciel bleu parsemé de petits nuages déchirés, et la côte lointaine de la Crimée, cachée sous un voile violet, et terminée en cet endroit par des rochers, sur le sommet desquels blanchit une vieille tour en ruines.

Puis je me dirigeai vers le fort de Phanagoria afin de prendre auprès du commandant l'heure de mon départ pour Guélendjik.

Mais hélas! le commandant ne put rien me dire de positif. Les bateaux stationnés dans le

port étaient tous, ou des barques de douaniers,
ou des navires marchands, qui n'avaient pas
encore commencé leur chargement.

« Dans trois ou quatre jours peut-être, me
dit le commandant, le paquebot arrivera ; et
alors nous verrons. »

Je revins à la maison tout morose et de mauvaise humeur. Sur la porte, mon cosaque m'a-
borda avec un air effrayé.

— Ça va mal, seigneur! me dit-il.

— Oui, mon cher, et Dieu sait quand nous
partirons d'ici.

A ces mots il se troubla davantage, et se penchant vers moi me dit à voix basse :

— Nous sommes ici dans une mauvaise maison. J'ai rencontré aujourd'hui un sous-officier
de cosaques de la mer Noire ; c'est une connaissance à moi, il faisait partie de ma division l'année dernière, et comme je lui indiquais où nous
étions descendus, il m'a dit: « Mais mon cher,
c'est une affreuse maison, ce sont de vilaines
gens! »..... Et en effet, qu'est-ce que c'est qu'un
aveugle qui va seul partout, au marché, chercher le pain, l'eau ?..... je veux bien qu'il soit
habitué à cela.....

7.

— Allons, que t'importe ?..... Mais au moins l'hôtesse s'est-elle montrée ?

— Aujourd'hui, pendant votre absence, il est venu une vieille femme et sa fille.

— Quelle fille ? puisqu'elle n'en a pas.

— Ah ! Dieu seul sait si c'est sa fille ; mais tenez, la vieille est assise là-bas dans la cabane.

J'entrai dans la masure. Le poêle était tout grand allumé et sur ce poêle cuisait un dîner assez succulent pour de pauvres gens. La vieille, à toutes mes questions, répondit qu'elle était sourde et qu'elle n'entendait pas. Que faire avec elle ? Je revins vers l'aveugle qui était assis devant le poêle et entretenait le feu avec des broussailles.

— Te voilà, aveugle du diable ! lui dis-je en le prenant par l'oreille. Dis-moi où cette nuit tu as traîné ce paquet ?

Mais soudain mon aveugle se mit à pleurer, à pousser des cris et à se lamenter :

— Où je suis allé ?

— N'es-tu pas allé quelque part avec un paquet ?

— Quel paquet ?.....

Cette fois la vieille entendit et se mit à grogner :

« En voilà des inventions sur ce pauvre estropié. Pourquoi lui en voulez-vous ? que vous a-t-il fait ? »

Tout cela m'agaçait et je sortis, décidé à avoir la clef de cette énigme.

Je m'enveloppai dans mon manteau et m'assis contre la cloison, sur une pierre. Devant moi s'étendait la mer encore agitée par la tempête de la nuit ; son bruit monotone, semblable au murmure d'une ville endormie, me rappela mes années passées dans le Nord, où se trouve notre froide capitale. Plongé dans ces souvenirs, je m'oubliai......... Une heure environ s'écoula ainsi, peut-être davantage. Soudain, quelque chose de semblable à un chant frappa mon oreille ; c'était effectivement une chanson que disait une fraîche voix de femme. Mais d'où venait-elle ? Je me mets à écouter avec soin ; c'était un chant mélodieux, tantôt lent et triste, tantôt rapide et animé. Je regarde et je ne vois personne autour de moi. J'écoute de nouveau ; les sons semblaient venir du ciel ; alors je levai les yeux. Sur le toit de la cabane, j'aperçus une jeune fille en manteau rayé, les cheveux dénoués au vent, une véritable ondine. De sa main elle protégeait ses yeux contre les rayons du soleil et regardait attentivement au loin ; tantôt riant et se parlant à elle-même, tantôt reprenant de nouveau sa chanson.

Je me souviens de ce chant mot à mot :

> Libres comme la volonté,
> Dans la mer verte,
> Vont tous les navires
> Aux voiles blanches.
>
> Parmi ces navires,
>   Ma nacelle
> Ma nacelle est sans voiles ;
> Et n'a que deux rames.
>
> L'ouragan commence à souffler ;
> Les vieux navires
> S'enlèvent sur les avirons
> Et se dispersent sur la mer.
>
> Moi je me mets
> A saluer profondément la mer :
> En lui disant : méchante mer !
> Respecte ma nacelle.
>
> Ma nacelle porte
> Des objets précieux ;
> Et au milieu des ombres de la nuit
> Une tête hardie la conduit.

Involontairement, il me vint à l'idée que pendant la nuit j'avais entendu cette même voix. Je réfléchis un moment, et lorsque je regardai de nouveau vers le toit, la jeune fille n'y était plus. Tout à coup elle passa près de moi en chantant autre chose et en faisant claquer ses doigts ; puis elle courut auprès de la vieille avec laquelle elle engagea une discussion. La vieille était furieuse, mais la jeune fille riait aux éclats. Soudain je vois mon ondine reprendre sa course et ses bonds, se placer devant moi, s'arrêter et me regarder fixement dans les yeux, comme si ma présence l'étonnait ; puis elle se retourna négligemment et regagna doucement le port. Mais cela ne finit pas là: Tout le jour elle rôda autour de mon logement, ne cessant un seul instant de bondir et de chanter. C'était un être étrange ! sur son visage on ne lisait aucun indice de folie ; ses yeux, au contraire, s'arrêtaient sur moi avec une vive pénétration, me paraissaient doués d'une puissance magnétique, et à chaque fois semblaient attendre de moi une interrogation. Mais lorsque j'essayais de lui parler elle s'enfuyait en souriant malignement.

Décidément je n'avais jamais vu une pareille femme. Elle était loin d'être belle ; mais j'ai aussi mes préjugés sur le compte de la beauté; il y avait

chez elle beaucoup de race...... La race, chez les
femmes comme chez les chevaux, est une chose
importante ; cette découverte appartient à la jeune
France. Elle (la race et non la jeune France) se
fait remarquer en grande partie par l'allure, les
mains et les pieds ; habituellement le nez l'indique aussi beaucoup. Un nez régulier est plus rare
en Russie que les petits pieds. Ma chanteuse ne
paraissait pas avoir plus de dix-huit ans. Sa taille
était d'une souplesse extraordinaire, et, chose qui
lui était particuliere, sa tête penchait naturellement ; ses longs cheveux blonds avaient le chatoiment de l'or et voltigeaient sur la peau hâlée de
son cou et de ses épaules ; son nez était surtout
régulier. Tout cela m'avait séduit, et quoique
dans ses regards peu francs je lusse un je ne
sais quoi de sauvage et de suspect, la puissance de mes préjugés était telle que son nez régulier me rendit fou. Je m'imaginai que j'avais
trouvé la Mignon de Gœthe, cette création fantasque de son imagination allemande. Et effectivement il y avait entre elles beaucoup de ressemblance. C'étaient les mêmes passages brusques d'une grande agitation à une complète immobilé, et il même langage énigmatique, les mêmes

bonds, les mêmes chansons étranges.......

Vers le soir, je l'arrêtai près de la porte et j'eus avec elle la conversation suivante :

— Dis-moi, ma belle, que faisais-tu aujour-d'hui sur le toit ?

— Mais, j'examinais d'où soufflait le vent.

— Pourquoi cela ?

— D'où vient le vent vient le bonheur.

— Comment ! est-ce qu'en chantant tu appelais le bonheur ? Mais si, contre ton attente, tu ga-gnais le malheur, en chantant ?

— Où l'on chante l'on est heureux. Où ne sera pas le mieux sera le pire, et de là au bien il n'y a pas loin.

— Qui t'a appris cette chanson ?

— Personne ne me l'a apprise. Je chante ce que j'imagine. Entendre quelqu'un, c'est l'écouter ; si l'on ne veut pas l'entendre, il ne faut pas l'écou-ter.

— Mais comment t'appelle-t-on, ma chanteuse ?

— Celui qui m'a baptisée le sait.

— Mais qui t'a baptisée.

— Pourquoi le saurais-je ?

— Quelle dissimulée ! Ah ! mais, voilà, je sais quelque chose sur toi (elle ne changea pas de vi-

sage et ne remua pas même les lèvres, comme si
cela ne la regardait pas.) Je sais que la nuit passée tu es allée sur le rivage.

Et je lui racontai sérieusement tout ce que
j'avais vu la nuit, pensant la troubler. Elle se
mit à rire à gorge déployée.

— Vous avez vu beaucoup et vous savez bien
peu ; mais ce que vous savez mettez-le sous
clef (1).

—Et si, par exemple, je m'imaginais d'aller le
raconter au gouverneur ? » lui dis-je en me faisant une mine sérieuse et prenant un air sévère.

Elle bondit en chantant et s'enfuit comme l'oiseau effrayé s'échappe d'un buisson ; mes dernières paroles l'avaient effarouchée. Je n'en
soupçonnai point alors l'importance, et j'eus
occasion de m'en repentir plus tard.

Cependant, la nuit était venue ; j'ordonnai à
mon cosaque de mettre au feu ma théière de campagne ; j'allumai une bougie, m'assis près de la
table et me mis à fumer ma pipe. J'achevais ma
deuxième tasse de thé lorsque tout à coup la porte
s'ouvrit, un léger bruit de vêtement se fit enten-

(1) Expression russe. Gardez-le bien.

dre derrière moi ; je tressaillis et me retournai.
C'était elle, mon ondine ! Elle s'assit devant moi
doucement et en silence, et dirigea sur moi ses
yeux profonds. Je ne sais pourquoi ce regard me
parut admirablement tendre. Il me rappela un
de ces regards qui, dans les années passées, m'a-
vaient absolument poussé à jouer ma vie. Elle
semblait attendre une question, mais je me tai-
sais, plein d'un trouble inexprimable. Son visage
était couvert d'une sombre pâleur, signe de l'agitation de son âme ; sa main errait sans but
sur la table, et je remarquai qu'elle tremblait légèrement ; son sein se gonflait et elle paraissait
retenir sa respiration. Cette scène commençait à
m'agacer et je m'apprêtais à rompre le silence
d'une façon banale en lui présentant une tasse de
thé, lorsque soudain elle s'élança, entoura mon
cou de ses bras et déposa sur mes lèvres un
baiser humide et brûlant. Un nuage passa sur
mes yeux, ma tête s'enflamma et je la serrai dans
mes bras avec toute la force et la passion de la
jeunesse ; mais elle glissa comme une couleuvre
entre mes bras et me dit à l'oreille :

« Cette nuit, quand tout dormira, viens sur le
rivage ! »

Et d'un bond elle sauta hors de la chambre. Dans le vestibule elle renversa sur le parquet la théière et la bougie.

« Quel démon, que cette folle, » cria mon cosaque en se retournant sur la paille, essayant de réchauffer les restes du thé.

Alors seulement je revins à moi.

Vers deux heures, lorsque tout se tut dans le port, j'éveillai mon cosaque et lui dis :

— Si je tire un coup de pistolet, accours sur le rivage.

Il ouvrit les yeux et me répondit machinalement :

— J'entends votre seigneurie.

Je passai mes pistolets à ma ceinture et sortis. Elle m'attendait sur la berge. Son vêtement était plus que léger ; un fichu entourait sa taille souple.

« Marchez derrière moi, » me dit-elle en me prenant par la main, et nous nous mîmes à descendre. Je ne comprends pas comment je ne me cassai pas le cou. En bas, nous tournâmes à droite et nous prîmes ce même chemin sur lequel j'avais, la veille, suivi l'aveugle. La lune n'était pas encore levée et deux petites étoiles

seulement brillaient dans la voûte sombre
comme des lanternes de phare. Les ondes roulaient en cadence l'une après l'autre et en murmurant soulevaient à peine une barque amarrée
au rivage.

« Entrons dans la barque » me dit mon guide.

J'hésitais, car je suis peu amateur des pro-
menades sentimentales sur la mer, mais il n'était
plus temps de refuser. Elle sauta dans la barque
et moi derrière elle. Je n'étais pas revenu à
moi que déjà nous nagions.

«Que signifie cela? lui demandai-je d'un ton
furieux.

— Cela signifie, répondit-elle en m'asseyant
sur un banc et entourant ma taille de ses mains ;
cela signifie que je t'aime. »

Sa joue touchait la mienne et je sentis sur mon
visage son haleine ardente. Soudain j'entends
tomber à l'eau quelque chose ; je porte la main à
ma ceinture, plus de pistolets ! Oh ! à ce moment
un effrayant soupçon traversa mon esprit ; le
sang me monta à la tête. Je regardai en arrière ;
nous étions à cent mètres environ du bord et je
ne savais pas nager. Je voulus me débarrasser
d'elle ; mais elle, comme un chat, s'accrocha à

mes vêtements, et d'un choc violent faillit me
jeter à la mer. La barque balançait, pourtant je
parvins à me redresser, et alors commença
entre nous une lutte désespérée. La fureur me
donnait des forces, mais je remarquai bientôt
que je le cédais en agilité à mon adversaire...

— Que me veux-tu ? lui criai-je en serrant
fortement sa petite main.

Ses doigts craquèrent, elle ne poussa pas un
cri; cette nature de serpent endura cette torture.

— Tu vois, dit-elle, tu iras faire des rapports
sur nous ! »

Et, avec une force surnaturelle, elle me jeta
sur le bord. Enlacés par la ceinture, nous tom-
bâmes et penchions sur l'eau ; ses cheveux
touchaient la mer, le moment était décisif.
M'appuyant alors sur mon genou, je la saisis
d'une main par les cheveux, de l'autre à la
gorge ; elle lâcha mes vêtements et d'un seul
coup je la lançai au milieu des flots.

Il faisait sombre ; sa tête parut deux fois au
milieu de l'écume des vagues, et puis, je ne vis
plus rien.........

Dans le fond de la barque, je trouvai la moitié
d'une vieille rame, et après de longs efforts je

pus regagner le bord. En suivant le rivage jusqu'à la masure j'observai malgré moi les lieux
où la veille, l'aveugle était venu attendre le na-
vigateur nocturne. La lune glissait déjà dans
les cieux et il me sembla que j'apercevais quelque chose de blanc assis sur le rivage ; je m'approchai doucement, stimulé par la curiosité,
et me couchai entre les herbes ; avançant
ensuite la tête, je pus bien voir des rochers tout
ce qui se faisait en bas, et sans m'en étonner
beaucoup, je me réjouis de reconnaître ma petite
ondine. Elle exprimait l'onde amère de ses longs
cheveux ; sa chemise humide dessinait sa taille
souple et sa gorge protubérante. Bientôt une
barque se montra au loin ; elle aborda rapidement, et comme la veille un homme en sortit en
costume tartare ; il avait les cheveux coupés à la
cosaque et au cuir de sa ceinture pendait un
grand couteau.

— Ianko ! lui dit-elle, tout est perdu ! Puis
leur conversation se prolongea, mais si bas, que
je ne pouvais rien entendre...

— Mais où est l'aveugle ? dit enfin Ianko, en
élevant la voix.

— Je l'ai envoyé à la maison, répondit-elle.

Au bout d'un moment l'aveugle parut portant
sur son dos un sac qu'ils placèrent dans la barque.

— Écoute-moi, l'aveugle, dit Ianko, garde
bien la maison.... tu sais ? là sont de riches
marchandises... Dis à... (je n'entendis pas le
nom) que je ne puis plus le servir ; les affaires
vont mal, il ne me verra plus, il y a du danger
maintenant ; j'irai chercher du travail ailleurs,
et il ne retrouvera pas un hardi marin comme
moi. Oui, dis-lui que s'il avait mieux payé mes
peines, Ianko ne l'aurait pas abandonné ; mais
mon chemin est partout où souffle le vent et
gronde la mer..... Après un peu de silence,
Ianko continua : Elle viendra avec moi, elle ne
peut rester ici. Mais dis à la vieille que son
heure est venue et qu'elle doit faire place aux
autres..... elle ne nous reverra jamais.

— Et moi, que deviendrai-je ? dit l'aveugle
d'une voix plaintive.

— Que veux-tu que je fasse de toi ? fut sa
réponse.

Cependant mon ondine sauta dans la barque
et fit un signe à son compagnon ; celui-ci plaça
quelque chose dans la main de l'aveugle et
ajouta :

— Allons, achète-toi des pains d'épices.

— Tu ne me donnes que cela ? dit l'aveugle.

— Tiens ! voilà encore ; et quelque monnaie résonna en tombant sur la pierre.

L'aveugle ne la prit pas.

Ianko sauta dans la barque ; le vent soufflait de la rive, ils étendirent une petite voile et voguèrent rapidement. Longtemps la lune éclaira au milieu des ondes obscures leur blanche voile. L'aveugle était toujours assis sur le rivage et j'entendais comme des sanglots ; il pleurait effectivement, et longtemps, longtemps... j'en eus l'âme navrée. Aussi pourquoi avait-il plu à la destinée de me jeter au milieu de ce cercle paisible *d'honnêtes contrebandiers*?.... Comme une pierre qui tombe dans une source à l'onde polie, j'étais venu troubler leur tranquillité et comme la pierre j'avais failli aller au fond.

Je retournai à la maison. Dans le vestibule, la bougie presque consumée pétillait dans une écuelle de bois, et malgré mes ordres, mon cosaque dormait d'un profond sommeil tenant son fusil entre ses mains. Je le laissai dormir, et prenant la bougie, j'entrai dans la cabane ; hélas! ma cassette, mon sabre à la monture d'argent et mon poignard turc, — présents précieux, tout avait disparu. Je devinai alors quels effets traînait ce maudit aveugle. J'éveillai mon cosaque assez rudement. Je le gourmandai, me fâchai, mais il n'y avait rien à faire! N'aurais-je pas été ridicule en effet, d'aller me plaindre à l'autorité, d'avoir été volé par un enfant aveugle et d'avoir failli être noyé par une jeune fille de dix-huit ans? Heureusement, je vis la possibilité de partir le matin même et je quittai Taman. Ce que devinrent la vieille et le pauvre aveugle, je l'ignore; mais pour un officier en mission, quelle bizarre aventure, gaie et triste en même temps!

II

LA PRINCESSE MARIE

---

11 Mai 18...

Je suis arrivé hier à Piatigorsk et j'ai loué un logement à l'extrémité de la ville, qui est un lieu très élevé, situé au pied du Machouk (1). Par les temps d'orage, les nuages descendent jusque sur mon toit. Aujourd'hui, à cinq heures du matin, quand j'ai ouvert ma fenêtre, ma chambre s'est remplie du parfum des fleurs, qui garnissent, tout autour, de modestes haies: Les branches des cerisiers en fleur semblent regarder par ma croisée et le vent quelquefois, jonche de

(1) Nom de montagne.

leurs blancs pétales ma table à écrire. J'ai une
vue admirable de trois côtés : Au couchant, les
cinq coupoles du Bechtou, teintes d'un bleu
sombre et semblables aux derniers nuages d'un
orage dissipé; au nord le Machouk, qui s'élève
pareil au chapeau fourré d'un Persan et me
cache toute cette partie de l'horizon; à l'orient
le panorama est plus gai : En bas, devant moi,
fourmille la petite ville, neuve, éclatante de propreté; j'entends le murmure de ses fontaines sa-
lutaires et celui de sa foule polyglotte. Plus loin
les montagnes s'amoncèlent en ampithéâtre, de
plus en plus bleues et sombres, puis à l'extrémité de l'horizon s'étend la ligne argentée des
sommets qui commencent au Kazbek et finissent
aux deux pointes de l'Elborous. Qu'il est gai de
vivre dans un tel lieu ! Aussi de molles sensa-
tions remplissent tout mon être. L'air est pur et
doux comme un baiser de jeune fille, le soleil
chaud, le ciel bleu. Que faut-il de plus, ce me
semble? Pourquoi existe-t-il des passions,
des désirs, des regrets? Mais il est temps,
et je vais à la fontaine Élisabeth, où, dit-
on, se rassemble toute la bonne société des
eaux. .   .   .   .

En descendant au milieu de la ville j'ai parcouru un boulevard sur lequel j'ai rencontré
quelques groupes tristes, qui gravissaient lentement la montagne. Ce sont en grande partie des
familles de riches propriétaires de steppes. Parmi elles, on remarque des hommes portant des
vêtements de mode un peu vieille déjà et des
femmes élégamment parées, ainsi que leurs
filles. Évidemment, toute la jeunesse des eaux
leur est connue; aussi m'ont-elles regardé avec
une attentive curiosité. La coupe de mon par-
dessus, fait à Saint-Pétersbourg, les a probablement trompées; car bientôt, apercevant mes
épaulettes d'officier de ligne, elles se sont dé-
tournées avec indifférence.

Les femmes des autorités du *lieu*, comme
disent les maîtres d'hôtel aux eaux, ont été plus
bienveillantes. Elles portent des lorgnons, et
ont plus d'égards pour l'uniforme; elles sont ha-
bituées, au Caucase, à rencontrer, sous des boutons numérotés, des cœurs ardents et sous des
casquettes blanches des esprits civilisés. Ces
dames, très aimables et longtemps aimables,
prennent chaque année de nouveaux adorateurs
et trouvent peut-être en cela le secret de leur

aménité infatigable. En montant le sentier qui
va à la fontaine Élisabeth, j'ai rencontré une
foule d'employés dans les services civils et militaires ; ils forment comme je l'ai appris plus
tard, la classe des hommes qui viennent demander la santé aux eaux. Ceux-là ne boivent
cependant pas de l'eau, ils se promènent et se
traînent en marchant ; ils jouent et se plaignent
de l'ennui. Les gandins font descendre leur verre
vide dans les puits d'eau minérale et prennent
des poses académiques. Les civils portent des
cravates bleu-clair ; les militaires font passer
leur col de chemise par-dessus leur collet ; tous
professent un profond mépris pour les dames
de province et soupirent pour les aristocratiques
habitantes de la capitale, où on ne les laisse
point aller.

Enfin, voici le puits....... Près de là est
une petite place, sur laquelle est une maisonnette au toit rouge, contenant des baignoires
et autour une galerie qui sert de promenoir
lorsqu'il pleut. Quelques officiers blessés étaient
assis sur un banc, leurs béquilles ramenées vers
eux, pâles et tristes. Quelques dames allaient et
venaient sur la petite place d'un pas assez pres-

sé, attendant l'effet des eaux. Parmi elles se trouvaient deux ou trois jolis visages; sous quelques allées de vignes, abritées par le versant du Machouk, paraissaient et disparaissaient les chapeaux bariolés de celles qui aiment la solitude à deux, car j'ai remarqué toujours à côté de ces chapeaux quelques broderies militaires ou quelque affreux chapeau rond. Sur le rocher escarpé où s'élève un pavillon appelé la *Harpe éolienne*, se montraient ceux qui aiment les points de vue. Ils braquaient leurs télescopes sur l'Elborous; et parmi eux on distinguait deux précepteurs avec leurs élèves, venus aux eaux pour se guérir des écrouelles.

Je me suis arrêté tout essoufflé au haut de la montagne, et, appuyé contre l'angle d'une petite maison, j'admirais les pittoresques environs, lorsque tout à coup, j'ai entendu derrière moi une voix connue :

« Tiens, Petchorin! Depuis longtemps ici? »

Je me suis retourné, c'était Groutchnitski; nous nous sommes embrassés. J'avais fait sa connaissance pendant une de nos expéditions; il avait été blessé par une balle à la jambe et était arrivé aux eaux une semaine avant moi.

8,

Groutchnitski est sous-officier (noble) (1),
et n'a qu'un an de service. Il porte avec l'é-
légance d'un petit maître son grossier vêtement
de soldat et est décoré de l'ordre militaire de
Saint-Georges. Il est bien fait, brun, et a les
cheveux noirs. A première vue, on pourrait lui
donner vingt-cinq ans, quoiqu'il en ait vingt et
un à peine. Il relève sa tête en arrière avec un
air de fierté, et à tout moment, tortille sa moustache de sa main gauche, car, avec la droite, il
s'appuie sur sa béquille. Il parle vite et abon-
damment et est de ces hommes qui ont pour
toutes les situations de la vie quelques phrases
prêtes à temps ; de ces hommes que la beauté
simple n'émeut pas et qui se drapent dans des
passions extraordinaires et des souffrances ex-
clusives. L'effet est leur grande jouissance ; ils
s'éprennent des romanesques provinciales jusqu'à la sottise et en vieillissant deviennent de
tranquilles propriétaires ou des ivrognes. Dans
leur âme, il y a souvent d'excellentes qualités,
mais pas la moindre poésie. La passion de
Groutchnitski était de déclamer : il vous acca-

(1) Cadet, 1er cnscrigue,

blait de ses paroles lorsque la conversation sortait du cercle des connaissances ordinaires. Je n'ai jamais pu discuter avec lui. Ainsi il ne répond pas à vos objections et ne vous écoute pas ; seulement si vous vous arrêtez, il commence une longue tirade qui a bien quelque rapport avec ce dont vous causiez, mais qui n'est effectivement que le développement de son propre discours.

Il est assez spirituel ; ses épigrammes sont amusantes ; il ne contredit jamais quelqu'un. Il ne connaît ni les hommes ni leurs cordes faibles, car il ne s'est occupé que de lui pendant toute sa vie ; son but a toujours été de devenir un héros de roman. Il s'efforce souvent de persuader aux autres qu'il est un être créé pour un autre monde et voué à des souffrances inconnues. Il finit presque par le croire lui-même, et c'est pour cela qu'il porte si fièrement son grossier manteau de soldat. Je l'avais deviné et à cause de cela il ne m'aimait pas, quoique nous eussions extérieurement d'excellents rapports. Groutchnitski passait pour un homme d'une bravoure remarquable. Je l'avais vu à la besogne, agitant son sabre, criant, se jetant en

avant les yeux fermés. Mais ce n'est pas là la
véritable bravoure russe. Aussi, je ne l'aime
point et je sens que quelque jour nous nous
rencontrerons dans quelque étroit sentier d'où
l'un de nous ne sortira pas.

Son arrivée au Caucase a été la conséquence
de son exaltation romanesque. Je suis sûr
que la veille de son départ du village pater-
nel, il a dû dire avec tristesse à ses jolies voisines, non pas qu'il entrait tout simplement
au service, mais qu'il allait à la mort, parce
que..... Et alors il a dû se couvrir les yeux avec
ses mains, puis ajouter : Mais non, tu ne dois pas,
où vous ne devez pas le savoir ; votre âme pure
s'effraierait. Mais pourquoi ! Du reste que suis-
je pour vous ? me comprendriez-vous ?... etc., etc.
Lui-même me raconta que ce qui l'avait décidé
à entrer dans le régiment de K..... resterait un
secret éternel entre le ciel et lui.

En somme dans les moments où Groutchnitski
dépouille son tragique manteau, il est assez
bien et assez agréable.

Je suis curieux de le voir auprès des femmes. Que d'efforts il doit faire ! Nous nous
sommes abordés comme deux vieux amis et

je me suis mis à le questionner sur sa vie
aux eaux et sur les personnes de distinction de
séjour ici :

« Nous passons la vie assez prosaïquement,
m'a-t-il dit en soupirant ; en buvant de l'eau le
matin nous sommes fades, comme tous les
malades ; et, en buvant du vin le soir, nous
sommes insupportables, comme les gens bien
portant. Il y a bien une société féminine,
mais on en tire peu de distraction. Ces dames
jouent au whist et parlent le français difficilement et fort mal ! Cette année, il n'y a ici de
Moscou que la princesse Ligowska et sa fille ;
je ne les connais pas. Mon manteau de soldat
est un signe de ma renonciation au monde, et
la considération qu'il me vaut me pèse autant
qu'une aumône. »

Au même instant, deux dames sont venues
au puits se placer près de nous ; l'une âgée,
l'autre jeune et bien tournée. Je n'ai pu voir
leurs visages, cachés sous leurs chapeaux, mais
elles étaient vêtues avec une sévère élégance du
meilleur goût ; rien d'exagéré. Elles portaient
toutes deux des robes gris perle et un léger
fichu de soie entourait gracieusement leur cou.

Des bottines puce chaussaient leurs pieds jusqu'à la cheville, si finement, qu'en songeant à la beauté qu'elles cachaient mystérieusement, on ne pouvait s'empêcher de pousser un soupir d'admiration. Leur démarche légère, mais de bon ton, avait quelque chose de juvénile qui échappait à la définition, mais que le regard comprenait bien. Lorsqu'elles ont passé près de nous, il s'est exhalé d'elles un parfum inexplicable comme en répandent les lettres d'une femme aimée.

— Voilà la princesse Ligowska, m'a dit Groutchnitski, et avec elle sa fille *Méré* (1), comme elle l'appelle à la manière anglaise. Elles sont ici depuis trois jours seulement.

— Mais comment sais-tu déjà leur nom?

— Je l'ai entendu par hasard, a-t-il dit en rougissant, et je t'avoue que je ne tiens pas à faire leur connaissance. Cette fière noblesse nous regarde, nous soldats de ligne (2), comme des sauvages ! Et pourquoi? Est-ce que l'esprit

(1) Marie en anglais se prononce *Méré*.
(2) C'est-à-dire tout ce qui n'est pas de la garde impériale.

ne se trouve pas aussi sous une casquette
numérotée et n'y a-t-il pas un cœur qui bat sous
ce grossier manteau?

— Pauvre manteau! ai-je dit en souriant.
Mais quel est ce monsieur qui s'avance vers
elles et leur offre si obligeamment un verre?

— Ah! C'est un élégant de Moscou, Raïë-
vitch, un joueur; cela se voit à la splendide
chaîne en or qui pend à son gilet bleu. Quelle
énorme canne! C'est à la Robinson Crusoë; sa
barbe et ses cheveux sont à la mougik!....

— Tu es donc fâché contre toute la race
humaine?

— Et il y a de quoi!

— Ah? vraiment! »

Pendant ce temps ces dames se sont éloignées
du puits et sont arrivées à hauteur de nous.
Groutchnitski s'est efforcé de prendre une pose
dramatique à l'aide de ses béquilles, et m'a dit
à haute voix en français :

« Mon cher, je hais les hommes pour ne pas
les mépriser, car autrement la vie serait une
farce trop dégoûtante. »

La jeune et jolie princesse s'est retournée et
a gratifié le prolixe orateur d'un regard curieux;

l'expression de ce regard était indéfinissable, mais un peu moqueuse. Au fond de moi-même je l'en ai félicitée de tout cœur.

— Cette princesse Marie, lui ai-je dit, est vraiment très jolie, elle a des yeux si veloutés, mais réellement si veloutés ! Je t'engage à en observer l'expression. Les cils du bas et du haut sont si longs, que la lumière du soleil ne doit pas arriver jusqu'à la prunelle. J'aime ces yeux sans éclat; ils sont si tendres quand ils vous regardent. Il me semble du reste qu'elle n'a que cela de joli dans la figure ! Mais a-t-elle les dents blanches? Je regrette qu'une de tes phrases pompeuses ne l'ait pas fait sourire.

— Tu parles de jolies femmes comme de chevaux anglais, m'a dit avec indignation Groutchnitski.

— Mon cher ? lui ai-je répondu, m'efforçant de copier sa manière, je méprise les femmes pour ne pas les aimer, car autrement la vie serait un mélodrame trop ridicule. »

Je lui ai tourné le dos, et me suis éloigné. Après une demi-heure de promenade dans l'allée plantée de vignes, sous une roche calcaire suspendue au-dessus de rangées d'arbres, la chaleur s'est fait sentir et j'ai songé à regagner ma demeure. Mais auparavant je suis allé vers l'une des sources alcalines et me suis arrêté sous la galerie couverte, afin de respirer à l'ombre. Ce temps d'arrêt m'a donné l'occasion d'observer une scène assez curieuse. Les personnages se trouvaient dans la position que voici : la princesse-mère, avec l'élégant moscovite, était assise dans la galerie couverte et tous deux paraissaient engagés dans une conversation sérieuse. La jeune fille, ayant probablement achevé son dernier verre d'eau, se promenait mélancoliquement autour du puits. Groutchnitski se tenait auprès de ce même puits, et il n'y avait plus personne sur la place.

Je me suis approché et me suis caché à l'angle de la galerie. Au bout d'un moment, Groutchnitski a laissé tomber son verre sur le sable et s'est efforcé de se courber afin de le ramasser ; sa jambe malade l'en a empêché ; il a essayé encore en s'appuyant sur sa béquille, mais en vain ; son visage exprimait en cet instant une souffrance réelle.

La jeune princesse Marie voyait tout cela mieux que moi. Plus rapide qu'un oiseau, elle s'est élancée, s'est baissée, a ramassé le verre et le lui a remis en faisant une légère inclination de corps pleine de grâce séduisante ; puis elle a rougi un peu, a regardé du côté de la galerie, et voyant que sa mère n'avait rien vu, a paru se tranquilliser. Lorsque Groutchnitski a ouvert la bouche pour la remercier, elle était déjà loin de lui. Quelques minutes après elle est sortie de la galerie avec sa mère et l'élégant Raïévitch et est venue passer auprès de Groutchnitski avec un air plein de décence et de retenue, sans se retourner, sans faire attention au regard plein de passion avec lequel il l'a accompagnée longtemps, tandis qu'elle descendait la montagne et glissait sous les tilleuls du boulevard. Puis tout d'un coup son chapeau a disparu au coin d'une rue. Elle a couru vers la porte d'une des jolies maisons de Piati-gorsk ; derrière elle est entrée la princesse sa mère qui, du seuil de la porte, a pris congé de Raïévitch.

Alors seulement le passionné sous-officier a remarqué ma présence.

— As-tu vu ? m'a-t-il dit en me pressant fortement la main ; c'est un ange !

— Pourquoi donc ? lui ai-je dit en prenant un air d'étonnement apparent.

— Tu n'as donc pas vu?

— Non! J'ai vu qu'elle a ramassé ton verre ; si le gardien eût été là, il en aurait fait autant et même se serait hâté davantage dans l'espoir de recevoir un pourboire. Il était évident du reste que tu lui avais inspiré de la pitié, car tu as fait une bien laide grimace lorsque tu t'es appuyé sur ta jambe blessée.

—Et tu n'as pas été un peu ému en la voyant à ce moment où son âme se reflétait sur son visage?

— Non!

Je mentais et voulais le faire enrager. J'ai la passion innée de la contradiction ; toute mon existence n'est qu'une série de contradictions imposées à mon cœur ou à ma raison. La présence d'un enthousiaste suffit pour me glacer et je suis certain que des relations avec un fade flegmatique me rendraient le plus passionné des rêveurs. J'avoue encore qu'un sentiment affreux, mais bien connu, était entré en moi en un clin d'œil. Ce sentiment, c'était la jalousie. Je le dis hardiment ; parce que j'ai l'habitude de tout avouer avec franchise. Et difficilement on trouvera un jeune homme rencon-

trant une jolie femme, qui n'a pour lui que des
regards insignifiants, tandis qu'il la voit soudain en public en regarder tout différemment
un autre qui lui est aussi inconnu ; difficilement,
dis-je, on trouvera un jeune homme dans cette
situation, qui ne soit blessé désagréablement.
(J'entends ici un jeune homme ayant vécu dans
le monde et habitué à être flatté dans son amour-
propre).

Nous nous sommes tus, et après être descendus de la montagne, nous sommes allés au
boulevard, sur lequel donnent les fenêtres de la
maison dans laquelle a disparu notre beauté.
Elle était assise auprès de la fenêtre. Groutchnitski, me prenant par la main, lui a lancé un de
ces regards de tendresse troublée qui agissent
tant sur les femmes. Moi j'ai dirigé sur elle mon
lorgnon et j'ai vu qu'elle souriait du regard et
que mon insolent lorgnon lui déplaisait sérieusement. En effet, comment un officier de ligne du
Caucase osait-il lorgner une princesse moscovite ?.......

13 Mai.

Ce matin, le docteur est venu chez moi. Il s'appelle Verner, mais il est Russe. Qu'y a-t-il là d'étonnant ? J'ai connu un Ivanoff qui était Allemand. Verner est un homme très connu pour différentes raisons. Il est sceptique et matérialiste comme presque tous les médecins; avec cela il est de ces poètes, ceci n'est pas une plaisanterie, qui le sont toujours 'en action, souvent en paroles, et cependant il n'a pas écrit deux vers dans sa vie. Il connaît toutes les cordes vives du cœur humain comme il connaît toutes les veines d'un corps, mais il n'a jamais su profiter de ses connaissances, de même qu'un anatomiste distingué ne sait pas quelquefois traiter la fièvre. Ordinairement, Verner plaisante doucement ses malades, mais je l'ai vu une fois pleurer sur un soldat mourant !... Il était pauvre, rêvait des millions, et n'aurait pas fait un pas inutile pour de l'argent. Il me disait un jour qu'il faisait plus souvent plaisir à un ennemi qu'à un ami, parce que cela s'appelait vendre cher sa bienfaisance et que la haine d'un homme

s'augmentait en proportion de la grandeur
d'âme de son adversaire. Il a une langue mor-
dante, mais sous l'aiguillon de ses épigrammes
pas un brave homme ne passe pour un sot in-
sipide. Ses rivaux, les médecins des eaux, jaloux
de lui, répandirent le bruit qu'il faisait des
charges sur ses malades ; ceux-ci se fâchèrent
et presque tous cessèrent de le voir. Ses amis,
ceci est la vérité, hommes honnêtes en service
au Caucase, s'efforcèrent en vain de rétablir son
crédit ébranlé.

Son extérieur est de ceux, qui au premier
coup d'œil, frappent désagréablement, mais qui
plaisent ensuite lorsque l'œil s'étudie à bien lire
sur leurs traits irréguliers l'expression d'une
âme éprouvée et pleine d'élévation. On a des
exemples de femmes qui se sont amourachées
de pareils hommes jusqu'à la folie, et elles n'auraient pas certainement changé l'objet de leur
folie pour la beauté des plus frais et des plus
roses Endymions. Il faut rendre une justice
aux femmes : elles ont l'instinct de la beauté
de l'âme ; peut-être, parce que les hommes
comme Verner aiment les femmes avec passion.

Verner est petit de taille, maigre et délicat
comme un enfant. Une de ses jambes est plus
courte que l'autre, comme chez Byron ; comparée
à son torse, sa tête paraît énorme ; ses cheveux sont ccupés très courts et les inégalités
de son crâne bosselé frapperaient un phréno-
logue en lui présentant une étrange réunion des
penchants les plus opposés. Ses petits yeux
noirs, toujours en mouvement, s'efforcent de
scruter vos pensées. Dans ses vêtements, on remarque surtout du goût et de la propreté ; ses
petites mains maigres et veinées se prélassent
dans des gants vert clair. Son gilet, son habit
et sa cravate sont toujours de couleur noire.
Les jeunes gens l'appelent Méphistophélès. Il
paraît vexé de ce surnom, mais au fond cela
flatte son amour-propre. Nous nous sommes
vite compris mutuellement et sommes devenus
de bons amis, quoique je sois très difficile en
amitié. Chez deux amis, l'un est toujours l'esclave de l'autre, quoique aucun des deux ne veuille
le reconnaître. Je ne puis être l'esclave ; mais
dans ce cas, commander est un travail fatigant,
et d'ailleurs j'ai des domestiques et de l'argent ! Voici comment nous sommes devenus

amis : Je rencontrai Verner chez S..... au milieu d'un nombreux et bruyant cercle de jeunes
gens. La conversation avait pris, sur la fin de
la soirée, un tour philosopho-métaphysique. On
parlait de convictions ; chacun en avait de différentes.

— Pour moi! disait le docteur, dans tout ce
qui me touche, je ne suis convaincu que d'une
chose.

— Et de laquelle? demandai-je, jaloux de
connaître les sentiments d'un homme qui s'était
tu jusqu'alors.

— C'est que, répondit-il, un beau matin,
tôt ou tard, je mourrai.

— Je suis plus riche que vous, lui dis-je ; car
en sus de cela, je suis encore convaincu d'une
chose : c'est qu'un maudit soir, je suis venu au
monde.

Tous trouvèrent que nous disions des absurdités, mais pas un d'entre eux ne dit rien de plus
sensé. Dès ce moment nous nous remarquâmes
mutuellement au milieu de la foule. Nous nous
réunissions souvent et causions ensemble fort
sérieusement de choses abstraites, si bien que
nous nous aperçûmes que nous nous trompions

l'un l'autre. Alors nous regardant profondément dans les yeux, comme le faisaient les augures romains, selon le mot de Cicéron, nous nous mîmes à rire, et las de rire, nous nous séparâmes satisfaits de notre soirée.

J'étais couché sur un divan, les yeux au plafond et les mains sous ma tête lorsque Verner est entré dans ma chambre. Il s'est assis dans un fauteuil, a posé sa canne dans un coin et en bâillant m'a dit que dehors il faisait chaud ; je lui ai répondu que les mouches m'agaçaient et nous nous sommes tus tous les deux.

— Remarquez, cher docteur, que sans les sots, le monde serait bien ennuyeux... En effet, nous sommes là deux hommes intelligents, nous savons que nous pourrions nous mettre à discuter sans fin et à cause de cela nous ne discutons pas. Nous connaissons presque toutes nos pensées les plus secrètes ; un seul mot est toute une histoire pour nous, nous voyons le germe de chacun de nos sentiments à travers une triple enveloppe. Ce qui est triste nous paraît ridicule, et ce qui est ridicule nous paraît triste, et pour dire la vérité nous sommes en général assez indifférents pour tout, excepté pour nous-

9.

mêmes. Aussi ne peut-il y avoir échange de sentiments et de pensées entre nous. Nous savons
l'un et l'autre tout ce que nous voulons savoir et
ne voulons pas en savoir davantage. Il nous
reste un expédient, c'est de nous raconter les
nouvelles. Dites-moi quelque chose de nouveau?

Fatigué par cette longue tirade, je fermai les
yeux et me mis à bâiller.

Il me répondit après avoir réfléchi :

— Dans votre galimatias, il y a cependant
une idée.

— Deux! dites m'en une, je vous dirai
l'autre.

— Bien.

— Commencez, lui dis-je, en continuant à
regarder le plafond et souriant intérieurement.

— Vous avez envie d'avoir des renseigne-
ments sur le compte de quelqu'un venu aux
eaux, et moi je présume que vous ne vous pré-
occupez de cela, que parce qu'on s'est déjà ren-
seigné sur vous.

— Docteur, il nous est décidément impossible de converser ensemble, car nous lisons
dans l'âme l'un de l'autre.

— Maintenant quelle est la seconde idée?

— La seconde idée? la voici : J'ai envie de
vous faire raconter quelque chose ; premièrement parce que écouter est moins fatigant ;
secondement parce qu'ainsi on ne risque pas
d'être indiscret; troisièmement parce que l'on
peut apprendre ainsi les secrets d'autrui ; qua-
trièmement parce que les hommes d'esprit
comme vous, aiment mieux les auditeurs que les
conteurs. Maintenant, à votre tour! Que vous a
dit de moi la mère de la princesse Ligowska?

— Êtes-vous certain que ce soit la mère qui
m'ait parlé de vous et non pas la fille?

— Tout à fait certain.

— Pourquoi?

— Parce que la jeune fille a demandé des ren-
seignements sur Groutchnitski.

— Vous avez véritablement le don de la divi-
nation. La jeune fille a dit qu'elle était persuadée que ce jeune homme en costume de soldat
avait été remis dans cette position à la suite d'un
duel.

— Je pense que vous la laisserez dans cette
agréable erreur?

— Cela va sans dire!

— Il y a une intrigue! me suis-je écrié avec

joie. Occupons-nous de la fin de cette comédie. Ma destinée est décidément de m'occuper de cela pour me désennuyer.

— Et je pressens, dit le docteur, que le pauvre Groutchnitski sera votre victime ?

— Allez, allez donc, docteur !

— La princesse-mère m'a dit que votre visage lui était connu. Je lui ai fait observer que certainement elle devait vous avoir rencontré dans le monde, à Saint-Pétersbourg, et je lui ai dit votre nom. Il lui était connu. Il paraît que votre histoire a fait beaucoup de bruit; elle s'est mise à raconter vos aventures, ajoutant probablement, selon les caquets mondains, ses propres remarques. Sa fille écoutait avec beaucoup de curiosité, et dans son imagination vous êtes devenu un héros de roman. Je n'ai contredit en rien la princesse, quoique je susse bien qu'elle disait des absurdités.

— Mon digne ami ! lui ai-je dit en lui prenant la main.

Le docteur s'est recueilli un instant et a continué :

— Si vous voulez, je vous présenterai?

— De grâce, permettez, lui ai-je dit en frap-

pant dans mes mains; est-ce que l'on présente les héros? Ils se font connaître d'une
autre manière, par exemple en sauvant d'une
mort certaine leur bien aimée.... en.. •

— Et vous voulez effectivement vous mettre
à faire votre cour à la princesse?

— Au contraire, docteur. Pourtant, je
triompherai. Vous ne me comprenez pas?....
Cela me désole. Du reste, ai-je continué après
un moment de silence, je ne raconte jamais
mes secrets; j'aime bien mieux qu'on les devine; je puis ainsi, à l'occasion, désavouer de
semblables projets. Cependant vous devez me
décrire la mère et la fille. Que sont ces gens-là?

— D'abord, la mère est une femme de qua-
rante-cinq ans environ, m'a répondu Verner; son
estomac est excellent, mais son sang est gâté.
Elle a sur les joues des taches rouges, et comme
elle a passé la dernière moitié de sa vie à Moscou, l'inaction lui a valu de l'embonpoint. Elle
aime les anecdotes scandaleuses et raconte elle-
même des choses un peu lestes, lorsque sa
fille n'est pas là. Elle m'a déclaré, par exemple,
que sa fille était innocente comme une colombe;
cela me regardait-il? J'avais envie de lui ré-

pondre : Soyez tranquille madame, je n'en
dirai rien. La mère se soigne pour un rhu-
matisme et la fille, Dieu sait pourquoi ! Je lui
ai ordonné de boire deux verres d'eau alcaline
par jour et de se baigner deux fois par semaine dans un bain minéral étendu d'eau. La
princesse-mère ne me paraît pas être habituée à commander. Elle vante l'esprit respec-
tueux et le savoir de sa fille, qui lit Byron en
anglais et sait l'algèbre. A Moscou, il est certain
que les jeunes filles acquièrent de l'érudition,
et elles font bien ; les maris sont en général
si peu aimables que coqueter avec eux doit
être insupportable pour une femme d'esprit.
La princesse-mère aime beaucoup les jeunes
gens ; la jeune princesse les regarde avec un
certain mépris, coutume moscovite ! Elles ne
voient à Moscou que des galants de quarante
ans !

— Êtes-vous allé à Moscou, docteur ?

— Oui, j'ai eu là quelque clientèle :

— Ah ! et puis ! continuai-je !

— Mais je crois avoir tout dit........Ah ! cependant, voici encore : La jeune princesse me
paraît aimer à parler sentiment, passion, etc.

Elle était un hiver à Pétersbourg et ne se plaisait pas dans la société élevée. On devait l'avoir accueillie froidement.

— Vous n'avez vu personne chez elles aujourd'hui?

— Au contraire, il y avait un aide-de-camp, un tirailleur de la garde et une dame quelconque nouvellement arrivée, parente de la princesse par son mari, très jolie, mais il paraît très malade. Ne l'avez-vous pas rencontrée au puits? Elle est de taille moyenne, blonde, avec des traits réguliers, un visage de poitrinaire et une petite tache noire sur la joue droite, son visage m'a surpris par son expression.

— Une tache noire? ai-je murmuré entre mes dents, serait-ce possible ! »

Le docteur m'a regardé et m'a dit avec un air superbe, en posant sa main sur mon cœur :

— Vous la connaissez? »

Effectivement, mon cœur battait plus fort qu'à l'ordinaire.

— A votre tour de me vaincre, lui ai-je dit, je compte sur vous ; ne me trahissez pas. Je ne l'ai pas vue encore, mais je suis sûr que je

reconnais à votre portrait une femme que j'ai
aimée autrefois. Ne lui dites pas un mot de
moi, et si elle vous questionne, dites-lui du mal
de votre serviteur.

— Je le veux bien ! a ajouté Verner en haussant les épaules

Après le départ du docteur une peine affreuse
m'a serré le cœur. Est-ce que le hasard nous réu-
nirait de nouveau au Caucase ? ou bien est-elle
venue ici, sachant qu'elle m'y rencontrerait ? Et
comment nous revoir ? Et puis est-ce bien elle?
Mes pressentiments ne m'ont jamais trompé. Il
n'est pas un homme sur lequel le passé ait plus
d'empire que sur moi. Chaque souvenir du plus
court chagrin ou de la plus courte joie, frappe
mon âme jusqu'à la souffrance et en tire toute
espèce de sons. Je suis organisé d'une manière
stupide. Je n'oublie rien, rien!

Après le dîner, à six heures, je suis allé sur
le boulevard. Il y avait foule ; les deux princesses étaient assises sur un banc, entourées de
jeunes gens qui faisaient tous leurs efforts pour
paraître aimables. J'ai trouvé place à quelque
distance sur un autre banc. J'ai arrêté deux officiers de ma connaissance et leur ai raconté

quelque histoire. Évidemment c'était drôle,
car ils se sont mis à rire comme des fous. La
curiosité a attiré vers moi quelques-uns de
ceux qui entouraient la jeune princesse ; peu à
peu ils l'ont tous abandonnée et se sont réunis à
mon groupe. Je ne tarissais pas, mes anecdotes étaient spirituelles jusqu'à la sottise, mes
railleries sur les passants originales et mé-
chantes jusqu'à la violence. J'ai continué
d'égayer ce public jusqu'au soleil couchant.
Plusieurs fois la jeune princesse, au bras de sa
mère, accompagnée de quelques vieillards boiteux, a passé près de moi. Son regard, en tombant sur moi, exprimait du dépit, quoiqu'elle
s'efforçât de prendre un air indifférent.

« Que racontait-il ? a-t-elle demandé à l'un des
jeunes gens qui était retourné vers elle par po-
litesse ; c'était sûrement une histoire très intéressante ? Ses exploits à la guerre ? »

Elle a dit tout cela assez haut, et avec l'intention de me piquer.

Ah ! ai-je pensé, vous vous fâchez tout de
bon, chère princesse ; permettez ! vous en verrez bien d'autres.

Groutchnitski la suivait comme une bête fé-

roce suit sa proie, et ne la quittait pas des yeux;
je parierais que demain il demandera à quelqu'un de le présenter à la princesse. Elle en sera
fort heureuse ; car elle s'ennuie.

---

10 Mai.

Pendant les deux jours suivants, mes affaires
ont fait d'énormes progrès. Décidément la jeune
princesse me déteste. On m'a répété deux ou
trois épigrammes décochées à mon adresse assez vives, mais aussi très flatteuses. C'est affreux et étrange pour elles que moi habitué à
l'élégante société, qui ai été reçu au milieu de
leurs parents à Pétersbourg, je ne cherche point
à faire connaissance avec elles. Nous nous rencontrons chaque jour au puits, sur le boulevard et
j'emploie toutes mes ressources à éloigner d'elles
leurs adorateurs et le brillant aide-de-camp
et les pâles mocosvites et les autres : et presque
toujours j'y réussis. Ordinairement je n'aime
point à recevoir du monde chez moi ; mais maintenant, ma maison est pleine chaque jour ; on

soupe, on joue chez moi et mon champagne a
plus d'attraits que les feux magnétiques de leurs
beaux yeux.

Hier je les ai rencontrées dans le magasin de
Tchelakow ; elles marchandaient un admirable
tapis persan. La jeune princesse suppliait sa
mère de ne pas hésiter sur le prix. Ce tapis orne-
rait si bien son boudoir !... J'ai donné quarante
roubles en sus et l'ai obtenu. Pour cela j'ai été
gratifié d'un coup d'œil où brillait le plus ravis-
sant dépit. Avant le dîner, j'ai à dessein donné
l'ordre de promener près de leurs fenêtres mon
cheval tcherkesse couvert de ce tapis. Verner
était chez elles en ce moment, et m'a dit que
l'effet produit par cette scène avait été fort dramatique. La jeune princesse veut recruter contre
moi une armée, et plus tard j'ai remarqué que
deux aides-de-camp placés auprès d'elles me
saluaient très sèchement ! et cependant tous les
jours ils dînent chez moi.

Groutchnitski a pris un air mystérieux ; il va
les mains croisées derrière lui et ne reconnaît
plus personne. Sa jambe s'est rétablie subitement et il boîte à peine ; il a trouvé l'occasion
d'entamer une conversation avec la princesse-

mère et a pu débiter quelques compliments à sa
fille. Elle n'est pas évidemment très difficile,
car depuis lors elle répond à ses salutations par
un sourire fort aimable.

— Tu ne veux décidément pas faire connaissance avec les dames Ligowska? m'a-t-il dit hier.

— Non, décidément !

— C'est cependant la maison la plus agréable
des eaux ! et l'on y trouve la meilleure société !

— Mon cher, la société m'ennuie affreusement ici. Mais toi, vas-tu chez elles ?

— Pas encore ! J'ai causé deux fois avec la
jeune princesse, pas davantage. Tu sais qu'il est
gênant de se présenter soi-même dans une maison où l'on n'est pas connu, c'est en dehors
des usages. Ce serait une autre affaire si j'avais
des épaulettes...

— Pardon ! mais tu es ainsi bien plus intéressant vraiment ! Tu ne sais pas profiter des avantages de ta situation. Ton manteau de soldat fait
de toi aux yeux d'une jeune fille sentimentale,
un héros et un martyr.

Groutchnitski m'a envoyé un sourire de contentement.

— Quelle bêtise ! a-t-il dit.

— Je suis sûr, ai-je continué, que la jeune princesse est déjà amoureuse de toi.

Il a rougi jusqu'aux oreilles et s'est rengorgé. O amour-propre ! tu es le levier que demandait Archimède pour soulever le monde.

— Tu plaisantes toujours, a-t-il dit, en ayant l'air de se fâcher ; d'abord elle me connaît si peu.

— Les femmes n'aiment que ceux qu'elles ne connaissent pas.

—Oui ! mais je n'ai aucune prétention à plaire, je désire tout simplement faire connaissance avec une famille agréable, et ce serait ridicule si je nourissais quelques espérances. Vous autres, par exemple, c'est une autre affaire, vous avez eu des succcès à Saint-Pétersbourg ! vous n'avez qu'à regarder une femme pour qu'elle s'éprenne de vous... Sais-tu, Petchorin que la jeune fille a parlé de toi ?

—Comment ! Elle t'a parlé de moi ?

— Oui, mais ne t'en réjouis pas ! j'avais par hasard entamé une conversation avec elle auprès du puits. Voici les quelques mots qu'elle m'a dit : « Quel est ce monsieur qui a le regard

si désagréable et si dur ? il était avec vous le jour
où... » Elle a rougi et n'a pas osé rappeler le
jour, où elle a eu pour moi cette attention qui
m'est si chère. ..

— Elle n'avait pas besoin de rappeler cela ; le
souvenir en sera éternellement gravé dans ton
cœur.

— Mon cher Petchorin, je ne te félicite pas,
tu as vraiment une mauvaise réputation auprès
d'elle ; et je le regrette, car Marie est charmante ! »

Il faut vous faire observer que Groutchnitski
est de ces hommes qui, en parlant de femmes
qu'ils connaissent à peine, les appellent ma Marie, ma Sophie, si elle a le bonheur de leur
plaire.

J'ai pris un air sérieux et lui ai répondu :

— Elle n'est donc pas méchante !... Prends-y
garde, Groutchnitski ! Les jeunes filles russes,
en grande partie, ne vivent que d'amour platonique, sachant ne pas le confondre avec
le mariage. Et cet amour platonique est ce
qu'il y a de plus effrayant. La jeune princesse
me paraît être de ces femmes qui veulent être
amusées ; si elles s'ennuient deux minutes de

suite auprès de vous, vous êtes irrévocablement
perdu. Votre silence doit éveiller leur curiosité; votre conversation ne doit jamais les satisfaire complètement. Il faut les troubler à chaque
instant ; dix fois elles braveront pour vous l'opinion publique et elles appelleront cela un sacrifice. Mais pour se payer de ce sacrifice, elles se
mettront à vous tourmenter et puis vous diront
tout crûment un jour, que vous leur êtes insur-
portable. Si vous ne prenez pas de pouvoir sur
elles, leur premier baiser ne vous donnera pas
droit à un second. Elles seront assez coquettes,
avec vous, mais au bout d'un an elles se ma-
rieront à un monstre, qu'elles ne prendront que
pour obéir à leur mère et se mettront à vous persuader qu'elles sont malheureuses ; qu'elles n'ont
aimé qu'un seul homme, qui est vous ; et que
le ciel n'a pas voulu les unir à cet homme, par ce
qu'il portait un vêtement de soldat, quoique
sous ce grossier manteau gris battît un cœur
ardent et noble. »

Groutchnitski a frappé du poing sur la table,
et s'est mis à marcher de long en large dans
la chambre.

Intérieurement je riais et deux fois même j'ai

souri, mais par bonheur il ne l'a pas remarqué.
Il est évident qu'il est amoureux, car il est
devenu encore plus confiant qu'auparavant. Il
avait sur lui un anneau en argent oxidé, produit
du pays. Cela m'a paru suspect ; je l'ai examiné
et qu'ai-je vu ? Le nom de Marie gravé en très
petites lettres à l'intérieur de l'anneau et la date
du jour mémorable où elle a ramassé son verre.
J'ai dissimulé ma découverte ; je ne veux point
lui arracher son secret ; mais je veux qu'il me
choisisse lui-même pour son confident et alors
je serai au comble de la joie...............

Aujourd'hui, je me suis levé tard ; je suis
allé au puits où je n'ai trouvé personne. Il fait
chaud, très chaud ; des petits nuages blancs et
cotonneux accourent rapidement des montagnes
neigeuses vers nous et annoncent un orage.

La tête du Machuk fume comme un flambeau
éteint ; autour de lui glissent et rampent, comme
des serpents, des flocons, de nuages gris. Les
arbres de la montagne les déchirent et retardent
leur marche impétueuse ; l'air est plein d'élec-
tricité ; je me suis enfoncé sous l'allée de treilles
auprès de la grotte. J'étais triste ; je pensais à
cette jeune femme qui a une tache à la joue, et

dont m'a parlé le docteur. Pourquoi est-elle
ici? Est-ce bien elle? mais pourquoi croire
que c'est elle? Et pourquoi me le persuader? Il
n'y a donc pas d'autres femmes qui aient aussi
une tache sur la joue? En pensant à tout cela,
je suis entré dans la grotte et j'ai regardé; à
l'ombre de la voûte, une femme était assise sur
un banc de pierre; elle était en chapeau de paille,
enveloppée d'un châle noir, la tête penchée
sur sa poitrine; son chapeau cachait son visage;
je songeais déjà à m'en retourner afin de
ne pas troubler sa rêverie, lorsqu'elle m'a
regardé.

— Viéra! me suis-je écrié malgré moi. »
Elle a frissonné, pâli et m'a dit :
— Je savais que vous étiez ici. »
Je me suis assis à côté d'elle et lui ai pris les
mains; un trouble, oublié depuis longtemps a
parcouru tout mon être en entendant cette voix
chérie. Elle me regardait dans les yeux avec ses
yeux profonds et calmes. Ils exprimaient de la
défiance et quelque chose de semblable à un
reproche.

— Nous ne nous sommes pas vus depuis
longtemps, lui ai-je dit.

10

— Oui, depuis longtemps, et nous sommes bien changés tous les deux.

— Se pourrait-il ? tu ne m'aimes déjà plus ?...

— Je suis remariée ! m'a-t-elle dit.

— Ah ! mais, il y a quelques années, cette même raison nous séparait, et cependant...

Elle a retiré sa main de la mienne et ses joues se sont enflammées.

— Peut-être aimes-tu ton second mari ?

Elle ne m'a pas répondu et s'est retournée.

— Ou il est jaloux ? Elle se taisait.

— Mais alors, quoi ? Il est jeune, beau et probablement très riche, et tu as des craintes ?

Je l'ai regardée, elle était bouleversée ; son visage exprimait un profond désespoir ; des larmes coulaient de ses yeux.

— Dis-moi ! a-t-elle murmuré enfin, tu as donc plaisir à me faire souffrir ? je devrais te haïr, car depuis le jour où nous nous sommes connus, tu ne m'as valu que des souffrances. »

Sa voix tremblait, elle s'est penchée et a appuyé sa tête sur ma poitrine.

Peut-être ! ai-je pensé, m'as-tu aimé précisément pour cela ; car les joies s'oublient, les souffrances jamais.

Je l'ai étreinte avec force et nous sommes
restés ainsi longtemps. Enfin nos lèvres se sont
rapprochées et se sont confondues dans un long
et ardent baiser. Ses mains étaient froides comme
de la glace et sa tête brûlait. Alors a commencé
entre nous une de ces conversations qui, sur le
papier, n'ont plus de sens, qu'on ne peut répéter,
et dont on ne peut se souvenir. Le ton des voix
définit et complète l'expression des paroles,
comme dans la musique italienne.

Elle ne veut pas décidément que je fasse la
connaissance de son mari. C'est un des vieillards
boiteux que j'ai rencontrés sur le boulevard.
Elle ne l'a pris qu'à cause de son fils. Il est riche
et souffre de rhumatismes. Je ne me suis permis aucune plaisanterie sur lui, car elle l'estime
comme un père et elle le trompera comme un
mari. Chose bizarre dans le cœur humain et surtout chez la femme !

Le mari de Viéra se nomme Simon Vassi-
livitch G....; il est parent éloigné de la princesse Ligowska et ils demeurent l'un près de
l'autre.

Viéra va souvent chez les princesses ; je lui
ai donné ma parole que je ferais connaissance

avec les dames Ligowska et courtiserais la
jeune fille pour détourner d'elle l'attention. Mes
plans ne seront pas dérangés de cette manière et
j'en suis tout gai.

Tout gai !..... oui, j'ai déjà dépassé cette
période de la vie, où l'on a le bonheur et
où le cœur sent le besoin d'aimer avec force
et passion, n'importe qui ; maintenant je ne
désire plus que d'être aimé et par un très
petit nombre ; aussi, il me semble qu'un seul
attachement auquel je serais fidèle, serait tout
ce qu'il me faudrait ; pitoyable disposition du
cœur !.....

Une chose surtout me paraît étrange : je n'ai
jamais pu me rendre l'esclave d'une femme
aimée ; au contraire, j'ai toujours dominé leur
volonté et leur cœur avec une puissance irrésistible et cela sans faire aucun effort. Pourquoi
cela ? Est-ce parce que je ne les exalte jamais
à leurs yeux, et qu'à tout moment elles craignent
de me voir m'échapper de leurs mains ? ou bien
est-ce l'influence magnétique d'une forte orga-
nisation ? ou tout simplement ne m'a-t-il pas été
donné jusqu'à présent de rencontrer des femmes
au caractère impérieux ? Il faut avouer que je

n'aime guère les femmes à caractère fort; est-
ce là leur affaire ?

En vérité, je me souviens maintenant que je
n'ai aimé qu'une fois, une seule fois, une femme
à la volonté ferme, et que jamais je ne pus
dompter. Nous nous quittâmes brouillés et
peut-être que si je l'avais rencontrée cinq ans
plus tard, nous nous serions séparés autrement.

Viéra est malade, très malade, quoiqu'elle
ne l'avoue pas. Je crains qu'elle ne soit phthi-
sique ou qu'elle ne soit atteinte de ce mal qu'on
appelle une fièvre lente, maladie qui n'est pas
russe le moins du monde et qui n'a pas de nom
dans notre langue.

L'orage nous a arrêtés dans la grotte et rete-
nus une demi-heure de plus. Elle ne m'a point
contraint à lui faire des serments éternels et
ne m'a pas demandé si j'avais aimé d'autres
femmes depuis le jour où nous nous étions séparés. Elle s'est confiée à moi de nouveau avec
son insouciance d'autrefois et je ne la trompe-
rai pas. C'est la seule femme dans le monde
que je n'aurai jamais songé à tromper. Je sais
que nous nous séparerons bientôt de nouveau,
et peut-être pour l'éternité. Nous allons tous deux

10.

à la tombe par des chemins différents ; mais son souvenir est inviolablement placé dans mon âme ; je le lui répète toujours et elle me croit, quoiqu'elle dise le contraire.

Enfin nous nous sommes séparés ; je l'ai suivie longtemps du regard jusqu'à ce que son chapeau ait disparu au milieu des arbres et des rochers. Mon cœur malade s'est serré comme après notre première séparation. Je me suis réjoui de ce sentiment ! Est-ce que ce serait la jeunesse avec ses orages bienfaisants qui voudrait encore me revenir ? ou bien serait-ce sa dernière faveur ? son regard d'adieu ? son dernier don pour le souvenir ? Il serait vraiment plaisant de m'imaginer que j'ai encore l'air d'un adolescent ! Et cependant mon visage, quoique pâle, est encore frais, mes membres sont souples et vigoureux ; mes cheveux forment d'épaisses boucles, mes yeux jettent des flammes, mon sang bouillonne !

Je suis revenu chez moi, je suis monté à cheval et suis allé galopper dans le steppe. J'aime courir sur un cheval fougueux à travers les grandes herbes et contre le vent. J'aspire avec avidité les émanations suaves ; je plonge mon regard dans les bleus lointains, m'efforçant de saisir les contours vagues des objets, qui, à chaque instant, deviennent de plus en plus perceptibles et s'éclairent. Quelle que soit l'affliction qui enveloppe mon cœur, quelle que soit l'inquiétude qui tourmente ma pensée ; tout en un instant disparaît : quelque chose de léger se lève dans mon âme ; la fatigue du corps triomphe du trouble de l'esprit. Il n'y a pas de regard de femme que je ne puisse oublier, en voyant nos montagnes boisées, illuminées par le soleil de juin, le ciel bleu, et en écoutant le torrent, qui roule avec fracas de rocher en rocher.

Je pense que les Cosaques, qui bâillent sur la porte de leurs chaumières, en me voyant galoper sans raison et sans but, ont dû longtemps s'inquiéter de cette énigme ; car à mon vêtement ils doivent me prendre pour un Circassien. On m'a dit effectivement, que lorsque j'étais à cheval dans le costume circassien, je ressemblais beaucoup plus à un Kabardien que bon nombre d'habitants de Kabarda. Et en effet qui oserait altérer ces nobles vêtements de guerre ? Quant à moi, je les porte en dandy accompli : pas un galon inutile, des armes de prix, mais d'un

simple travail ; un chapeau en fourrure ni trop
haut ni trop bas ; des jambières et des sandales
parfaitement ajustées ; un bechmet (1) blanc;
un alezan circassien ; j'ai étudié longtemps la
manière de s'asseoir des habitants de la montagne et on ne peut mieux flatter mon amour-
propre, qu'en reconnaissant mon habileté à
monter à cheval comme les gens du Caucase.
J'ai quatre chevaux, un pour moi, trois pour
mes amis, afin de ne pas m'ennuyer à courir
seul les champs. Ils montent mes chevaux avec
plaisir, mais ne vont jamais avec moi. Il était déjà
six heures du soir lorsque je me suis souvenu
qu'il était temps de dîner ; mon cheval était
épuisé et je suis revenu par le chemin qui conduit à la colonie allemande de Piatigorsk où
souvent la société des eaux va en pique-nique.
Le chemin serpente au milieu des arbres, et
descend dans un petit ravin, où coulent en murmurant sous les hautes tiges des foins, de petits
ruisseaux. Autour s'élèvent en amphithéâtre les
masses sombres du Bechtou, du Zmiennoï, du
Geliesnoï et du Lissoï. En descendant dans un

---

(1) Vêtement de dessous des tartares.

de ces ravins que les habitants du pays appellent Balkami, je me suis arrêté pour abreuver mon cheval. En ce moment une cavalcade bruyante et fort élégante s'est montrée dans le chemin. Les dames étaient en amazones noires et bleues et les cavaliers en costume mélangé de circassien et de vêtements ordinaires ; Groutchnitski marchait en tête avec la princesse Marie.

Les dames, aux eaux, croient encore aux attaques des Circassiens en plein jour. Probablement à cause de cela Groutchnitski avait suspendu sous son manteau de soldat un sabre et une paire de pistolets. Il était assez plaisant sous ce costume de héros. Un grand buisson me cachait à leurs yeux ; mais à travers les feuilles j'ai pu voir et deviner à l'expression de leurs visages que la conversation avait un tour sentimental ; ils sont arrivés enfin auprès de la descente, Groutchnitski a pris le cheval de la jeune princesse par les rênes, et j'ai pu entendre la fin de leur conversation.

— Et vous voulez passer toute votre vie au Caucase ? disait la princesse.

— Qu'est pour moi la Russie ? a répondu son cavalier. Une contrée où des milliers d'hommes, parce qu'ils sont plus riches que moi, me regarderont avec mépris ; tandis qu'ici ce grossier uniforme ne m'a pas empêché de faire connaissance avec vous.

— Au contraire ! a dit la princesse en rougissant légèrement.

Le visage de Groutchnitski s'est illuminé de plaisir ; il a continué :

— Ici, au milieu du bruit et sous les balles de ces peuples sauvages, ma vie s'écoule vite et sans que je m'en aperçoive, et si Dieu m'envoyait chaque jour un regard ardent de femme, un seul semblable à celui.......

A ce moment ils arrivaient au point où je me trouvais ; j'ai fouetté mon cheval à l'épaule et suis sorti du milieu des arbres.

« Mon Dieu ! un Circassien ! » s'est écriée la princesse avec terreur.

Afin de les détromper, j'ai répondu en français, les saluant légèrement :

« Ne craignez rien, Madame, je ne suis pas plus dangereux que votre cavalier. »

Elle a paru agitée — mais pourquoi ? Était-ce à cause de son erreur, ou à cause de l'audace de ma réponse. J'aurais désiré que ma dernière

supposition fût vraie. Groutchnitski m'a envoyé
un regard de mécontentement.

Après la soirée, vers onze heures, je suis allé
me promener dans l'allée, sous les tilleuls du
boulevard. La ville dormait, cependant on
voyait encore de la lumière à quelques fenêtres.
De trois côtés, des rochers ; c'est la chaine du
Machuk, au sommet de laquelle s'étend un
nuage de mauvais augure. La lune s'est levée à
l'orient ; au loin les montagnes couvertes de
neige brillent comme une frange d'argent. Les
cris des sentinelles se mêlent au bruit des sources
minérales ouvertes pendant la nuit. De temps
en temps le pas sonore d'un cheval retentit dans
les rues ; le claquement du fouet des postillons
lui forme un accompagnement, auquel se joint
un refrain tartare. Je me suis assis sur un banc
et me suis mis à rêver.....

Je sentais le besoin d'épancher mes pensées
dans une conversation amicale...... mais avec
qui ? Que fait Viéra maintenant ? je donnerais
bien des choses pour lui serrer la main en ce
moment.

Soudain, j'entends des pas rapides et inégaux ;
sûrement c'est Groutchnitski, et c'est lui en effet..

— D'où viens-tu ?

— De chez les princesses Ligowska, m'a-t-il
dit d'une voix grave ; comme Marie chante !.....

— Je parierais qu'elle ignore que tu es sous-
officier ; elle croit sans doute que tu es un officier destitué......

— Peut-être ! Que cela peut-il me faire? a-t-il
dit d'une manière distraite.

— Rien ! Je dis cela seulement......

— Mais sais-tu, toi, que tu l'as irritée sérieusement? Elle a trouvé que tu étais d'une arrogance
inouïe. J'ai tâché de lui persuader que tu étais
au contraire très aimable, que tu savais bien le
monde et que tu ne pouvais avoir eu l'intention
de l'offenser. Mais elle m'a dit que tu avais le
regard impertinent et que sûrement tu devais
avoir une très haute opinion de toi-même.

— Elle ne se trompe pas ..... mais toi, ne vou-
drais-tu pas par hasard prendre parti pour elle?

— Je regrette de ne pas avoir encore ce droit.

— Ah ! ai-je pensé ; il a certainement déjà des
espérances.

— Ce qui est fâcheux pour toi, c'est que tu
auras maintenant bien de la peine à faire leur
connaissance, et c'est regrettable, parce que

leur maison est une des plus agréables que je connaisse. »

J'ai souri intérieurement.

« La maison la plus agréable pour moi est la mienne ; lui ai-je dit en bâillant, et je me suis levé pour m'en aller.

— Tant pis ! Avoue cependant que tu regrettes tout cela ?

— Quelle absurdité ! mais si je veux, demain soir, je serai chez les princesses.

— Vraiment ?

— Eh bien ! pour te faire plaisir, je veux me mettre à faire la cour à la jeune fille.

— Oui ! si elle veut bien causer avec toi !

— Ah ! pardon !.. Je n'ai qu'à attendre le moment où ta conversation l'ennuiera.

— Adieu ! Je vais flâner ; il me serait impossible de dormir maintenant !....... Si nous allions au restaurant, là on joue ; il me faut à présent des émotions fortes.

— Je te souhaite de perdre !........ »

Je suis rentré chez moi.

21 Mai.

Presqu'une semaine s'est écoulée et je n'ai
pas encore fait connaissance avec les dames
Ligowska. J'attends une occasion favorable.
Groutchnitski suit la princesse Marie partout
comme son ombre ; leurs conversations ne finissent pas ; quand l'ennuiera-t-il ? La mère ne
fait pas attention à Groutchnitski, parce qu'il
n'est pas ce qu'on appelle un parti. Voilà une
logique de mère ! J'ai surpris deux ou trois coups
d'œil de tendresse ; il faut mettre fin à cela !

Hier, pour la première fois, Viéra est venue
au puits. Elle n'était pas sortie de chez elle depuis le jour où nous nous sommes rencontrés
dans la grotte. Nous avons plongé nos verres en
même temps dans le puits, et en échangeant un
salut, elle m'a dit doucement :

« Tu ne veux donc pas faire connaissance
avec les dames Ligowska? Nous ne pourrons
cependant nous voir que là.

— Un reproche ! c'est ennuyeux ! mais je l'ai
mérité...........

— A propos ! demain il y a un bal par sous-
cription dans le salon de l'hôtel.

— Eh bien ! j'irai danser la mazurka (1) avec
la princesse.

* * *

29 Mai.

Le salon de l'hôtel a été transformé en salon
de noble compagnie. A dix heures tout le monde
était arrivé. La princesse et sa fille sont venues
des dernières. Beaucoup de dames les ont regar-
dées avec envie et malveillance, car la princesse Marie était mise avec goût. Celles qui ont
des prétentions aristocratiques, cachant leur envie, se sont rapprochées d'elles. Ici dans toute
réunion de femmes, le cercle se compose d'éléments très hauts et très bas. Près d'une fenêtre, au milieu de la foule, Groutchnitski est
debout, appuyant sa tête contre la vitre et ne
quittant pas des yeux sa déesse. Elle lui a fait en

---

(1) La mazurka est une danse à figures qui, en Russie,
remplace ce que nous appelons en France le cotillon.

passant un salut à peine marqué; il s'est épanoui
comme un soleil. Les danses ont commencé par
une polonaise, puis on a joué une valse. Les
éperons se sont mis à sonner et les pans
d'habit à voltiger et à tourner. J'étais debout,
derrière une grosse dame couverte de plumes
roses ; l'ampleur de sa robe me rappelait le temps
des paniers, et la bigarrure de sa peau, fort peu
unie, l'heureuse époque des mouches de taffetas
noir. Une énorme verrue qu'elle avait au cou
était dissimulée par un fermoir de chaîne. Elle
disait à son cavalier, capitaine de dragons :

« Cette petite princesse Ligowska est une insupportable fillette ; figurez-vous qu'elle m'a
heurtée et ne m'en a pas fait ses excuses, et de
plus, elle s'est retournée et m'a lorgnée ; c'est
impayable !.... Et de quoi est-elle si fière ? On
devrait la mettre à la raison.

— Ça ne tardera pas à venir, a répondu l'of-
ficieux capitaine, et il est allé dans une autre
salle.

Je me suis alors approché de la princesse, et
l'ai invitée à valser, profitant ainsi de l'usage
admis aux eaux où l'on peut danser avec les
dames que l'on ne connaît pas.

Elle a eu de la peine à contenir un sourire et
à cacher son triomphe ; mais elle a réussi assez
vite à prendre un air indifférent et même sévère.
Elle a appuyé négligemment sa main sur mon
épaule, a penché légèrement sa tête de côté et
nous nous sommes élancés. Je ne connais point
de taille plus voluptueuse et plus souple ; sa
fraîche haleine courait sur mon visage ; une
boucle de ses cheveux arrachés à ses bandeaux
par le tourbillon de la valse effleurait parfois
ma joue brûlante .. .. J'ai fait trois tours (elle
valse admirablement). Elle a perdu haleine,
ses yeux se sont troublés et ses lèvres ont pu à
peine prononcer le banal : merci, monsieur !

Après quelques minutes de silence, je lui ai
dit en prenant un air très humble :

— J'ai appris, princesse, que quoique nous ne
nous connaissions pas, j'ai déjà eu le malheur
de mériter votre inimitié ; vous me trouvez impertinent, m'a-t-on dit ! Est-ce la vérité ?

— Voudriez-vous en ce moment me confirmer
dans cette opinion ? a-t-elle répondu avec une
petite mine pénétrante qui allait du reste fort
bien à sa figure pleine de mobilité.

—Si j'ai eu l'audace de vous offenser, permet-

tez-moi d'avoir l'audace plus grande de vous en
demander pardon. Mais, vraiment, je désirerais
bien vous prouver que vous vous êtes trompée
sur mon compte.

— Cela vous sera assez difficile.

— Pourquoi donc ?

— Parce que vous ne venez pas chez nous et
ce bal probablement ne se répètera pas souvent. »

Ce qui signifie, ai-je pensé, que leur porte est
toujours fermée pour moi.

— Vous savez, princesse, lui ai-je dit, avec un
peu de dépit, il ne faut jamais fermer l'oreille
aux repentirs d'un coupable ; avec le désespoir,
il peut le devenir deux fois plus, et alors.....»

Les rires et les chuchotements de ceux qui nous
entouraient m'ont forcé à me retourner et à inter-
rompre ma phrase. A quelques pas de moi, se
trouvait un groupe d'hommes, et dans ce groupe
le capitaine de dragons, qui m'avait paru méditer des projets hostiles contre cette chère princesse. Il semblait particulièrement très satisfait
de quelque chose, riait, se frottait les mains et
échangeait des œillades avec ses compagnons.
Soudain, du milieu d'eux s'est détaché un mon-

sieur en habit, ayant de longues moustaches, une
figure rouge et qui en trébuchant s'est dirigé
droit vers la princesse. Il était ivre ; il s'est arrêté
devant la pauvre fille, qui était toute troublée,
a croisé ses mains derrière lui, et fixant sur elle
ses yeux gris, lui a dit d'une voix de soprano
enroué :

— Permettez-moi.... mais non ! plus simplement, je vous engage pour la mazurka....

— Que désirez-vous ? a-t-elle répondu d'une
voix tremblante, et jetant tout autour un regard
suppliant. Hélas ! sa mère était assez loin de là,
et près d'elle pas un de ses cavaliers de connaissance. Un seul aide-de-camp m'a paru voir
tout cela, mais il s'est caché dans la foule, afin
de s'éviter une histoire.

« Quoi donc ? a dit le monsieur ivre, en faisant
signe du coin de l'œil au capitaine de dragons,
qui l'encourageait de ses gestes. Est-ce que cela
vous déplaît ? J'ai de nouveau l'honneur de vous
engager pour la mazurka........ Vous pensez peut-
être que je suis ivre ? mais ce n'est rien !.....
Je suis très ingambe, je puis vous assurer.......»

Je voyais qu'elle était prête à s'évanouir de
frayeur et d'indignation.

Je suis allé droit au monsieur ivre ; je l'ai pris assez solidement par le bras, l'ai regardé fixement dans les yeux et l'ai invité à se retirer, parce que la princesse m'avait déjà promis depuis longtemps de danser la mazurka avec moi.

« Dans ce cas, il n'y a rien à faire ! a-t-il dit d'un air moqueur ; à une autre fois ; » et il est allé rejoindre ses compagnons, qui rougissaient et qui l'ont emmené dans une autre salle.

J'ai été récompensé par un profond et admirable regard.

La jeune princesse est allée trouver sa mère, et lui a tout raconté ; celle-ci m'a cherché dans la foule et m'a remercié. Elle m'a déclaré qu'elle connaissait ma mère et qu'elle était liée avec une demi-douzaine de mes tantes. « Je ne sais comment une occasion ne nous a pas mis en rapport, a-t-elle ajouté, pendant ces jours-ci. Mais avouez que vous en êtes seul la cause ; car vous nous fuyez, comme on ne l'a jamais vu faire ; j'espère que l'air de mon salon dissipera votre spleen , n'est-ce pas vrai ? »

Je lui ai débité une de ces phrases qu'on a toujours prêtes pour de semblables occasions.

Les quadrilles se sont prolongés fort longtemps. Enfin du haut de la galerie la musique a retenti et nous nous sommes assis avec la jeune princesse.

Je ne lui ai pas parlé une seule fois du monsieur ivre, ni de ma conduite précédente, ni de Groutchnitski. L'impression qu'avait produite sur elle cette scène désagréable s'est évanouie peu à peu, et son visage a repris ses couleurs. Elle a plaisanté très finement et sa conversation a été spirituelle, sans prétention à l'esprit, vive et dégagée, ses remarques quelquefois profondes. Je lui ai fait entendre au milieu de quelques phrases très entortillées, qu'elle me plaisait beaucoup, depuis longtemps. Elle a penché sa tête et a rougi légèrement.

« Vous êtes un homme bizarre ! m'a-t-elle dit ensuite, en fixant sur moi ses yeux veloutés et en s'efforçant de sourire.

— Je n'ai point voulu faire votre connaissance ai-je repris, parce que vous aviez un trop grand cercle d'adorateurs et je craignais de disparaître complètement au milieu d'eux.

— Vous avez eu tort d'avoir cette crainte ; car ils sont tous ennuyeux.

— Tous ! est-ce possible ?... tous ? »

11.

Elle m'a regardé fixement, tâchant de se souvenir ; puis elle a rougi de nouveau légèrement et enfin a prononcé : décidément tous ?...

— Mon ami Groutchnitski aussi?

— Ah! il est votre ami ? a-t-elle dit, en montrant quelque doute.

— Oui !

— Il n'est pas, en effet, dans la catégorie des ennuyeux.

Mais alors il est dans celle des malheureux? lui-ai je dit en plaisantant.

— Sans doute! mais vous êtes un moqueur! Je voudrais bien que vous fussiez à sa place.

— Pourquoi? mais j'ai été moi-même sous-officier autrefois et c'est là le meilleur temps de ma vie.

— Mais est-ce qu'il est sous-officier? a-t-elle dit vivement ; puis elle a ajouté : mais je croyais...

— Que croyez-vous?

— Rien !.... Quelle est cette dame ? »

La conversation a alors changé de direction et nous ne sommes plus revenus sur tout cela.

Enfin la mazurka a fini et nous nous sommes séparés en nous disant au revoir.

Ces dames sont parties et moi je suis allé souper et ai rencontré Verner.

« Ah ! m'a-t-il dit : C'est ainsi que vous êtes ? Vous ne vouliez faire connaissance avec la princesse que dans le cas où vous auriez à la sauver d'une mort certaine ?

— Et j'ai fait mieux ! lui ai-je répondu ; je l'ai sauvée d'un évanouissement en plein bal !

— Comment donc? racontez-moi cela ?

Devinez ! vous qui devinez tout en ce monde !

30 Mai.

Vers les sept heures du soir, je suis allé me promener sur le boulevard. Groutchnitski m'a aperçu de loin et est venu à moi. Une joie railleuse brillait dans son regard. Il m'a serré la main fortement et m'a dit d'une voix tragique:

«Je te remercie Petchorin ; me comprends-tu ?

— Non ! Je ne sais ce qui me vaut ton remerciement ; je ne me rappelle pas réellement t'avoir rendu quelque service.

— Comment! mais hier! Est-ce que tu as déjà oublié? Marie m'a tout raconté.

— Ah! mais, est-ce que tout est déjà commun entre vous, même la reconnaissance?

— Écoute, m'a dit Groutchnitski très sérieusement, ne te moque pas, je t'en prie, de mon amour, si tu veux rester mon ami; j'aime Marie à la folie; et je crois, et j'espère qu'elle m'aimera aussi. J'ai une prière à te faire: tu iras chez elle ce soir; promets-moi de tout observer. Je sais que tu es très habile à cela et que tu connais mieux les femmes que moi. Ah! les femmes! les femmes, qui peut les deviner? Leurs sourires contredisent leurs regards, leurs paroles promettent et engagent et le son de leur voix repousse; tantôt elles pénètrent et devinent nos plus secrètes pensées, tantôt elles ne comprennent plus nos plus claires allusions. Voilà ce qu'est la jeune princesse; hier, ses yeux brillaient passionnément en s'arrêtant sur moi; maintenant ils sont éteints et froids.

— C'est peut-être la conséquence de l'effet des eaux! lui ai-je dit.

— Tu vois tout de travers; tu es décidément un matérialiste, a-t-il ajouté avec dédain; chan-

geons de matière, » et, content de ce mauvais
jeu de mots, il est devenu plus gai.

A huit heures, nous sommes allés ensemble
chez la princesse. En passant près de la maison
de Viéra je l'ai aperçue à sa croisée. Nous avons
échangé un rapide regard. Elle n'a pas tardé à
arriver après nous chez les dames Ligowska. La
princesse-mère m'a présenté à elle comme à sa
parente, on a bu le thé ; il y avait beaucoup de
monde et la conversation est devenue générale.
Je me suis efforcé de plaire à madame Ligowska ;
j'ai plaisanté, et je l'ai fait rire quelquefois de
bon cœur. La jeune princesse avait également
envie de rire, mais elle se retenait pour ne pas
sortir du rôle qu'elle s'était choisi. Elle trouve
que la langueur lui va et peut-être ne se trompe-
t-elle point.

Groutchnitski est très heureux de voir que ma
gaîté ne se communique pas à elle.

Après le thé tout le monde est rentré au
salon.

« Êtes-vous satisfaite de mon obéissance,
Viéra? » lui ai-je dit, en passant près d'elle.

Elle m'a jeté un regard plein d'amour et de
reconnaissance. Je suis habitué à ces regards, et

cependant autrefois, ils faisaient mon bonheur.
La princesse a fait asseoir sa fille au piano ;
tout le monde l'a priée de chanter ; je me suis
tu et profitant du mouvement général, je me
suis approché d'une fenêtre avec Viéra, qui
avait envie de me raconter quelque chose de très
sérieux pour nous deux. C'était une niaiserie !
Mon indifférence néanmoins a fait de la peine à
la princesse Marie, comme j'ai pu m'en apercevoir à un regard plein de dépit qu'elle m'a
lancé ; et je comprends admirablement ce langage muet, mais expressif, concis, mais énergique.

Elle s'est mise à chanter : sa voix n'est pas
mauvaise, mais elle chante mal. Du reste je n'ai
pas écouté. Groutchnitski, au contraire, accoudé
sur l'instrument devant elle, la dévorait des
yeux et s'écriait à chaque instant à haute voix :
« charmant ! délicieux !..... »

— Écoute, m'a dit Viéra, je ne veux point que
tu fasses connaissance avec mon mari ; mais tu
devras faire la conquête de la princesse-mère ;
cela t'est facile, tu peux tout ce que tu veux et
nous ne nous verrons qu'ici.

— Seulement ?

Elle a rougi et a continué :

—Tu sais que je suis ton esclave et que jamais je n'ai pu te résister... Aussi en serai-je punie quelque jour; tu cesseras de m'aimer !... Je veux au moins sauver ma réputation ; ce n'est pas pour moi-même, tu le sais très bien ! mais je t'en supplie, ne me tourmente pas comme autrefois avec tes doutes inutiles et tes froideurs simulées ; je mourrai peut-être bientôt ; je sens que je m'affaiblis de jour en jour, et malgré tout cela je ne puis songer à la vie future ; je ne pense qu'à toi. Vous autres hommes, vous ne comprenez pas les jouissances du regard, des serrements de main. Je te jure qu'entendre ta voix me fait éprouver une étrange et profonde sensation de bonheur, telle que tes baisers les plus ardents ne pourraient m'en procurer ! »

La princesse Marie avait cessé de chanter. Un murmure d'éloges s'est élevé autour d'elle ; je me suis approché après tous et lui ai dit que, pour mon compte, je trouvais sa voix assez négligée.

Elle a fait la moue en plissant sa lèvre inférieure, et s'est inclinée d'une manière fort moqueuse, en me disant :

« Cela est d'autant plus flatteur pour moi, que vous ne m'avez pas du tout écouté ; mais peut-être n'aimez vous pas la musique ?

— Au contraire, et surtout après dîner.

— Groutchnitski a raison de dire que vous avez des goûts prosaïques ; et je vois que vous n'aimez la musique, que sous le rapport gastronomique.

— Vous vous trompez encore ; je ne suis pas du tout gastronome, mais j'ai un mauvais estomac. Or la musique après dîner endort, et dormir après le dîner est fort salutaire ; par conséquent j'aime la musique sous le rapport hygiénique. Ce soir, au contraire, elle m'agite trop les nerfs ; elle me rend trop triste ou trop gai ; et c'est fort désagréable de s'attrister ou de s'égayer lorsqu'on n'a pas de raison pour cela ; surtout dans le monde, où la tristesse est ridicule, et une trop grande gaieté indécente. »

Elle ne m'a pas écouté jusqu'au bout, s'est éloignée et est allée s'asseoir près de Groutchnitski. Une conversation sentimentale s'est établie entre eux.

Il m'a semblé que la princesse répondait à ses phrases recherchées, assez distraitement et sans

à propos, quoiqu'elle s'efforçât de lui montrer
qu'elle l'écoutait avec attention, car il jetait sur
elle parfois des regards d'admiration, tâchant
de deviner la cause de l'agitation secrète que
trahissaient souvent ses yeux inquiets.

Je vous ai devinée, chère princesse ; prenez
garde ! Vous voulez me rendre la pareille en
même monnaie et piquer mon amour-propre.
Vous ne réussirez pas , et si vous me déclarez la
guerre, je serai aussi sans pitié.

Pendant le restant de la soirée, j'ai tâché de
me mêler à leur conversation, mais elle a ac-
cueilli assez sèchement mes remarques et je me
suis éloigné avec une peine simulée. La jeune
princesse triomphait et Groutchnitski aussi.
Triomphez, mes amis, hâtez-vous...... vous
ne triompherez pas longtemps, j'en ai le pressentiment ..... Dans mes relations avec les
femmes, j'ai toujours deviné tout d'abord, si
elles m'aimeraient ou non.....

J'ai achevé la soirée auprès de Viéra, à parler
d'un temps déjà lointain. Pourquoi m'aime-t-
elle tant ? vraiment je ne le sais, d'autant plus
que c'est la seule femme qui m'ait entièrement
compris avec mes petites faiblesses et mes mau-

vaises passions ; il est impossible que le mal
soit si attrayant...

Je suis parti avec Groutchnitski ; dans la rue,
il m'a pris le bras et après un long instant de
silence, il m'a dit :

« Eh bien, quoi ? »

Tu es un sot, avais-je envie de lui répondre ;
mais je me suis retenu et n'ai fait que lever les
épaules.

------

6 Juin

Pendant tous ces jours-ci, je ne me suis pas
écarté un seul instant de mon système. Ma conversation commence à plaire à la jeune princesse
Marie ; je lui ai raconté quelques-uns des plus
étranges incidents de ma vie et déjà elle me con-
sidère comme un homme extraordinaire. Je me
moque un peu de tout en ce monde et surtout
du sentimentalisme : cela commence à l'effrayer.
Elle n'ose déjà plus, devant moi, entamer avec
Groutchnitski une lutte de sentiment ; elle a déjà

répondu quelquefois à ses sorties par des sourires railleurs. Mais chaque fois que Groutchnitski s'approche d'elle, je prends un air calme et je les laisse ensemble. La première fois elle a été contente de cela ou au moins a essayé de le paraître ; à la seconde, elle s'est fâchée contre moi ; à la troisième, contre Groutchnitski.

« Vous avez bien peu d'amour-propre, m'a-t-elle dit un soir. Pourquoi croyez-vous que j'ai plus de plaisir à me trouver avec Groutchnitski qu'avec vous ? »

— Je lui ai répondu que je sacrifiais mon plaisir au bonheur de mon ami.

— Et le mien ? » a-t-elle ajouté.

Je l'ai regardée fixement en prenant un air sérieux. Ensuite, de toute la journée, je ne lui ai pas dit un mot. Ce soir elle était pensive, et ce matin, auprès du puits, elle l'était encore davantage.

Lorsque je me suis approché d'elle, elle écoutait distraitement Groutchnitski qui s'extasiait sur la nature, et lorsqu'elle m'a vu, elle s'est mise à rire aux éclats, très mal à propos et en ayant l'air de ne pas m'avoir aperçu. Je me suis éloigné et me suis mis à la surveiller à la déro-

bée. Elle s'est d'abord écartée de son compagnon de causerie, puis a bâillé deux fois.

Décidément Groutchnitski l'importune. Je
resterai encore deux jours sans causer avec
elle.

⸺

13 Juin.

Je me demande souvent pourquoi je recherche
si obstinément l'amour d'une jeune fille, que je
ne veux point séduire et que je n'épouserai jamais. Pourquoi cette coquetterie féminine? Viéra
m'aime plus que la princesse Marie ne m'aimera
jamais. Au moins si cette dernière avait l'air
d'une beauté invincible, je semblerais peut-être
fasciné par la difficulté de l'entreprise....

Mais il n'en est point ainsi ! Ce n'est pas non
plus ce besoin incessant d'aimer, qui nous tourmente pendant les premières années de la jeunesse et nous pousse d'une femme à l'autre,
jusqu'à ce que nous en trouvions une qui ne
puisse nous supporter. Voilà le moment où

nous devenons véritablement constants, passion sans fin que l'on pourrait exprimer mathé-
matiquement par une ligne partant d'un point
et se perdant dans l'espace. Le secret de cette
éternité ne gît que dans l'impossibilité où l'on
est d'atteindre le but, c'est-à-dire la fin.

Mais de quoi vais-je m'inquiéter? suis-je jaloux de Groutchnitski? Le malheureux, mais il
n'est pas digne d'elle! Après tout, c'est peut-
être la conséquence de cet insurmontable sentiment qui nous engage à détruire les plus douces
erreurs de notre prochain, afin d'avoir le petit
plaisir de lui dire, lorsque désespéré, il nous demandera à qui il devra croire : Mon ami! elle
m'en disait autant et tu vois, je dîne, je soupe,
je dors tranquillement et j'espère mourir sans
cris et sans larmes. Et puis, il y a sans doute
une immense jouissance à posséder une jeune
âme qui s'épanouit à peine! Elle est comme une
de ces fleurs dont les meilleurs parfums s'éva-
porent au contact des premiers rayons du soleil;
il faut la cueillir à ce moment, l'aspirer jusqu'à
épuisement, et puis la rejeter sur le chemin!
Peut-être se trouvera-t-il quelqu'un pour la ramasser !

Je ressens en moi cette insatiable avidité qui
engloutit tout ce qu'elle rencontre sur son chemin. Je ne songe à la souffrance et à la joie des
autres que par rapport à moi; j'y trouve l'aliment nécessaire à l'entretien des forces de mon
âme. Je ne suis plus capable de faire des folies
sous l'influence de la passion et mon ambition
est étouffée par les circonstances ; mais elle se
produit d'une autre manière, car l'ambition
n'est que la soif de la puissance, et le premier
des plaisirs pour moi, est de subordonner à ma
volonté tous ceux qui m'entourent et d'éveiller en
eux le sentiment de l'amour, de l'attachement,
de la frayeur. Et n'est-ce pas en effet la plus
grande preuve et le plus grand triomphe de la
puissance, que d'être pour le premier venu, une
cause de souffrance ou de plaisir, sans avoir au-
dessus de lui un droit positif ! Qu'est-ce que le
bonheur, si ce n'est l'orgueil assouvi ! si je
croyais être le meilleur et le plus puissant des
hommes, je serais heureux ! Et si tous m'aimaient, je trouverais en moi des sources inépui-
sables d'amour. Le mal engendre le mal, une
première souffrance fait comprendre le plaisir
qu'il y a à tourmenter les autres. L'idée du mal

ne peut entrer dans la tête d'un homme sans
qu'il ne songe à le faire. Les idées, a dit quelqu'un, c'est la création organisée; leur naissance leur donne une forme et cette forme est
l'action. Ainsi celui dans la tête duquel naît le
plus grand nombre d'idées agit plus que tous
les autres.

De cela, il suit qu'un homme de génie
attaché au banc d'un pupitre, doit mourir ou
perdre l'esprit; absolument comme un homme,
doué d'une constitution vigoureuse, condamné
à une vie sédentaire et sans exercice, mourra
d'une attaque d'apoplexie.

Les passions ne sont autre chose que les idées
à leur première éclosion; elles appartiennent
aux cœurs jeunes, et celui-là est un sot qui
croit être agité par elles toute la vie. Bien des
rivières tranquilles sont, à leur source, d'im-
pétueux torrents, mais pas une ne bondit et
n'écume jusqu'à la mer; ce calme est souvent,
sans qu'on s'en doute, un grand indice de force.
La plénitude, la profondeur des sentiments et de
la pensée n'admettent pas les élans furieux. Une
âme agitée par les passions se donne en tout de
lourdes responsabilités, et est persuadée qu'il

doit en être ainsi. Elle sait que sans les orages, la permanente ardeur du soleil la dessècherait. Elle se pénètre de sa propre vie, se caresse et se punit elle-même, comme un enfant gâté. Ce n'est que dans cette condition de connaissance de soi-même que l'homme peut apprécier la justice divine......

En relisant cette page, je remarque que je me suis bien éloigné de mon sujet. Mais qu'importe ! Sans doute j'écris ce journal pour moi, et tout ce que je jette sur ce papier sera, avec le temps, un précieux souvenir pour moi...

Groutchnitski est venu chez moi et m'a sauté au cou; il est promu officier; nous avons bu le champagne. Le docteur Verner est entré presque aussitôt après lui :

« Je ne vous félicite pas ! a-t-il dit, à Grout-chnitski :

— Pourquoi ?

—Parce que votre manteau de soldat vous allait fort bien, et avouez qu'un uniforme d'officier d'infanterie fait ici, aux eaux, ne vous donnera rien d'intéressant. C'est évident ! Jusqu'à ce jour vous étiez une exception ; maintenant, vous serez comme tous les autres.

— Dites-donc, docteur! ne m'empêchez point de me réjouir!.......

Il ne sait pas, a ajouté Groutchnitski à mon oreille, quelles espérances m'ont apportées ces épaulettes! Oh! épaulettes! épaulettes! vos étoiles sont les étoiles qui me guident. Non! maintenant, je suis complètement heureux!

— Viendras-tu te promener avec nous sur le rempart? lui ai-je demandé.

— Non! parce que je ne veux me montrer à la princesse Marie que lorsque mon uniforme sera prêt.

— Veux-tu que je lui apprenne ton bonheur?

— Non! je t'en prie; ne le lui dis pas! je veux la surprendre.

— Dis-moi seulement où en sont tes affaires avec elle? »

Il s'est troublé et s'est mis à réfléchir; il avait envie de se vanter et de mentir; mais il a eu des scrupules et en même temps a eu honte de dire la vérité.

« Qu'en penses-tu? t'aime-t-elle?

— Est-ce qu'elle aime? quelles idées as-tu donc Petchorin? Peut-elle aimer aussitôt? Et

quand cela serait, est-ce qu'une femme comme il
faut avoue ces choses-là?

— Ah! très bien. Et de même un homme
comme il faut doit garder le silence sur ses affec-
tions?

— Eh oui, mon ami! Il en est ainsi d'une foule
de choses qui ne se disent pas, mais qui se devinent.

— C'est vrai! Seulement l'amour, que nous
lisons dans les yeux, n'engage pas une femme
comme les paroles..... Prends garde, Groutchnitski! Elle te trompera!

— Elle! a-t-il dit en levant les yeux au ciel et
souriant de contentement. Tu me fais de la
peine, Petchorin. »

Et il est parti.

Ce soir, une nombreuse société est allée se
promener à pied au Proval (1).

De l'avis des savants du lieu, ce Proval n'est
pas autre chose qu'un cratère éteint; il se
trouve sur une des pentes douces du Machuk,
à une verste de la ville. Un étroit sentier, bordé
d'arbres et de rochers, y conduit. J'ai offert mon

_____

(1) Grande excavation volcanique.

bras à la jeune princesse pour gravir la montagne, et elle ne m'a plus quitté pendant la promenade.

Nous sommes entrés en conversation par le
chapitre de la médisance ; je répétais des calomnies répandues sur nos connaissances pré-
sentes et absentes. J'ai d'abord blâmé simplement des ridicules et puis je suis devenu
plus méchant ; ma bile se soulevait ; j'avais
commencé par des badinages et j'ai fini par de
franches méchancetés. D'abord cela l'a amusée,
et puis cela l'a effrayée.

« Vous êtes un homme dangereux ! m'a-t-elle
dit ; j'aimerais mieux tomber au milieu d'une
forêt sous le couteau d'un assassin que de subir
votre mauvaise langue. Je vous en prie, sans
plaisanter, lorsque vous songerez à vous brouiller
avec moi, prenez un poignard et égorgez-moi ;
je crois que cela ne vous sera pas difficile.

— Est-ce que j'ai l'air d'un brigand ?

— Vous êtes plus féroce......... »

J'ai réfléchi un moment et ensuite je lui ai dit
en prenant un air profondément ému :

« Oui ! Et telle fut ma destinée dès ma plus
tendre enfance. Tout le monde lisait sur mon

visage les signes des plus mauvais penchants ;
ces signes n'existaient point, mais on les pres-
sentait, et ils ne parurent jamais. J'étais modeste, on m'accusa d'astuce et je devins sour-
nois. Je ressentais profondément le bien et le
mal ; personne ne me prodiguait la moindre
caresse ; • tous m'outrageaient ; je devins vin-
dicatif. J'étais morose, les autres enfants étaient
gais et babillards ; je me sentais au-dessus
d'eux, on me mit plus bas, je devins envieux.
J'étais disposé à aimer tout le monde ; personne ne me comprit ; j'appris la haine. Ma
jeunesse flétrie s'écoula au milieu d'une lutte
entre la société et moi. Craignant de voir tourner
en ridicule mes meilleurs sentiments, je les en-
fouis au fond de moi-même et ils s'évanouirent.
J'aimais la vérité, on ne me crut pas : je me
mis à mentir. Connaissant à fond le monde et
le mobile de la société, je devins habile dans
la science de la vie et je m'aperçus que d'autres,
sans la moindre habileté, étaient heureux et
recevaient des honneurs et des avantages que je
briguais infatigablement. Alors le désespoir
naquit dans mon cœur, mais non pas ce désespoir que guérit la balle d'un pistolet ; non ! mais

un désespoir froid et sans force, qui se cache sous un sourire aimable et bienveillant. Je devins un paralytique moral. Une moitié de mon âme languit, se dessécha, et mourut. Je la coupai et la rejetai. L'autre partie s'agita et se mit à vivre dans chacune de ses parties, et personne ne remarqua cela, parce que personne ne savait l'absence de la moitié perdue. Mais vous venez de réveiller en moi son souvenir et je vous lirai son épitaphe. Au plus grand nombre, les épitaphes paraissent ridicules, mais à moi, non ; je pense toujours à celui qui repose sous elle. Du reste je ne vous prie point de partager mon opinion ; si ma sortie vous paraît ridicule, riez-en ! Je vous préviens que cela ne m'affligera pas le moins du monde. »

A ce moment, j'ai rencontré ses yeux ; ils étaient pleins de larmes ; son bras appuyé sur le mien tremblait ; ses joues étaient enflammées ; elle me plaignait.

La pitié, ce sentiment auquel se laissent un peu aller toutes les femmes, a pris pied dans son cœur inexpérimenté. Pendant tout le temps de la promenade, elle a été distraite et avec cela sans coquetterie, ce qui est un bien grand symptôme.

12.

Nous sommes arrivés au Proval. Les dames ont abandonné leurs cavaliers, mais elle n'a pas quitté mon bras. Les saillies des élégants du lieu ne l'ont pas fait rire, et l'inclinaison des pentes écroulées sur lesquelles nous nous trouvions ne l'a point effrayée, tandis que les autres dames criaient et se couvraient les yeux.

Pendant le trajet du retour, je n'ai point recommencé notre triste conversation, mais à mes questions diverses et à mes plaisanteries elle répondait brièvement et avec distraction.

« Est-ce que vous avez aimé? lui ai-je demandé enfin. » Elle m'a regardé fixement, a hoché la tête, et est retombée dans sa mélancolie.

Il était clair qu'elle avait quelque chose à me dire, mais elle ne savait par où commencer. Son sein se gonflait; qu'était-il arrivé? Une manche de mousseline est une égide bien faible, et un courant magnétique allait de mon bras au sien. Presque toujours l'amour naît ainsi et la plupart du temps nous nous trompons bien en pensant qu'une femme nous aime pour notre extérieur ou nos qualités morales, tandis qu'ils ne font que préparer et disposer son cœur à re-

cevoir le feu sacré ; le moindre premier contact
décide l'affaire.

« N'est-ce pas vrai, que j'ai été très aimable
aujourd'hui ! » m'a dit la jeune princesse, avec
un sourire contraint, quand nous sommes revenus de la promenade.

Et nous nous sommes séparés.

Elle est mécontente d'elle-même, s'accuse de
froideur ; c'est un premier triomphe fort impor-
tant !

Demain elle voudra me récompenser ; je sais
cela par cœur. — Voilà l'ennuyeux !

---

12 Juin

Aujourd'hui j'ai vu Viéra : Elle m'a fatigué
avec sa jalousie. La jeune princesse s'est imaginé, à ce qu'il paraît, de lui confier les secrets
de son cœur. Il faut avouer que c'est là un heureux choix !

« Je devine à quoi tout cela aboutira, m'a dit
Viéra. Il vaut mieux me dire tout simplement,
dès aujourd'hui, que tu l'aimes.

— Mais si je ne l'aime pas?

— Alors pourquoi la poursuivre, la troubler, et agiter son imagination? Oh! je te connais bien! Écoute, si tu veux que je te croie, viens dans une semaine à Kislovodsk; après-demain nous allons nous y fixer; la princesse reste ici plus longtemps. Trouve un logement tout à côté de nous; nous demeurerons dans une grande maison près de la source. En bas doit habiter la princesse Ligowska; mais à côté est une maison du même propriétaire, qui est pareille à la nôtre et n'est pas encore occupée.

— Viendras-tu? »

Je le lui ai promis et aujourd'hui même j'ai envoyé arrêter le logement.

Groutchnitski est venu chez moi à six heures et m'a annoncé que son uniforme serait prêt pour le bal.

— Je pourrai enfin danser avec elle toute la soirée, et comme nous causerons! a-t-il ajouté.

— A quand le bal?

— Mais demain. Est-ce que tu ne le sais pas? C'est une grande fête, et l'autorité du lieu s'est chargée elle-même de la préparer.

— Allons au boulevard.

— Pour rien au monde, avec cet affreux manteau ?...

— Comment, tu ne l'aimes déjà plus ? »

Je suis allé seul au boulevard et j'ai rencontré la princesse Marie ; je l'ai invitée pour la mazurka ; elle s'en est montrée fort étonnée et pleine de joie.

— Je croyais que vous ne dansiez que par nécessité absolue, comme la fois passée, m'a-t-elle dit avec un sourire charmant.

Il paraît qu'elle ne s'aperçoit pas du tout de l'absence de Groutchnitski.

— Vous serez très agréablement surprise, lui ai-je dit.

— De quoi ?

— C'est un secret !... que vous devinerez vous-même au bal. »

J'ai achevé la soirée chez les princesses ; il n'y avait personne que Viéra et un vieillard très amusant. J'étais en veine d'esprit et j'ai improvisé quelques histoires assez bonnes. La jeune princesse était assise devant moi et écoutait mes contes avec une attention si profonde, si vive et si tendre, que j'en étais étonné. Que sont devenus sa vivacité, sa co-

quetterie, ses caprices, sa mine espiègle,
son sourire moqueur, son regard distrait?

Viéra a remarqué tout cela; sur son visage,
altéré par la maladie, se peignait une profonde
tristesse. Elle était assise auprès de la fenêtre
dans un grand fauteuil, et m'a fait réellement
de la peine.

J'ai raconté toute la dramatique histoire de
notre rencontre, de nos amours, en déguisant
le tout, bien entendu, sous des noms inventés.

J'ai peint vivement ma tendresse, mes in-
quiétudes, mes transports, et j'ai présenté sous
un jour si avantageux sa démarche, son caractère, qu'elle a dû me pardonner ma coquetterie
avec la princesse.

Elle s'est levée et est venue s'asseoir près de
nous; elle semblait revivre........ Et nous ne
nous sommes souvenus qu'à deux heures du
matin, que le docteur nous avait ordonné de
nous coucher à onze heures.

13 Juin.

Une demi-heure avant le bal, Groutchnitski
est venu chez moi, en uniforme éclatant d'officier
d'infanterie. Au troisième bouton de sa tunique
était accrochée une chaînette de bronze à laquelle pendait un double lorgnon. Ses épaulettes
démesurément grandes, étaient relevées en l'air
et ressemblaient assez aux ailes de l'amour ; ses
bottes neuves craquaient ; dans sa main gauche
il portait ses gants en peau de couleur brune
et sa casquette ; de sa main droite il tourmentait
à chaque instant les boucles de sa chevelure
relevées en toupet. On voyait qu'il était enchanté
de lui et son visage exprimait cependant une
certaine méfiance de lui-même. Son air endi-
manché et ses allures de fat m'auraient fait éclater de rire si tout cela n'avait été d'accord avec
mes projets.

Il a jeté en arrivant ses gants et sa casquette
sur une table et s'est mis à effacer les plis de
son vêtement et à se mirer dans la glace. Un
immense foulard noir était noué autour de son

cou en guise de col et la partie raide fort élevée soutenait son menton et dépassait le bord de son collet d'habit. Comme elle lui paraissait encore trop basse, il l'a tirée en haut et l'a fait monter jusqu'à ses oreilles. A la suite de ce travail pénible, car le collet de sa tunique était étroit et peu aisé, le sang lui est venu au visage.

« On m'a dit que tous ces jours-ci, tu avais fait sérieusement la cour à ma princesse ; m'a-t-il dit négligemment et sans me regarder.

— Où veux-tu que des sots comme nous aillent boire le thé ? (1) ai-je répondu, en répétant l'expression connue de l'un de nos plus adroits mauvais sujets, rappelée quelquefois par Pouchkine.

— Dis-moi, mon uniforme me va-t-il bien ? Ah ! gredin de juif ! il m'étouffe sous les aisselles. Tu n'as pas de parfums ?

Voyons ! est-ce qu'il t'en faut encore ? tu sens cependant déjà pas mal la pommade à la rose.

— Ce n'est rien ; donne m'en encore un peu.

---

(1) Expression russe qui signifie : ce bonheur n'est pas fait pour nous.

Il en a versé presqu'un demi-flacon sur sa cravate, sur son mouchoir et sur ses manches.

— Danseras-tu ? m'a-t-il demandé.

— Je ne crois pas.

— Je crains qu'il ne m'arrive de commencer la mazurka avec la princesse, et je ne connais pas une seule figure.

— Est-ce que tu l'as invitée pour la mazurka ?

— Non, pas encore.

— Vois qu'on ne te prévienne pas.

— En effet ! a-t-il dit, en se frappant le front ; j'irai l'attendre sur le perron. »

Il a pris sa casquette et s'est enfui.

Une demi-heure après je suis parti. Les rues étaient noires et désertes. Autour de la réunion ou de l'hôtel, comme il vous plaira, la foule s'était amassée ; la lumière venant des fenêtres l'éclairait et la brise du soir m'apportait les éclats d'une musique militaire. J'allais lentement, car j'étais triste.

Est-il possible d'avoir une destinée aussi singulière sur la terre : briser sans cesse les espérances des autres ! Depuis que je vis et j'agis, le sort m'a toujours amené au dénouement des drames d'autrui, comme si, sans moi, personne

13

ne pouvait mourir ou arriver au désespoir. Je
suis un personnage obligé de cinquième acte et
involontairement je joue un rôle qui a quelque
chose de celui du bourreau ou du traître. Quel
est le but de ma destinée au milieu de tout
cela? Suis-je appelé à défrayer les auteurs de
tragédies bourgeoises et de romans de famille,
ou bien à être le collaborateur des faiseurs de
contes comme ceux de la bibliothèque pour la lecture? Pourquoi le saurais-je? Il n'est pas d'homme
qui, au début de la vie, ne pense l'achever comme
Alexandre ou Lord Byron ; et cependant, ils
demeurent tout un siècle conseillers en titre.

En entrant dans la salle de bal, je me suis
dissimulé dans le groupe des hommes et me
suis mis à observer. Groutchnitski était debout
à côté de la jeune princesse et lui débitait quelque chose avec beaucoup d'ardeur. Elle l'écoutait d'une manière distraite et regardait de tous
côtés, en appuyant parfois son éventail contre
ses petites lèvres. Sur son visage, on lisait son
impatience ; ses yeux cherchaient quelqu'un
autour d'elle ; je me suis approché tout doucement pour entendre leur conversation.

« Vous me faites horriblement souffrir, princesse, lui disait Groutchnitski : vous êtes bien changée depuis le jour où je vous ai vue.

— Vous aussi, vous êtes changé, lui a-t-elle dit, en jetant sur lui un regard rapide, dans lequel il n'a pas distingué une raillerie cachée.

— Moi ! je suis changé ! a-t-il dit. Oh ! jamais ! vous savez bien que c'est impossible ! Celui qui vous a vue une seule fois, emporte avec lui pour l'éternité le souvenir de votre image divine !

— Aurez-vous bientôt fini ?....

— Pourquoi donc ne voulez-vous plus entendre à présent ce que naguères vous écoutiez avec bienveillance ?

— Parce que je n'aime pas les répétitions, a-t-elle répondu en riant.

— Oh ! je me suis affreusement trompé !..... Insensé, moi qui croyais que ces épaulettes me donneraient le droit d'espérer ! ...... Non ! il aurait mieux valu pour moi conserver mon manteau de soldat, avec lequel je pouvais peut-être attirer un peu votre attention.

— En effet, ce manteau allait bien mieux à votre visage..

A ce moment, je me suis avancé pour la saluer ; Elle a rougi un peu et m'a dit rapidement : « N'est-

ce pas vrai, Monsieur Petchorin ? que M. Groutchnitski était bien mieux avec son manteau gris?

— Je ne suis pas tout à fait de votre avis ; lui
ai-je dit ; son uniforme le rajeunit.

Groutchnitski n'a pu supporter ce coup ;
comme tous les jeunes gens, il a des prétentions à paraître vieux, il pense que sur son visage les traces profondes des passions rem-
placent les rides de l'âge. Il m'a lancé un regard
furibond, a frappé du pied et s'est éloigné.

—Avouez ! ai-je dit à la princesse, que quoiqu'il ait été toujours très ridicule, il a été bien près
de vous intéresser... avec son manteau gris? »

Elle a baissé les yeux et n'a pas répondu. Groutchnitski a poursuivi la princesse pendant toute la
soirée et a toujours dansé avec elle ou vis-à-vis
d'elle. Il la dévorait des yeux, soupirait et l'ennuyait de ses prières et de ses reproches ; après
le troisième quadrille elle le détestait déjà.

«Je ne m'attendais pas à cela de toi ; m'a-t-il
dit, en s'approchant de moi et me prenant le bras.

— Eh bien, quoi ?

—Ne danses-tu pas la mazurka avec elle ?
m'a-t-il demandé d'une voix superbe. Elle me l'a
avoué.

— Eh bien ! est-ce un secret ?

— Oui, je vois clair !... Je devais m'attendre à cela de la part de cette petite fillette, de cette coquette ; je saurai me venger.

— Prends-t'en à ton manteau ou à tes épaulettes ! Pourquoi l'accuser, elle ? Est-ce sa faute, si tu ne lui plais plus ?

— Pourquoi m'avoir donné des espérances ?

— Pourquoi as-tu espéré ? On peut toujours désirer et demander n'importe quoi, je le comprends ; mais qui peut espérer ?

— Tu as gagné ton pari ; mais pas complètement, a-t-il dit avec un air irrité. »

La mazurka a commencé : Groutchnitski n'a choisi tout le temps que la princesse ; les autres la choisissaient aussi à chaque instant. Il était évident que c'était un complot organisé contre moi. Tant mieux ! Elle a envie de causer avec moi ; ils l'en empêchent, elle le désirera bien davantage !

Je lui ai serré deux fois la main ; à la deuxième elle l'a retirée sans dire un mot.

« Je dormirai mal cette nuit, m'a-t-elle dit, lorsque la mazurka s'achevait.

— Est-ce Groutchnitski qui en est la cause ?

— Oh non ! et son visage est devenu si triste,
si mélancolique, que je me suis juré de lui baiser la main dès ce soir. »

On allait partir; en aidant la jeune princesse
à se placer dans sa voiture, j'ai porté rapidement
sa petite main à mes lèvres; il faisait sombre et
personne n'a pu nous voir.

Je suis revenu dans le salon très satisfait de
moi.

Autour d'une grande table, les jeunes gens sou-
paient, et au milieu d'eux Groutchnitski. Lorsque
je suis entré, tous se sont tus; évidemment on
parlait de moi. Beaucoup, depuis le bal, me
boudent et particulièrement le capitaine de dragons. Il paraît qu'ils ont décidément organisé
contre moi un complot sous le commandement de
Groutchnitski. Aussi a-t-il l'air insolent et brave.
J'en suis très heureux; j'aime me savoir des
ennemis, quoique ce ne soit pas très chrétien;
cela m'amuse et fouette mon sang. Se tenir sur
ses gardes, surprendre chacun de leurs regards,
deviner chacune de leurs paroles, pénétrer leurs
intentions, faire avorter leurs projets; feindre
d'être trompé, et soudain faire crouler d'un seul
coup cet énorme édifice, qui leur a donné tant

de peines et leur a fait dépenser tant d'adresse
et de réflexion. Voilà ce que j'appelle vivre !

Pendant le restant du souper, Groutchnitski n'a
cessé de chuchoter avec le capitaine de dragons
et d'échanger des regards d'intelligence avec lui.

---

14 Juin.

Ce matin Viéra est partie avec son mari pour
Kislovodsk ; j'ai rencontré leur voiture en allant
chez la princesse Ligowska. Elle m'a salué de la
tête ; dans son regard il y avait un reproche.

De quoi suis-je coupable ? Pourquoi ne veut-
elle pas m'accorder un tête-à-tête ? L'amour est
comme le feu : sans aliment il s'éteint. La jalousie fera peut-être ce que n'eussent pu faire les
prières.

Je suis resté avec la mère de la princesse une
heure entière. Sa fille n'a pas paru ; elle est
malade et n'est point allée ce soir au boulevard.
Les membres de la ligue qui s'est formée naguères contre moi se sont armés de lorgnons et
ont pris un air menaçant. Je suis heureux de
savoir la jeune princesse malade, ils lui auraient
fait quelque méchanceté. Groutchnitski a les

cheveux en désordre et un air désespéré ; il me
paraît réellement blessé dans son amour-propre.
Allons ! il est encore de ces hommes, que le désespoir amuse.

En revenant chez moi, j'ai cru remarquer que
je n'étais pas satisfait ; il me manquait quelque
chose ; je ne l'ai pas vue ! elle est malade ! se-
rais-je déjà amoureux ? Quelle absurdité !

---

15 Juin

A onze heures du matin, heure à laquelle
la mère de la princesse va aux bains Ermoloff, je
suis passé près de la fenêtre où elle rêvait ; en
m'apercevant, elle s'est retirée.

Je suis entré dans l'antichambre ; il n'y avait
personne, et sans me faire annoncer, selon les
habitudes de la maison, j'ai pénétré dans le salon. Une pâleur profonde s'est répandue sur le
joli visage de la jeune princesse ; elle était au
piano, une main appuyée au dossier de son fauteuil ; cette main tremblait un peu. Je me suis
approché d'elle doucement et lui ai dit :

« Vous êtes fâchée contre moi ? »

Elle a jeté sur moi un regard langoureux

et profond, et a secoué la tête ; ses lèvres voulaient dire quelque chose et ne le pouvaient pas ; ses yeux se sont remplis de larmes ; elle s'est affaissée sur son fauteuil et s'est caché le visage dans ses mains.

« Qu'avez-vous ? lui ai-je dit, en lui prenant la main.

— Vous n'avez pas d'estime pour moi ! oh ! laissez-moi ! »

J'ai fait quelques pas ; elle s'est redressée sur son fauteuil ; ses yeux étincelaient. Je me suis arrêté en m'appuyant d'une main à la porte et lui ai dit :

« Pardonnez-moi, princesse, je viens de me conduire comme un fou ; cela ne m'arrivera plus ; je serai plus prudent, — mais pourquoi vous faire connaître ce qui se passe dans mon âme ? Vous ne le saurez jamais, et tant mieux pour vous. Adieu !... »

En m'en allant, il m'a semblé que je l'entendais pleurer.

J'ai rôdé à pied jusqu'au soir dans les environs du Machuk ; j'étais horriblement fatigué et en rentrant chez moi je me suis jeté sur mon lit, complètement harassé.

13.

Verner est venu chez moi.

« Est-ce vrai, m'a-t-il demandé, que vous épousez la princesse Marie Ligowska?

— Mais, qui dit cela?

— Toute la ville le dit ; tous mes malades se préoccupent de cette importante nouvelle, et ces malades, drôle de population, savent tout. »

C'est un tour que me joue Groutchnitski! ai-je pensé.

« Afin de vous prouver, docteur, la fausseté de ces bruits, je vous confie en secret que demain je pars pour Kislovodsk.

— Et la jeune princesse aussi?

— Non! elle reste encore une semaine ici.

— Ainsi donc, vous ne l'épousez pas?

— Docteur! Docteur! regardez-moi! Est-ce que j'ai l'air d'un mari ou de quelque chose de pareil ?

— Je ne dis point cela..... mais vous savez, il y a de ces occasions......a-t-il ajouté en souriant avec finesse ; de ces occasions dans lesquelles les hommes les plus honorables sont obligés de se marier, et il est des mamans qui ne laissent pas passer ces occasions..... Aussi je vous invite en ami à vous tenir davantage sur vos gardes. Ici, aux eaux, l'air est dangereux. Combien j'ai vu de magnifiques jeunes hommes dignes d'un meilleur sort, partir d'ici pour aller droit à l'autel. Moi aussi, le croiriez-vous? ils ont voulu me marier ; et surtout une maman de province dont la fille était très pâle ; j'avais eu le malheur de lui dire que les couleurs de son visage lui reviendraient après le mariage. Alors, avec des larmes de reconnaissance elle me proposa la main de sa fille et toute sa fortune : cinquante paysans environ (1). Mais je lui répondis que j'étais incapable de faire un mari. »

Verner s'en est allé bien persuadé qu'il m'avait prévenu. De ses paroles j'ai déduit ceci : que déjà il court dans la ville sur la princesse et moi divers bruits méchants. Cela ne profitera pas impunément à Groutchnitski.

———————

18 Juin.

Voilà déjà trois jours que je suis à Kislovodsk. Chaque jour je vois Viéra au puits et à la promenade. Le matin, en me réveillant, je me mets à la

---

(1) Avant l'affranchissement des serfs, on évaluait ainsi les fortunes en Russie.

fenêtre et je braque ma lorgnette sur son balcon :
Elle est déjà habillée et attend le signal dont
nous sommes convenus. Nous nous rencontrons,
comme par hasard, dans le jardin qui descend
de nos demeures au puits. L'air vif des montagnes a rendu à son visage sa fraîcheur et lui a
redonné des forces. Ce n'est pas à tort que Narzan (1) s'appelle la source aux eaux héroïques.
Les gens du lieu affirment que l'air de Kislovodsk dispose à l'amour et qu'ici se dénouent
tous les romans commencés au pied du Machuk.
Et effectivement tout respire ici la solitude ; —
ici tout est mystérieux, et les ombres épaisses
des allées de tilleuls penchés sur la rivière qui
gronde avec fracas et qui, bondissant de rocher
en rocher, se creuse un lit au milieu des ver-
doyantes collines ; et les défilés pleins de vapeurs
et de silence dont les replis courent dans toutes
les directions ; et la fraîcheur de l'air parfumé par
les suaves émanations des hautes et jeunes
herbes et des blancs acacias ; et le murmure
monotone et doucement endormant des ruisseaux à l'onde glacée qui se rencontrent au pied

(1) Nom d' ne source minérale.

de la colline, et courent ensemble à qui mieux mieux pour aller se jeter enfin dans le Podkumok. De ce côté le défilé s'élargit et se transforme en une verte clairière ; à travers elle, serpente un sentier poudreux. Il me semble toujours qu'une voiture le parcourt et qu'à la portière se penche, pour regarder, un joli petit visage rose. Bien des voitures ont déjà passé sur ce chemin, mais non pas celle que j'attends. Le grand village qui est derrière la forteresse s'est rempli de monde ; dans un restaurant placé sur le côteau à quelques pas de mon logement, je vois, quand le soir arrive, briller les lumières à travers une double rangée de peupliers. Le cliquetis sonore des verres se fait entendre jusqu'à une heure avancée de la nuit.

Nulle part on ne boit autant de vin de Kake-tinski ou d'eau minérale qu'ici :

Beaucoup mélangent les deux liquides ; je ne suis pas de ce nombre. Groutchnitski et sa bande font du bruit chaque jour à l'hôtel et c'est à peine si nous nous saluons.

Il n'est arrivé qu'hier et a déjà réussi à se brouiller avec quelques vieillards qui voulaient s'asseoir au bain avant lui : décidément les malheurs développent en lui l'humeur guerrière !

22 Juin.

Enfin elles sont arrivées. J'étais assis à ma
fenêtre lorsque j'ai entendu le bruit de leur
voiture. Mon cœur a tressailli...... Que signifie
cela? Est-il possible que je sois amoureux?
Je suis si sottement organisé que l'on pourrait
bien attendre cela de moi.

J'ai dîné chez elles. La mère m'a regardé avec
beaucoup de tendresse et ne quitte pas sa fille...
tant pis! et de plus Viéra est jalouse de la princesse — Voilà donc le bonheur que j'ai tant cherché!... Que ne fait une femme pour affliger sa
rivale? Je me souviens qu'une d'elles ne m'aima
que parce que j'en aimais une autre. Rien n'est
plus paradoxal que l'esprit féminin! il est bien
difficile de convaincre les femmes de quoi que
ce soit; il faut les amener à se convaincre elles-
mêmes. L'arrangement des preuves avec lesquelles elles anéantissent leurs préjugés est très
original; pour comprendre leur dialectique,
il faut renverser dans son esprit toutes les règles
de la véritable logique. Voici par exemple ce
que la logique et l'éducation devraient faire dire
à une femme dans certain cas :

« Cet homme m'aime; mais je suis mariée;
par conséquent je ne dois pas l'aimer. » Or,
voici comment elles raisonnent :

«Je ne dois pas aimer cet homme, parce que je
suis mariée ; mais il m'aime ; par conséquent...»

Ici beaucoup de points..... car leur raison ne
dit rien, et c'est en grande partie leur langue
qui parle d'abord, leurs yeux ensuite ; et puis
leur cœur, quand elles en ont un.

Que ces écrits viennent à tomber sous les yeux
d'une femme ; calomnie ! s'écriera-t-elle avec
indignation. C'est que, depuis que les poètes écrivent et que les femmes les lisent (et nous leur en
sommes profondément reconnaissants), on les a
appelées si souvent des anges, que dans la simplicité de leur âme, elles ont cru effectivement à
ce compliment, oubliant que ces mêmes poètes,
pour de l'argent, ont mis Néron au rang des dieux.

C'est mal à propos que je me permets de parler
des femmes avec tant de méchanceté, moi qui,
hormis elles, n'aime rien en ce monde ; moi qui
suis toujours prêt à leur sacrifier mon repos,
mon ambition, ma vie. Oh ! non, je ne m'effor-
cerai pas dans un accès de dépit et d'amour-
propre blessé de leur arracher ce voile magique

à travers lequel ce regard pénètre d'ordinaire si difficilement. Non, tout ce que je dis d'elles n'est que la conséquence

Des froides observations de l'esprit
Et des amères remarques du cœur.

Les femmes devraient désirer que tous les hommes les connussent aussi bien que moi, parce que je les aime cent fois plus, depuis que je ne les crains pas et ai deviné leurs petites faiblesses.

A propos de cela, Verner comparait un jour la femme à la forêt enchantée dont parle le Tasse, dans sa *Jérusalem délivrée* : Dès que vous vous approchez d'elle, disait-il, les plus grands épouvantails se mettent à voler autour de vous. Grand Dieu ! Et le devoir, la dignité, la bienséance, l'opinion publique, le ridicule, le mépris ! mais il ne faut pas vous préoccuper de ces mots ; avancez toujours ; peu à peu les monstres s'évanouiront ; et bientôt devant vous s'ouvrira le champ calme et lumineux au milieu duquel fleurit le myrte vert. Malheur à vous, si, dès les premiers pas, votre cœur s'émeut et si vous rebroussez chemin !....

24 Juin.

Cette soirée a été abondante en événements.
A trois verstes de Kislovodsk, dans les gorges
où coule le Podkumok est un rocher appelé l'anneau. Il a la forme de portes, construites par
la nature elle-même. Elles s'élèvent sur une haute
colline, et le soleil couchant jette à travers elles,
sur le monde, son regard ardent. De nom-
breuses cavalcades se rendent là, pour voir
l'astre à son coucher, à travers cette immense
ouverture de pierre. Pas un, à la vérité ne pense
au soleil. J'y ai accompagné la jeune princesse
et en revenant nous avons dû traverser le Podkumok à gué. Les ruisseaux de la montagne
sont très petits et dangereux, surtout ceux dont
le fond est complètement variable et change
chaque jour sous la pression des eaux; où se
trouvait hier une pierre, aujourd'hui existe un
trou. J'ai pris le cheval de la jeune princesse
par les rênes et l'ai fait entrer dans l'eau qui ne
dépassait pas nos genoux. Nous nous sommes
mis à couper lentement le fil de l'eau en travers
et en remontant le courant. On sait qu'en traversant une rivière rapide il ne faut point regarder
l'eau; car alors la tête peut vous tourner. J'avais

oublié de prévenir la princesse Marie de cela.

Nous étions déjà au milieu, à l'endroit le plus rapide, lorsque se sentant chanceler sur sa selle, elle s'est écriée d'une voix faible : je me trouve mal ! Je me suis penché rapidement vers elle et j'ai entouré avec mon bras sa taille souple.

« Regardez en haut ! lui ai-je dit doucement ; ce n'est rien ! n'ayez pas peur, je suis avec vous. »

Elle s'est trouvée mieux et a eu envie de se débarrasser de mon bras ; mais j'ai enlacé plus solidement sa taille svelte et charmante ; ma joue frolait presque sa joue et son haleine me brûlait.

« Que faites-vous avec moi ? mon Dieu ! »

Je n'ai point tenu compte de son émotion et de son trouble et de mes lèvres j'ai effleuré sa joue délicate. Elle a frissonné, mais n'a rien dit ; nous marchions les derniers et personne ne nous a vus. Quand nous avons atteint le bord, tous avaient pris le trot; la princesse a retenu son cheval et je suis resté à côté d'elle ; il était évident que mon silence l'inquiétait, mais j'ai pris la résolution de ne pas dire un mot. J'étais curieux de savoir comment elle se tirerait de cette situation difficile.

« Ou vous me méprisez ou vous m'aimez bien! a-t-elle dit enfin d'une voix dans laquelle il y

avait des larmes. Peut-être voulez-vous vous
moquer de moi ! troubler mon âme et puis m'a-
bandonner ?... Un pareil projet serait bien cruel,
bien cruel. Oh non ! n'est-ce pas vrai ? a-t-elle
ajouté d'une voix pleine de tendresse et de
confiance, n'est-ce pas vrai que je n'ai à
craindre de vous, rien qui puisse vous faire oublier le respect que vous me devez? vous avez
des procédés audacieux et je dois vous inter-
roger parce que je vous ai laissé faire... Répondez donc ! Parlez ! je veux entendre votre voix.

Dans ces dernières paroles, il y avait une telle
impatience féminine, qu'involontairement j'en ai
souri. Il commençait à faire sombre..... Je n'ai
rien répondu.

« Vous vous taisez. Vous voulez peut-être que
je vous dise la première que je vous aime?

Je continuais à me taire.

« Voulez-vous cela? » a-t-elle dit en se tournant vivement vers moi.

Il y avait quelque chose de décidé dans son
regard et d'effrayant dans sa voix.

— Pourquoi?» ai-je répondu en haussant les
épaules.

Elle a fouetté son cheval de sa cravache et

s'est élancée à toute vitesse dans le chemin étroit
et dangereux.

Cela s'est fait si vite qu'à peine si j'ai pu
l'atteindre au moment où elle rejoignait le reste
de la compagnie. Jusqu'à la maison elle n'a fait
que rire et parler. Dans ses mouvements, il y
avait quelque chose de fébrile. Elle ne m'a pas
regardé une seule fois. Tout le monde a remarqué
cette gaîté extraordinaire et la princesse-mère
était radieuse en voyant sa fille. Sa fille avait
tout simplement une attaque de nerfs. Elle
passera la nuit sans dormir et à pleurer ! Cette
pensée me procure une immense jouissance. Il
y a des moments où je comprends le Vampire!.
et je passe cependant pour un brave garçon ; à
la vérité je mérite bien ce titre.

En descendant de cheval, les dames sont
allées chez la princesse. J'étais agité et je suis
allé galoper dans la montagne afin de dissiper
les pensées qui foisonnaient dans ma tête. La
soirée était humide de rosée et on respirait une
fraîcheur enivrante. La lune s'est levée derrière
les sommets obscurs ; à chaque pas, mon cheval
faisait résonner ses fers dans le silence du défilé.
J'ai mené mon cheval boire à la cascade ; il a

aspiré avidement deux fois l'air frais de cette nuit de juin et s'est élancé dans un chemin qui ramène à la ville. J'ai traversé le grand village ; les lumières commençaient à s'éteindre aux croisées ; les sentinelles, placées sur les remparts de la forteresse, et les patrouilles de Cosaques, s'appelaient lentement.

Dans une des maisons du village, placée au bord du ravin, j'ai remarqué un éclairage extraordinaire. Un bruit confus et des cris m'ont fait comprendre que c'était un banquet militaire. Je suis descendu de cheval et me suis approché de la fenêtre. Un volet, qui n'était pas complètement fermé, m'a permis de voir les convives et d'entendre leurs paroles. On parlait de moi.

Le capitaine de dragons, échauffé par le vin, a frappé sur la table avec son poing pour exiger l'attention.

« Messieurs, a-t-il dit, on n'a jamais rien vu de pareil.

Il faut mettre Petchorin à la raison ; ces Petersbourgeois sont des béjaunes qui se croient quelque chose, parce qu'on ne leur tape pas sur le nez. Ce Petchorin s'imagine qu'il n'y a que lui qui sache vivre dans le monde, parce qu'il porte

toujours des gants frais et des bottes vernies.
Quel sourire hautain ! et au fond je suis sûr que
c'est un poltron, — oui, un poltron.

— Pour moi, je le crois aussi, a dit Groutchnitski ; car il a l'habitude de se tirer d'affaire
avec une plaisanterie... Je lui ai dit un jour de
telles choses, qu'un autre m'aurait taillé en pièces
sur place ; il a pris tout cela en plaisantant. Je ne
l'ai point provoqué ; car enfin c'était son affaire,
et je ne voulais pas commencer.

Quelqu'un s'est écrié :

« Groutchnitski est furieux contre Petchorin,
parce qu'il lui a pris le cœur de la jeune princesse.

— En voilà encore une invention ! Il est vrai
que j'ai fait la cour à la princesse, mais je me
suis retiré tout de suite ; mon intention n'était
pas de l'épouser. Or, compromettre une jeune
fille n'entre pas dans mes principes.

— Oui ! Je vous assure que le premier lâche
est Petchorin et non Groutchnitski. D'abord
Groutchnitski est brave et puis mon plus sin-
cère ami ; a dit de nouveau le capitaine de
dragons. Messieurs, personne ici ne défend
Petchorin ? Personne, tant mieux !.. Voulez-

vous essayer sa valeur? Cela vous amusera.

— Nous voulons bien ; mais comment ?

— Eh bien! écoutez. Groutchnitski est particulièrement irrité contre lui ; à lui le premier
rôle. Il cherchera quelque absurde querelle à Petchorin et le provoquera en duel. Mais attendez ;
voici où sera le plaisant de la chose : Il le provoquera en duel, bien! Tout cela, provocation,
préparatifs, conditions, sera on ne peut plus
solennel ; j'en fais mon affaire. Je serai ton
second, mon pauvre ami. Mais voici comment
tout s'arrangera : Nous ne mettrons pas de balles
dans les pistolets. Je vous réponds que Petchorin aura peur. Que le diable m'emporte si
ce n'est pas vrai! Je les placerai à cinq pas.
Consentez-vous, messieurs ?

—C'est très bien imaginé! Nous consentons.
Pourquoi non? s'est-on écrié de tous côtés.

— Et toi, Groutchnitski? »

J'attendais avec émotion la réponse de Groutchnitski. Une colère froide s'était emparée de
moi à la pensée que, sans un hasard, j'aurais
pu devenir la risée de tous ces sots. Si Groutchnitski n'avait pas consenti, je lui aurais sauté
au cou. Mais après quelques instants de silence,

il s'est levé de sa place, a tendu la main au capitaine et lui a dit d'un air grave :

« Bien ! je consens ! »

Il serait difficile de décrire les transports de
l'honorable compagnie.

Je suis retourné à la maison, agité par deux
sentiments différents : le premier était la tristesse.
Pourquoi me détestent-ils tous? ai-je pensé.
Pourquoi ? ai-je offensé quelqu'un ? Non. Est-il
possible que j'appartienne au nombre de ces
hommes dont la seule mine inspire de la haine?
Et je sentais qu'une méchanceté pleine de fiel
remplissait peu à peu mon âme. Prenez garde,
monsieur Groutchnitski, disais-je, en allant et
venant dans ma chambre; avec moi ce ne sera
pas une plaisanterie ! Vous pourriez payer cher
votre complaisance envers vos stupides camarades. Je ne veux point vous servir de jouet!

Je n'ai pu fermer l'œil de toute la nuit, et ce
matin j'étais jaune comme une orange.

Un peu plus tard, j'ai rencontré la jeune princesse au puits.

« Êtes-vous malade ? m'a-t-elle dit en me
regardant attentivement.

— Je n'ai pas dormi de la nuit.

— Et moi non plus..... Je vous ai accusé.....
peut-être à tort ; mais expliquez-vous, je puis
tout vous pardonner.

— Vraiment, tout?

— Tout! seulement parlez-moi franchement
et plus vite.... Voyez, je me suis efforcée d'expliquer et de justifier votre conduite. Peut-être
craignez-vous des obstacles de la part de ma
famille? Tout cela n'est rien. Quand ils sau-
ront..... (sa voix tremblait) je les supplierai. Ou
votre propre situation... mais sachez que je
puis tout sacrifier pour celui que j'aime. Oh !
répondez plus vite... Ayez pitié de moi !..... Vous
ne me méprisez pas, n'est-ce pas?

Elle m'a pris la main.

Sa mère marchait devant nous avec le mari
de Viéra et n'a rien vu ; mais les malades qui
se promenaient ont pu nous voir et ce sont bien
les plus curieux bavards du monde. Aussi
me suis-je hâté de dégager ma main de cette
étreinte passionnée.

— Je vous dirai toute la vérité, lui ai-je répondu ; je ne me justifierai point et ne vous ex-
pliquerai point mes démarches ; je ne vous aime
pas !.... »

Ses lèvres ont pâli légèrement.

« Laissez-moi ! » a-t-elle dit, si bas, que je l'ai à peine entendue.

J'ai haussé les épaules ; je me suis retourné, et me suis éloigné.

---

25 Juin.

Quelquefois je me méprise... Pourquoi les autres ne me mépriseraient-ils pas ? Je suis incapable de nobles élans ; je crains de paraître ridicule à moi-même. Un autre, à ma place, aurait proposé à la princesse son cœur et sa fortune ; mais le mot de mariage a sur moi une puissance magique ; comme s'il m'était impossible d'aimer ardemment une femme dès que je puis penser que je devrai l'épouser. Alors, adieu l'amour ! Mon cœur se transforme en rocher et rien ne peut le rallumer. Je suis prêt à tous les sacrifices, excepté à celui-là. Vingt fois dans ma vie j'ai confié mon honneur à une carte.... Mais je ne vendrai jamais ma liberté. Pourquoi en fais-je tant de cas ? Que vaut-t-elle pour moi ? Où m'en suis-je servi ? et qu'en puis-je attendre dans l'avenir ?... Vraiment, absolument rien.

C'est une maladie innée que ce préjugé inexplicable ! Il y a bien des hommes qui craignent,
sans savoir pourquoi, les araignées, les cafards,
les souris... Et, il faut l'avouer, lorsque j'étais
encore enfant, une vieille femme prédit mon
avenir à ma mère et lui annonça que je mourrais
de la main d'une perfide épouse. Cela me toucha
profondément, et, dans mon âme, naquit un
dégoût insurmontable pour le mariage.

Cependant, qui me dit que cette prédiction
se réalisera; dans tous les cas, je tâcherai que
ce soit le plus tard possible.

26 Juin

Hier est arrivé ici l'escamoteur Apphelbaoum.
A la porte de l'hôtel, j'ai trouvé une longue af-
fiche informant respectueusement le public, que
le susnommé, merveilleux escamoteur, acrobate,
chimiste, opticien, aurait l'honneur de donner
une splendide représentation le jour même à
huit heures du soir dans le salon des nobles
réunions (c'est-à-dire à l'hôtel). Les billets sont
à deux roubles et demi.

Tout le monde s'empresse d'aller voir le merveilleux escamoteur. La princesse Ligowska, quoique sa fille soit malade, a pris un billet pour elle.

Aujourd'hui même, après dîner, j'ai passé auprès des fenêtres de Viéra. Elle était assise à son balcon. A mes pieds est venu tomber un pli :

« Ce soir, à dix heures, viens chez moi par le grand escalier ; mon mari est parti pour Piati-gorsk et ne revient que demain matin. Il n'y aura à la maison ni gens, ni femmes de chambre ; je leur ai donné des billets à tous ainsi qu'aux gens de la princesse. Je t'attends, ne manque pas. »

Ah ! ai-je pensé, voilà donc enfin ce que je désirais.

A huit heures, je suis allé voir l'escamoteur. Le public ne s'est réuni que vers neuf heures ; le spectacle a commencé. Aux dernières rangées de chaises, j'ai vu les laquais et les femmes de chambre de Viéra et des princesses. Tous étaient bien là. Groutchnitski était assis au premier rang avec son lorgnon. L'escamoteur lui demandait, à chaque fois qu'il en avait besoin, sa montre, sa bague, etc.

Groutchnitski ne me salue déjà plus depuis quelque temps, et aujourd'hui il m'a même re-

gardé deux fois avec insolence. Tout cela lui sera
appelé lorsque nous devrons compter ensemble.

Vers dix heures, je me suis levé et suis sorti
dehors il faisait noir à perdre la vue (1). Des
nuages épais et froids s'étendaient sur les sommets des montagnes environnantes. A peine si
de temps à autre une brise mourante agitait les
peupliers qui entourent l'hôtel. La foule se pressait aux fenêtres. J'ai descendu la colline et en
atteignant la porte, j'ai pressé le pas. Il m'a
semblé soudain que quelqu'un marchait derrière
moi. Je me suis arrêté et j'ai regardé. Dans
l'obscurité il était impossible de rien distinguer ;
seulement, par prudence, j'ai fait, en me pro-
menant, le tour de la maison ; en passant près
des fenêtres de la jeune princesse, j'ai entendu
de nouveau des pas derrière moi. Un homme,
enveloppé dans un manteau, a passé rapidement à mes côtés. Cela m'a inquiété ; mais je
me suis approché furtivement du perron et avec
précipitation j'ai gravi l'escalier au milieu des
ténèbres. La porte s'est ouverte ; une petite
main a saisi ma main.

(1) Expression russe.

14.

« Personne ne t'a vu? m'a dit doucement
Viéra en se serrant vers moi.

— Personne.

— Crois-tu maintenant que je t'aime? Oh!
j'ai longtemps hésité, j'ai souffert longtemps.....
Tu fais de moi tout ce que tu veux. »

Son cœur battait bien fort ; ses mains étaient
froides comme de la glace. Les reproches jaloux
et les plaintes ont commencé, elle a exigé que je
lui avouasse tout ; elle m'a dit qu'elle supporte-
rait ma trahison avec résignation, parce qu'elle
n'a qu'un désir, c'est de me voir heureux. Je
n'ai point cru le moins du monde à cela, mais
je l'ai tranquillisée par mes serments, mes promesses, etc.

« Ainsi tu n'épouseras pas Marie? tu ne
l'aimes pas?....... mais elle le croit....... Sais-
tu qu'elle est folle de toi? la pauvre enfant! »

. . . .

Vers deux heures après minuit, j'ai ouvert
la fenêtre, et à l'aide de deux châles réunis j'ai
pu, en m'accrochant à une colonne, descendre
du balcon en bas. Il y avait encore de la lumière
chez la jeune princesse. Quelque chose m'a
poussé vers cette fenêtre ; le rideau n'était pas

parfaitement tiré et j'ai pu jeter un regard curieux dans l'intérieur de la chambre.

Marie était assise sur son lit, les mains croisées sur ses genoux. Ses longs cheveux étaient
ramassés sous un joli bonnet orné de dentelles.
Un grand foulard ponceau couvrait ses blanches
épaules et ses petits pieds se cachaient dans des
pantoufles persanes toutes bigarrées. Elle était
assise et immobile, la tête penchée sur sa poitrine. Devant elle, sur une table, un livre était
ouvert, mais ses yeux fixes et pleins d'une tristesse inexprimable semblaient parcourir pour la
centième fois la même page, tant sa pensée était
loin de là.

A ce moment, quelque chose à remué derrière
un buisson. J'ai sauté du balcon sur le gazon ;
une main invisible s'est abattue sur mon épaule.

« Ah! a dit une voix brutale, je le tiens !...
Tu iras chez ma princesse la nuit !......

— Serre-le plus fort! a crié une autre voix
qui partait d'un coin. »

C'était Groutchnitski et le capitaine de dragons. J'ai envoyé un coup de poing sur la tête de
ce dernier, d'un croc en jambe j'ai étendu l'autre
à terre et me suis élancé au milieu des massifs.

Tous les sentiers du jardin qui couvre la pente devant nos demeures m'étaient bien connus.

« Au voleur ! au secours ! » ont-ils crié. Un coup de feu a retenti ; une bourre fumante est venue tomber presqu'à mes pieds. En un instant, je suis arrivé dans ma chambre, me suis déshabillé et couché. Mon domestique venait à peine de refermer la porte à clef que Groutchnitski et le capitaine se sont mis à frapper.

« Petchorin ! dormez-vous ? Êtes-vous là ? m'a crié le capitaine.

— Je dors ! ai-je répondu en grommelant.

— Levez-vous !... il y a des voleurs... circassiens...

— Je suis enrhumé ! leur ai-je répondu, et je crains de me refroidir. »

Ils sont partis. Je regrette de leur avoir répondu ; car ils m'auraient cherché encore une heure dans le jardin. Cependant l'alarme s'est répandue ; un Cosaque est sorti au galop de la forteresse. Tout était en mouvement, on s'est mis à chercher les Circassiens dans tous les buissons, il est bien entendu que l'on n'a rien trouvé. Mais beaucoup sont restés convaincus que si la garnison avait montré plus d'entrain

et de célérité, au moins dix voleurs seraient
restés sur place.

———

Ce matin, au puits, il n'était question que de
l'attaque nocturne des Circassiens. Après avoir
vidé le nombre de verres d'eau de Narzan qui
m'est ordonné, et en passant pour la dixième
fois sous la longue allée de tilleuls, j'ai rencontré le mari de Viéra qui venait d'arriver de Piatigorsk. Il m'a pris par le bras et nous sommes
allés déjeuner au restaurant. Il était sérieusement inquiet pour sa femme.

« Comme elle a été effrayée, cette nuit, m'a-
t-il dit. Et il a fallu que cela arrivât juste pendant mon absence. »

Nous nous sommes assis pour déjeuner près
de la porte, et de là je voyais dans une chambre
où se trouvaient dix jeunes gens, et parmi eux
Groutchnitski. Pour la deuxième fois, le hasard
m'a donné l'occasion d'entendre une conversation, qui doit décider de son sort. Il ne m'a pas
vu et par conséquent je ne puis le soupçonner

d'avoir agi avec intention ; mais cela ne fait qu'augmenter sa faute à mes yeux.

« Etait-ce bien réellement des Circassiens ? a dit quelqu'un ; les a-t-on vus ?

— Je vous raconterai toute la vérité, a répondu Groutchnitski ; seulement, je vous en prie, ne me trahissez point. Voici comment la chose s'est passée. Hier un homme que je ne vous nommerai pas est venu chez moi et m'a raconté qu'il avait vu quelqu'un, à dix heures du soir, se glisser dans la maison des dames Ligowska. Il faut vous faire observer que la princesse-mère était ici et que sa fille était restée à la maison. Alors je suis allé avec lui me placer sous la fenêtre afin de guetter l'heureux mortel. »

J'avoue que j'étais effrayé quoique mon convive fût fort occupé de son déjeuner. Il aurait pu entendre des choses assez désagréables pour lui si Groutchnitski avait su réellement la vérité, mais aveuglé par la jalousie, il ne l'avait pas soupçonnée un instant.

Ainsi donc, a continué Groutchnitski, nous étions partis avec nos fusils chargés à poudre seulement, afin de l'effrayer un peu. Nous attendons jusqu'à deux heures dans le jardin. Enfin

un homme s'est montré venant, Dieu sait d'où.
Ce n'est pas de la fenêtre, dans tous les cas, car
elle ne s'est pas ouverte et il a dû sortir par la
porte vitrée qui est derrière la colonne. Enfin, je
vous l'assure, nous avons vu sortir quelqu'un
sur le balcon.... Quelle jeune fille ! Voilà bien
les jeunes personnes de Moscou ! Après cela, à
qui croire ?... nous avons voulu le prendre, mais
il s'est arraché de nos bras et a filé comme un lièvre
entre les massifs. C'est alors que j'ai tiré sur lui.

Autour de Groutchnitski s'est élevé un murmure d'incrédulité.

Vous ne le croyez pas ? a-t-il continué, je vous
donne ma parole d'honneur la plus sacrée que tout
cela n'est que l'exacte vérité, et pour preuve si
vous le permettez, je vous nommerai le monsieur.

— Nommez-le ! Nommez-le ! Qui est-ce ? s'est-
on écrié de tous côtés.

— Petchorin ! a répondu Groutchnitski. »

A ce moment il a levé les yeux ; j'étais sur
la porte en face de lui. Il a rougi très fort ; je
me suis approché de lui et lui ai dit lentement
et distinctement ceci :

— Je regrette beaucoup d'être entré après que
vous avez eu donné votre parole d'honneur pour

affirmer la plus infâme des calomnies. Ma présence vous eût peut-être préservé d'une lâ-
cheté de plus. »

Groutchnitski s'est levé de sa place et a voulu
s'emporter :

— Je vous en prie, ai-je continué sur le même
ton, veuillez rétracter vos paroles. Vous savez
très bien que tout cela n'est qu'une pure invention, et je ne crois pas que l'indifférence d'une
femme pour vos brillantes qualités mérite une
telle vengeance. Réfléchissez-y bien. En maintenant votre opinion, vous perdrez le titre d'honnête homme et vous risquerez votre vie.

Groutchnitski était debout devant moi, les
yeux baissés et dans une agitation extrême. Mais
la lutte entre la conscience et l'amour-propre
n'a pas été longue. Le capitaine de dragons, assis
à côté de lui l'a touché au coude; il a frissonné
et m'a répondu rapidement sans lever les yeux :

— Mon cher monsieur, lorsque je dis quelque
chose, c'est que je le pense et suis prêt à le
répéter; je ne crains point vos menaces, et suis
préparé à tout.

— Dernièrement, vous me l'avez déjà prouvé,
lui ai-je répondu avec froideur, et prenant le

capitaine de dragons par le bras, je suis sorti
de la salle.

— Que désirez-vous ? m'a dit le capitaine.

— Vous êtes l'ami de Groutchnitski et probablement vous serez son second ?

Le capitaine s'est incliné très sérieusement.

— Vous avez deviné, m'a-t-il répondu ; j'ai
promis d'être son second, parce que l'injure que
vous lui avez adressée me concerne aussi. J'étais
avec lui la nuit passée a-t-il ajouté en redressant
sa taille un peu courbée.

— Ah ! c'est cela. Je vous ai frappé si mala-
droitement à la tête ?

Il a jauni, bleui, et une fureur cachée s'est
répandue sur son visage.

J'aurai l'honneur de vous envoyer aujourd'hui
mon second,» ai-je ajouté en le saluant très poliment et ayant l'air de ne pas remarquer sa fureur.

Sur la porte du restaurant, j'ai retrouvé le mari
de Viéra ; il m'a semblé qu'il m'avait attendu. Il
m'a pris la main avec un sentiment presque enthousiaste.

« Noble jeune homme, m'a-t-il dit avec des
larmes dans les yeux, j'ai tout entendu ! Quel
homme détestable, sans cœur. Accueillez-les après

cela, dans une maison comme il faut. Grâce à
Dieu, je n'ai pas de fille ! Mais elle vous récom-
pensera, celle pour qui vous risquez votre vie.
Soyez sûr de ma discrétion tant qu'il le faudra,
a-t-il ajouté, j'ai été jeune moi-même et j'ai
servi dans l'armée. Je sais que je n'ai pas à me
mêler de cette affaire. Adieu ! »

Le malheureux ! il se réjouit de ce qu'il n'a
pas de fille...

Je suis allé droit chez Verner ; je l'ai trouvé
chez lui et lui ai tout raconté : mes relations avec
Viéra et avec la jeune princesse et aussi la conversation qui, par hasard, m'avait appris l'intention de ces messieurs de me tourner en ridicule
en nous faisant tirer, l'un sur l'autre, avec des cartouches sans balles. Mais à présent la chose a
dépassé les limites de la plaisanterie, et sûrement ils ne s'attendaient pas à ce dénouement.

Le docteur a consenti à être mon second ; je
lui ai donné quelques instructions sur les conditions du duel. Il devra presser les choses, afin
qu'elles restent aussi secrètes que possible ; car
si je suis prêt à affronter la mort, je suis aussi
peu disposé à nuire à mon avenir dans ce monde.

Après cela je suis rentré chez moi. Au bout

d'une heure, le docteur est revenu de sa mission.

C'est tout un complot contre vous, m'a-t-il dit.
J'ai trouvé chez Groutchnitski le capitaine de dragons et un autre monsieur dont je ne connais pas
la famille. Je m'étais arrêté un instant dans l'antichambre pour ôter mes socques, et j'ai entendu
à l'intérieur un grand bruit. On se disputait

« Non ! je ne consentirai point à cela, disait
Groutchnitski. Il m'a insulté en public et c'est
tout autre chose !

— Quelle affaire pour toi ! lui a répondu le
capitaine ; je prends tout sur moi ; j'ai été second dans cinq duels, et je sais comment tout
cela s'arrange. J'ai tout prévu. Je t'en prie,
laisse-moi faire ; ce n'est pas un mal que de l'effrayer un peu. Et du reste, pourquoi s'exposer
à un danger, quand on peut l'éviter ?

Sur cela je suis entré, et soudain tous se sont
tus. Nos explications ont duré assez longtemps.
Enfin nous avons arrangé les choses de la manière suivante : A cinq verstes d'ici se trouve
une gorge impraticable ; ils s'y rendent demain
à quatre heures du matin et nous partirons une
demi-heure après eux. Vous ferez feu à six pas ;
Groutchnitski l'a demandé lui-même ; s'il arrive

un malheur, on le mettra sur le compte des Circassiens. Maintenant, voici quelques soupçons que j'ai : Les témoins ont modifié probablement leur premier plan et ont désiré qu'on ne chargeât à balle que le pistolet de Groutchnitski. Cela me paraît assez semblable à un assassinat. Mais en temps de guerre, et particulièrement en Asie, les ruses sont permises ; seulement Groutchnitski m'a paru plus généreux que ses compagnons. Qu'en pensez-vous ? Devons-nous leur faire savoir que nous les avons devinés?

— Non ! pour rien au monde, docteur. Soyez tranquille, je ne leur céderai pas.

— Que voulez-vous donc faire ?

— C'est mon secret.

— Réfléchissez-y ; ne vous laissez pas prendre à ce guet-apens... C'est à six pas !

— Docteur, je vous attends demain à quatre heures ; les chevaux seront prêts... Adieu. »

Je suis resté jusqu'au soir assis chez moi et enfermé dans ma chambre. Un domestique est venu m'inviter de la part de la princesse. Je lui ai ordonné de dire que j'étais malade.

. . . .

Il est deux heures du matin... Je ne puis

dormir... Il faudrait cependant que je pusse reposer, afin que ma main ne tremblât pas demain.
Du reste, il est difficile de manquer son coup à
six pas, Ah ! M. Groutchnitski, croyez-le, votre
mystification ne vous profitera point !... Nous
changerons de rôle. A moi de lire sur votre pâle
figure les traces de votre frayeur. Pourquoi
avez-vous fixé vous-même cette fatale distance
de six pas ? Vous pensez peut-être que je vous
abandonnerai ma tête sans la défendre... mais
nous tirerons au sort... et alors... alors si le
bonheur le sert, si mon étoile me trahit ! qu'importe ! elle a servi assez longtemps mes caprices.

Eh bien, quoi ? mourir... mourir ainsi ! c'est
une bien petite perte pour le monde. Et puis, je
m'ennuie bien. Je ressemble à un homme qui
bâille dans un bal, et ne va pas dormir, parce
que sa voiture n'est pas là... mais la voiture est
prête... Adieu !...

Je parcours avec le souvenir tout mon passé et
je me demande involontairement pourquoi ai-je
vécu ? A quoi étais-je destiné en naissant ? Ah !
sûrement, j'avais un but à atteindre ; j'étais appelé à un sort élevé, car je sens en moi des forces
immenses. Mais je n'ai point compris ma des-

tinée et je me suis laissé entraîner par l'appât des passions viles et ingrates. Du milieu de leurs flammes, je suis sorti pur et froid comme le fer et j'ai perdu pour toujours l'ardeur des nobles enthousiasmes, la fleur par excellence de la vie. Et depuis ce jour, que de fois, dans les mains du destin, ai-je rempli le rôle de la hache! Comme le glaive de l'État, j'ai abattu des têtes sacrifiées, souvent sans méchanceté, toujours sans pitié! mon amour n'a jamais rien sacrifié pour ceux que j'aimais. J'ai aimé pour moi-même, pour mon plaisir personnel. Je n'ai satisfait que les étranges besoins de mon cœur avec cette fureur qui engloutit le sentiment et la tendresse, la joie et la douleur. Et je n'ai pu me rassasier. J'étais comme un homme mourant de faim, que son affaiblissement assoupit, et qui voit alors devant lui des mets somptueux et des vins généreux; il dévore avec fureur les présents insaisissables de son imagination et il lui semble qu'il est soulagé. Mais à son réveil, le rêve s'évanouit; la faim est là qui redouble et derrière elle, le désespoir!...

Et peut-être demain je mourrai!... Et il n'y a pas en ce monde un seul être qui m'aura

compris entièrement. Les uns me croient meilleur, les autres plus mauvais que je ne le suis
réellement. Les uns diront : c'était un brave
garçon ; les autres : un homme de rien. Et
l'un et l'autre de ces termes sont faux. Ah ! quel
ennui que de vivre ! et on vit tout de même...
par curiosité. On attend quelque chose de nouveau... C'est ridicule et absurde !

Voilà déjà un mois et demi que je suis dans
la forteresse de N... Maxime Maximitch est
parti pour la chasse... je suis seul, assis auprès
de la fenêtre. Des nuages gris couvrent les montagnes jusqu'à leur base. Le soleil, à travers les
brouillards, ressemble à une tache jaune. Il fait
froid ; le vent siffle et secoue les volets ; c'est
ennuyeux ! Je vais continuer mon journal inter-
rompu par des événements étranges.

Je relis ma dernière page. C'est ridicule ! Je
croyais mourir, mais c'était impossible ; je n'a-
vais pas encore épuisé le calice de la souffrance,
et maintenant je pense que je vivrai encore
longtemps.

Comme tout le passé est clair et profondément gravé dans ma mémoire ! Le temps n'en a pas effacé le moindre détail.

Je me souviens que dans la nuit qui précéda le duel, je ne pus dormir une minute, et à peine pus-je écrire quelques instants ; une inquiétude secrète me dominait. Après m'être promené une heure dans ma chambre je m'assis et ouvris un roman de Walter Scott placé sur ma table ; c'était les *Puritains d'Écosse*. D'abord, je dus faire des efforts pour lire, puis, charmé par ces fictions enchanteresses, je m'oubliai...

Enfin, le jour parut. Mes nerfs s'étaient calmés ; je me regardai dans une glace, une pâleur sombre couvrait mon visage et révélait les traces d'une douloureuse insomnie. Mais mes yeux, quoique cerclés profondément, brillaient d'un éclat effrayant. Je fus content de moi.

J'ordonnai de seller mon cheval, m'habillai et courus au bain. Je me plongeai dans une cuve d'eau de narzana froide, puis bouillante, et je sentis mes forces physiques et morales me revenir. Je sortis du bain frais et vigoureux, comme si j'allais au bal. Après cela, dites que l'âme ne dépend pas du corps.

En rentrant chez moi, je trouvai le docteur.

Il était en pantalon gris, en arkalouk (1) avec un chapeau circassien. J'éclatai de rire en voyant cette petite figure sous cet énorme chapeau de fourrures, son visage n'avait pas le moins du monde l'air belliqueux, et en ce moment il me parut encore plus petit qu'à l'ordinaire.

« Pourquoi êtes-vous si triste, docteur ! Est-ce qu'il ne vous est pas déjà arrivé cent fois d'accompagner des hommes hors de ce monde avec la plus parfaite indifférence ? Imaginez-vous que j'ai la fièvre jaune et que je puis mourir, comme je puis revenir à la santé, l'un et l'autre sont dans l'ordre des choses. Efforcez-vous de me considérer comme un homme atteint d'une maladie que vous ne connaissez pas bien encore, et cela excitera votre curiosité au plus haut degré. Vous pouvez dès maintenant faire sur moi d'intéressantes observations physiologiques. L'attente d'une mort violente n'est-elle pas elle-même une maladie réelle ?

Cette idée frappa le docteur et il devint plus gai.

Nous montâmes à cheval. Verner se cramponna aux rênes de ses deux mains et nous par-

_____

(1) Pardessus circassien.

15.

tîmes. En un clin d'œil nous traversâmes au galop
la forteresse, le petit village et nous entrâmes
dans le défilé au milieu duquel un sentier serpente parmi les grandes herbes, coupé à chaque
instant par des ruisseaux bruyants qu'il fallait
passer à gué, au grand désespoir du docteur ;
car son cheval s'arrêtait chaque fois dans l'eau.

Je ne me souviens pas d'un matin plus bleu
et plus frais. Le soleil se montrait à peine au-
dessus des sommets verdoyants et le mélange
de la chaleur de ses premiers feux à la fraîcheur
mourante de la nuit répandait dans tous mes
sens une suave langueur. La gaîté lumineuse
du jour nouveau n'avait pas encore pénétré au
fond du défilé ; il dorait à peine les pointes des
rochers qui se tordaient de tous côtés sur nos
têtes. Les arbustes qui s'échappaient de toutes
les fissures du roc, agités par la brise du matin,
nous arrosaient des gouttelettes argentées de la
rosée nocturne. Je me souviens qu'en ce moment
j'aimai la nature plus que je ne l'avais aimée jusqu'alors. J'observais avec curiosité chaque goutte
de rosée, tremblant sur une large feuille de vigne,
réfléchissant mille rayons divergents. Avec quelle
avidité mon regard tâchait de plonger dans les

lointains vaporeux ! Là, tout chemin paraissait
plus étroit, les rochers, plus bleus et plus
effrayants et semblaient enfin former des murs
infranchissables; nous marchions en silence.

« Avez-vous écrit vos dernières volontés ?
me demanda soudain Verner.

— Non !...

— Et si vous êtes tué ?

— On trouvera mes héritiers tout de même.

— Il est impossible que vous n'ayez pas
quelques amis à qui vous ayez envie d'envoyer
un dernier adieu ?

Je secouai la tête.

Il est impossible qu'il n'y ait pas dans le
monde quelque femme à qui vous désiriez
laisser quelque souvenir ?.....

— Voulez-vous, docteur, que je vous ouvre
mon âme ? Je ne suis plus, voyez-vous, à cet
âge où l'on meurt en prononçant le nom de sa
bien-aimée, et en léguant à un ami une mèche
de ses cheveux pommadés ou non pommadés.
En songeant à une mort prochaine et possible,
je ne pense qu'à moi, quelques-uns ne font pas
même cela. Les amis qui demain m'oublieront
ou peut-être, ce qui est pire, répèteront sur mon

compte, Dieu sait quelles faussetés, les femmes
qui, en embrassant leur nouvel amant, riront
de moi, afin de ne pas le rendre jaloux du pauvre
défunt ; que Dieu soit avec eux ! Au milieu des
orages de la vie , voyez-vous, j'ai recueilli
quelques idées, pas un sentiment; et depuis longtemps, je ne vis que par la tête et non par le cœur.
J'examine, j'analyse mes propres penchants et
mes actions avec une scrupuleuse curiosité ;
mais sans partialité. Il y a en moi deux hommes:
L'un qui vit dans toute l'acception du mot, l'autre
qui pense et qui juge le premier; peut-être dans
une heure le premier vous dira adieu, ainsi qu'à
l'univers; le second... le second....... Regardez
donc, docteur, sur le rocher à droite ? ce sont
nos adversaires, je crois ?... »

Nous nous élançâmes.

Au pied des rochers, trois chevaux étaient at-
tachés à des arbres. Nous attachâmes les nôtres
également et au bout d'un sentier étroit nous découvrîmes une petite place sur laquelle nous attendaient Groutchnitski, le capitaine de dragons
et un autre second appelé Ivanoff Ignatievitch.
Je n'avais jamais entendu parler de sa famille.

« Nous vous attendons depuis longtemps

déjà; me dit le capitaine avec un sourire ironique.

Je tirai ma montre, et la lui présentai; il s'ex-
cusa en disant que la sienne avançait.

Quelques minutes de pénible silence s'écoulèrent; le docteur le rompit enfin en s'adressant
à Groutchnitski :

— Il me semble, dit-il, que vous vous montrez
tous les deux prêts à vous battre et à satisfaire
aux lois de l'honneur; mais vous pourrez peut-
être mieux faire en vous expliquant et en arran-
geant la chose à l'amiable.

— J'y suis disposé, lui dis-je.

Le capitaine fit à Groutchnitski un signe de
l'œil qui semblait dire que j'avais peur. Celui-ci
prit alors un air arrogant, quoique jusqu'à ce
moment une pâleur profonde eût couvert ses
joues. Depuis que nous étions arrivés, c'était la
première fois qu'il levait les yeux sur moi; mais
dans son regard on lisait une certaine inquiétude
qui trahissait son trouble intérieur.

— Expliquez vos conditions : dit-il; et tout ce
que je pourrai faire pour vous, soyez persuadé
que...

— Voici mes conditions : Vous rétracterez

aujourd'hui en public vos calomnies et vous me ferez des excuses.

— Mon cher monsieur, je m'étonne que vous osiez me proposer de semblables choses.

— Mais que puis-je vous proposer, hormis cela ?

— Nous nous battrons. »

Je haussai les épaules.

— Je vous en prie, avez-vous bien réfléchi à ceci, que l'un de nous sera infailliblement tué.

— Je désire que ce soit vous...

— Moi ! je suis certain du contraire... »

Il se tut, rougit et partit d'un éclat de rire forcé.

Le capitaine le prit par le bras et le tira à l'écart ; ils causèrent longtemps à voix basse. J'étais arrivé avec l'esprit assez calme, mais je commençais à sentir l'irritation s'emparer de moi.

Le docteur vint à moi.

— Écoutez ! me dit-il avec une inquiétude visible : Vous avez sûrement oublié leur complot?... Je ne sais pas charger des pistolets, mais dans cette occasion... Vous êtes un homme étrange ! Dites-leur que vous connaissez leurs intentions, afin qu'ils n'osent pas... mais quelle idée ! Ils vous tueront comme un oiseau.

— Je vous en prie ; tranquillisez-vous, docteur, et laissez-moi faire... J'arrangerai tout de manière qu'il n'y ait aucun avantage pour eux. Laissez-les chuchoter.

— Messieurs! leur dis-je assez haut : cela devient ennuyeux : s'il faut se battre, battons-nous ; vous avez eu le temps de vous concerter hier.

— Nous sommes prêts ; répondit le capitaine placez-vous messieurs. Docteur veuillez mesurer les six pas.

— Placez-vous ! répéta d'une voix de fausset Ivan Ignatievitch.

— Permettez ; lui dis-je : encore une observation. Comme nous voulons nous battre jusqu'à la mort, nous devons faire notre possible pour que ceci reste secret et que nos seconds n'aient aucune responsabilité : êtes-vous de cet avis?

— D'accord, tout à fait !

— Aussi, voici ce que j'ai imaginé. Vous voyez bien au haut de ce rocher, presque perpendiculaire une toute petite plate-forme ; elle est à peu près à soixante mètres de hauteur, s'il n'y en a pas davantage et en bas se trouvent des rochers aigus. Chacun de nous se placera à son tour à l'une des extrémités de la plate-forme, de cette façon, la plus légère blessure sera mortelle. Ce sera conforme à vos désirs, car nous sommes convenus de nous placer à six pas ; ainsi celui qui sera blessé tombera inévitablement en bas et se brisera en morceaux ; le docteur extraiera la balle et on pourra facilement expliquer cette mort inopinée par un saut mal réussi. Le sort décidera qui devra tirer le premier. »

Je conclus enfin en déclarant que je ne me battrais pas autrement.

— Je t'en prie, dit le capitaine, en regardant avec expression Groutchnitski, qui remuait la tête en signe de consentement. Son visage changeait à chaque instant ; je le mettais dans une pénible situation : En tirant dans les conditions ordinaires, il aurait pu m'atteindre à la jambe, ne me blesser que légèrement et satisfaire ainsi sa vengeance sans trop charger sa conscience ; mais maintenant il devait tirer en l'air ou faire de lui un assassin, ou chasser ses viles pensées et s'exposer avec moi à un danger égal. Je n'aurais pas voulu être à sa place.

A ce moment, il tira le capitaine à l'écart et se mit à lui parler avec beaucoup de feu. Je vis que ses lèvres tremblaient, mais le capitaine se retourna avec un sourire méprisant et dit à Groutchnitski assez durement :

— Tu es un sot! Tu ne comprends rien! allons messieurs !

Un étroit sentier gravissait la pente au milieu des broussailles. Des éclats de roche formaient un escalier peu solide, assez semblable à une échelle naturelle. En nous accrochant aux racines nous parvînmes à grimper. Groutchnitski marchait devant, derrière lui ses seconds et puis le docteur et moi.

—Je vous admire, me dit le docteur en me serrant fortement la main : Laissez-moi vous tâter le pouls? vous avez la fièvre!... mais sur votre visage rien ne paraît, seulement vos yeux brillent plus ardemment qu'à l'ordinaire.

Tout à coup de petites pierres roulèrent avec bruit sous nos pieds. Qu'était-il arrivé? Groutchnitski avait bronché, la branche à laquelle il avait voulu se retenir s'était cassée et ii aurait roulé jusqu'en bas sur le dos si ses seconds ne l'avaient retenu.

— Prenez garde! lui criai-je; ne tombez pas à l'avance; c'est un mauvais présage : souvenez-vous de Jules César? »

Enfin nous atteignîmes le haut du rocher en saillie. La petite plate-forme était couverte de sable humide comme si on l'eût préparée pour un combat. Tout autour, se perdant au milieu des nuages dorés du matin, les sommets des montagnes se groupaient comme un troupeau innombrable, et l'Elborous s'élevait au sud comme une masse blanche, terminant la chaîne des cimes glacées sur lesquelles des nuages pareils à des flocons cotonneux couraient, venant de l'Orient. J'allai à l'extrémité de la plate-forme et je regardai en bas. C'est tout juste si la tête ne me tourna pas. Là, dans le fond, il faisait sombre et froid comme dans une tombe. Les pointes moussues des rochers arrachés par les orages et le temps attendaient leur proie.

La plate-forme sur laquelle nous devions nous battre formait presqu'un triangle régulier. De l'un des angles en saillie nous mesurâmes six pas et nous décidâmes que celui qui devrait subir le premier feu, se placerait à l'angle même, le dos tourné au gouffre et changerait de place avec son adversaire s'il n'était pas tué.

J'étais décidé à laisser tous les avantages à Groutchnitski ; je voulais l'éprouver. Dans son

âme pouvait s'allumer une étincelle de généro-
sité et alors tout s'arrangerait pour le mieux.
Mais l'amour-propre et sa faiblesse de caractère
devaient triompher de lui. Je voulais me mettre
complètement dans le droit de ne pas l'épargner
si le sort me favorisait. Qui n'aurait pas pris de
telles précautions avec sa conscience ?

— Tirez au sort, docteur, dit le capitaine.

Le docteur prit dans sa poche une pièce d'argent et la jeta en l'air ;

— Pile ! cria Groutchnitski brusquement
comme un homme qui est réveillé tout à coup
par la main d'un ami qui l'avertit d'un danger.

— Face ! dis-je.

La pièce tourna sur elle-même et tomba à
terre ; tous se précipitèrent sur elle.

— Vous êtes favorisé, dis-je à Groutchnitski,
c'est à vous de tirer le premier. Mais souvenez-
vous que si vous ne me tuez pas, moi je ne vous
manquerai pas ; je vous en donne ma parole
d'honneur !

Il rougit ; il avait honte de tuer un homme
sans armes. Je le regardai fixement un instant.
Il me sembla qu'il allait se jeter à mes genoux
et me demander pardon. Mais comment oser

avouer d'aussi lâches desseins ? Il lui restait un expédient, c'était de tirer en l'air, je croyais réellement qu'il le ferait. Une seule chose pouvait l'empêcher, c'était la pensée que je réclamerais un second combat.

— Il est temps ! me dit le docteur, en me tirant par la manche , si vous ne leur dites pas maintenant que vous connaissez leurs projets, tout est perdu ! Voyez, ils chargent déjà... si vous ne voulez rien dire, je vais moi-même...

— Pas pour rien au monde, docteur, lui répondis-je en le retenant par la main ; vous gâteriez tout. Vous m'avez donné votre parole de ne pas vous en mêler... qu'est-ce que cela vous fait ? Je puis bien mourir peut-être !

Il me regarda avec étonnement.

— Ah ! c'est autre chose.., seulement ne vous plaignez pas de moi dans l'autre monde.

Le capitaine cependant chargea les pistolets, en donna un à Groutchnitski en souriant et en chuchotant quelque chose à son oreille, et me remit l'autre.

Je me plaçai à l'angle de la petite plate-forme, solidement appuyé avec ma jambe gauche contre une pierre et me penchant un peu en avant,

de manière que si je ne recevais qu'une blessure légère je pusse ne pas tomber en arrière.

Groutchnitski se plaça devant moi et au signal donné commença à lever son pistolet. Ses
jambes tremblaient, il me visa droit au front.

Une fureur inexprimable s'alluma alors dans
mon sein.

Soudain il abaissa le canon de son pistolet et,
pâle comme un linge, se tourna vers ses seconds.

— Je ne puis ! dit-il d'une voix étouffée.

— Poltron ! lui répondit le capitaine.

Le coup partit ; la balle m'égratigna le genou ;
je fis involontairement quelques pas en avant
afin de m'éloigner plus vite du bord.

— Allons ! mon cher Groutchnitski ! Je regrette que tu aies manqué ton coup ; dit le capitaine, c'est à ton tour de te placer ! Embrasse-
moi ; nous ne nous reverrons plus.

Ils s'embrassèrent, le capitaine avait toutes
les peines du monde à s'empêcher de rire.

— Ne crains rien, ajouta-t-il en regardant
avec finesse Groutchnitski ; tout est absurde en
ce monde ; la nature est stupide, le destin un
dindon et la vie ne vaut pas un copek !...

Après ces phrases à effet, dites avec un

sérieux de convention, il retourna à sa place.

Ivan Ignatiévitch embrassa aussi en pleurant Groutchnitski et alors il resta seul devant moi. J'ai tâché depuis de m'expliquer les sentiments qui bouillonnaient dans mon âme en ce moment. Il y avait le dépit que donne l'amour-propre blessé, le mépris et la colère. Je ne pouvais m'empêcher de penser que cet homme, qui maintenant me regardait avec une telle confiance et avec une tranquille audace, deux minutes avant, sans s'exposer lui-même à aucun danger, avait voulu me tuer comme un chien ; car si j'avais reçu une blessure plus grave à la jambe, je serais allé rouler inévitablement sur les rochers.

J'examinai son visage quelques instants avec beaucoup d'attention, m'efforçant d'y découvrir quelques traces de repentir. Mais il me sembla au contraire le voir dissimuler un sourire.

— Je vous invite à prier Dieu avant de mourir ! lui dis-je alors :

— Ne craignez pas plus pour mon âme que pour la vôtre. Je vous en prie, tirez plus vite.

— Vous ne voulez pas rétracter vos calomnies ? Vous ne voulez pas me faire des excuses ?

Réfléchissez bien ! Votre conscience ne vous reproche-t-elle rien ?

— Monsieur Petchorin ! me cria le capitaine de dragons : Vous n'êtes pas ici pour confesser quelqu'un ; permettez-moi de vous le faire remarquer, finissez plus vite ; si contre toute attente quelqu'un allait venir dans le défilé et nous voir.

— Bien ! docteur, voudriez-vous venir jusqu'à moi ? »

Le docteur s'avança ; pauvre docteur ! il était plus pâle que Groutchnitski dix minutes avant.

Les paroles suivantes, je les prononçai à dessein, en les scandant, à haute voix et d'une manière accentuée, comme on prononce un arrêt de mort.

— Ces messieurs, sûrement dans leur précipitation ont oublié de mettre une balle dans mon pistolet. Je vous prie de le charger de nouveau et avec soin.

— Ce n'est pas possible ! cria le capitaine : cela n'est pas possible ! J'ai chargé les deux pistolets : Est-ce que la balle du vôtre aurait glissé dehors ? Ce n'est pas ma faute ; mais vous n'avez pas le droit de le charger de nouveau..... Vous n'en avez pas le droit ! C'est entièrement contraire aux règles du duel ; je ne le permettrai point !

— Bien ! dis-je au capitaine ; s'il en est ainsi, je me battrai avec vous dans les mêmes conditions.

Il s'arrêta, embarrassé.

Groutchnitski attendait, la tête penchée, sur sa poitrine et avec un air consterné.

— Laisse-les faire dit-il enfin au capitaine qui voulait arracher mon pistolet des mains du docteur : tu sais bien toi-même qu'ils ont raison !

En vain le capitaine lui fit divers signes ; Groutchnitski ne voulut pas les voir.

Cependant le docteur chargea le pistolet et me le remit. En voyant cela, le capitaine cracha, trépigna des pieds et lui dit :

— Mon cher, tu es un fou ! si tu te fiais à moi, il fallait m'écouter en tout. C'est ton affaire, maintenant ! tu te feras tuer comme une mouche !...

Il s'éloigna en marmottant encore :

— Mais tout cela est entièrement contraire au règles du duel.

— Groutchnitski, m'écriai-je, il en est encore temps ; rétracte tes calomnies et je te pardonne tout : tu n'as pas réussi à me tourner en ridicule et mon amour-propre est satisfait.

Souviens-toi que nous étions bons amis.....

Son visage s'emflamma, ses yeux brillèrent :

— Tirez ! répondit-il ; je me méprise et vous déteste. Si vous ne me tuez pas, je vous tuerai la nuit, dans quelque coin. Il n'y a plus place pour nous deux sur la terre.....

Je tirai.......

Lorsque la fumée se fut dissipée, Groutchnitski n'était plus sur la plate-forme. Une légère colonne de poussière tourbillonnait au bord de l'abîme.

Tous poussèrent un grand cri à la fois.

— *E finita la comedia*, dis-je au docteur.

Il ne me répondit point et se retourna avec effroi. Je haussai les épaules et saluai les seconds de Groutchnitski. En arrivant au bas du sentier, j'aperçus entre les pointes de rochers le cadavre sanglant de mon adversaire. Malgré moi je fermai les yeux.

Je détachai mon cheval et repris au pas le chemin de ma demeure. J'avais sur le cœur comme un rocher. Le soleil me semblait pâle et ses rayons ne me réchauffaient pas. Avant d'arriver au village, je tournai à droite et suivis le défilé. La vue d'un homme m'aurait été pénible ;

16

je voulais être seul. Abandonnant mes rênes, la tête penchée sur ma poitrine, je marchai long-temps. J'arrivai enfin dans un lieu qui m'était tout à fait inconnu. Je fis faire volte-face à mon cheval et me mis à chercher mon chemin. Déjà le soleil baissait lorsque j'arrivai à Kislovodsk, épuisé de fatigue ainsi que mon cheval.

Mon domestique me dit que Verner était venu et me donna deux billets ; l'un de ce dernier et l'autre de Viéra.

Je décachetai le premier ; il contenait les mots suivants :

« Tout s'est arrangé on ne peut mieux ; le corps est arrivé en bas tout mutilé. La balle a été extraite de la poitrine, tout le monde est convaincu que sa mort est due à un malheureux accident. Seulement, le commandant, qui avait eu connaissance de votre querelle, a secoué la tête, mais n'a rien dit. Il n'y a aucune preuve contre vous et vous pouvez dormir tranquille..... si cela vous est possible..... Adieu ! »

Je restai longtemps avant de me décider à ouvrir le second billet..... Que pouvait-elle m'écrire ? un affreux pressentiment agitait mon âme.

La voici, cette lettre, dont chaque mot s'est

gravé dans mon souvenir d'une manière inef-
façable :

« Je t'écris avec la pleine certitude que nous
ne nous reverrons plus. Il y a déjà quelques années, en me séparant de toi, j'avais eu la même
pensée ; mais il plut au ciel de m'éprouver une
seconde fois, et je n'ai pu supporter cette seconde épreuve ; mon faible cœur n'a pu de nouveau résister à une voix connue..... Tu ne me
mépriseras pas pour cela, n'est-ce pas vrai ?
Cette lettre sera en même temps un adieu et ma
confession. Je suis obligée de te dire tout ce
qui s'est accumulé dans mon cœur depuis le
jour où il t'a aimé. Je ne viens point t'accuser ;
tu t'es conduit avec moi comme se serait conduit tout autre homme. Tu m'as aimée comme
on aime sa propriété, comme on aime une
source de plaisirs, de trouble et de chagrin, al-
ternatives émouvantes, sans lesquelles la vie
est ennuyeuse et monotone. Dès le commencement j'ai compris cela..... mais tu étais malheureux et je me suis sacrifiée, espérant qu'un
jour tu apprécierais mon sacrifice, que quelque
jour tu comprendrais ma profonde tendresse,
indépendante de toute considération. Bien du

temps s'est écoulé depuis ; j'ai pénétré dans tous
les mystérieux replis de ton âme et je me suis
convaincue que mes espérances étaient vaines.
J'ai bien souffert! Mais mon amour s'était iden-
tifié à mon âme, en grandissant ; il est devenu
moins apparent, mais il ne s'est pas éteint.

» Nous nous séparons pour toujours. Cependant, tu peux être sûr que je n'aimerai jamais
un autre homme. Mon âme à épuisé pour toi
tous ses trésors, ses larmes et ses espérances.
Une femme qui t'a aimé ne peut regarder sans
quelque mépris le reste des hommes, non que
tu vailles mieux qu'eux, oh non ! mais parce
qu'il y a dans ta nature quelque chose qui n'appartient qu'à toi, un je ne sais quoi de fier et de
mystérieux. Il y a dans ta voix, quoi que tu
dises, une puissance irrésistible ; personne ne
sait comme toi se faire aimer sans cesse, rendre
le mal lui-même attrayant, et dans un seul regard promettre autant de bonheur. Personne
ne sait mieux profiter de ses avantages et personne ne peut être aussi sincèrement malheureux que toi, parce que personne ne sait espérer
comme toi le contraire de ce qui t'arrive.

» Je dois t'expliquer maintenant la cause de

mon départ subit. Elle te paraîtra peu sérieuse,
car elle ne concerne que moi.

Ce matin, mon mari est entré chez moi et m'a
parlé de ta querelle avec Groutchnitski. Évidemment, j'ai changé de visage, parce qu'il m'a
regardée longtemps et avec fixité dans les yeux.
C'est tout juste si je ne me suis pas évanouie en
songeant que tu devais te battre en ce jour et
que j'en étais la cause. Il me semblait que j'allais devenir folle....... Mais à présent que j'ai
toute ma raison, je suis sûre que tu reviendras
vivant; il est impossible que tu meures sans
moi, c'est impossible! Mon mari s'est promené
longtemps dans ma chambre. Je ne sais ce qu'il
m'a dit; je ne me souviens point de ce que je
lui ai répondu..... Je lui ai dit certainement que
je t'aimais..... Je me souviens seulement qu'à
la fin de notre altercation, il m'a déchirée avec
un mot outrageant et il est sorti......J'ai entendu
qu'il ordonnait d'atteler sa voiture. Voilà déjà
trois heures que je suis assise à ma fenêtre et
que j'attends ton retour....... Mais tu es vivant;
tu ne peux mourir....... La voiture est presqu'at-
telée...... Adieu, adieu!.... on vient.... il me
faut cacher ma lettre......

16.

« N'est-ce pas vrai, que tu n'aimes pas Marie ?
Tu ne l'épouseras pas ? Écoute ! Tu dois me faire
ce sacrifice. Moi j'ai bien tout perdu pour toi
dans ce monde..... »

J'étais comme un fou ; je m'élançai sur le perron, sautai sur mon cheval circassien que l'on
promenait encore dans la cour et me précipitai
à toute haleine sur la route de Piatigorsk. Je
poussai sans pitié mon cheval fatigué qui soufflait et, tout couvert d'écume, m'emporta au
milieu du chemin pierreux.

Le soleil s'était déjà caché dans les nuages
noirs étendus sur les crêtes des montagnes au
couchant. Dans les ravins, il faisait déjà sombre
et humide. Le Potkumok bondissait sur les cailloux, et mugissait d'une manière sourde et monotone. Je galopais, suffoqué par l'impatience.
La pensée que je ne la trouverais pas à Piati-
gorsk, m'avait frappé au cœur comme un coup
de marteau ! Un moment, un seul moment la
voir encore, lui dire adieu, lui presser la main...
Je priais, je maudissais, je pleurais, je riais......
Non ! rien ne pourrait exprimer mon inquiétude
et mon désespoir !....... Devant la possibilité de
la perdre pour toujours, Viéra m'était devenue

plus chère que tout au monde !..... plus chère
que la vie, que l'honneur, que le bonheur !....
Dieu sait quels desseins affreux, quelle folles
idées fourmillaient dans ma tête! Et cependant
je galopais toujours, fouettant sans pitié, lorsque je m'aperçus que mon cheval soufflait plus
péniblement. Déjà deux fois il avait butté sur
un chemin uni....... J'avais encore cinq verstes
pour arriver à Essentuki, village cosaque, où
j'aurais pu monter un autre cheval.

Tout eût été sauvé si mon cheval avait eu encore la force de courir dix minutes. Mais soudain en passant un petit ravin qui est à la sortie
des montagnes et à un tournant rapide, il s'abattit. Je me débarrassai promptement et cherchai
à le relever en le tirant par les rênes ; ce fut en
vain ! A peine si un faible gémissement passait
à travers ses dents serrées. Au bout d'un moment il expira ; je restai au milieu du steppe,
ayant perdu ma dernière espérance. J'essayai
d'aller à pied ; mes jambes fléchirent. Épuisé
par les émotions de la journée et l'insomnie, je
m'affaissai sur l'herbe humide et me mis à pleurer comme un enfant.......

Je restai longtemps couché dans l'herbe, immobile, pleurant amèrement, et je n'essayai point d'arrêter mes larmes et mes sanglots. Je croyais que ma poitrine éclaterait ; toute ma fermeté, tout mon sang-froid s'étaient dissipés comme une fumée. Mon âme était sans force, ma raison éteinte, et si quelqu'un m'avait vu en ce moment, il se serait détourné de moi avec mépris.

Lorsque la rosée nocturne et le vent de la montagne eurent rafraîchi ma tête et que mes pensées eurent repris leur cours ordinaire, je compris qu'il était inutile et déraisonnable de courir après un bonheur évanoui. Que m'aurait-il fallu encore ? La voir ? Pourquoi ? Tout n'était-il pas fini entre nous ? Un triste baiser d'adieu n'enrichirait pas beaucoup mes souvenirs et après lui, notre séparation n'en eût été que plus pénible.

Il me restait cependant une consolation, c'est que je pouvais pleurer. Et au surplus, toute cette irritation nerveuse n'avait peut-être pour cause qu'une nuit passée sans sommeil, deux minutes de pose devant la bouche d'un pistolet et le vide de mon estomac.

Tout était pour le mieux ! cette nouvelle souffrance avait, comme on dit en langage militaire, produit en moi une *heureuse diversion*. Pleurer est très sain et puis certainement si je n'étais pas parti à cheval et si je n'avais pas été contraint de faire pour le retour quinze verstes, je n'aurais pu fermer les yeux et dormir de toute la nuit.

En arrivant à Kislovodsk, à cinq heures du matin, je me jetai sur mon lit et m'endormis du sommeil de Napoléon après Waterloo.

Lorsque je me réveillai, il faisait déjà sombre dehors et je m'assis auprès de la fenêtre entr'ouverte, mon habit déboutonné. La brise de la montagne vint rafraîchir ma poitrine encore agitée par la fatigue d'un sommeil lourd. Au loin, derrière la rivière, à travers la cime des épais tilleuls qui l'ombragent, je voyais briller les lumières du village, et de la forteresse. Dans notre cour tout était calme et chez les princesses tout était éteint. Le docteur entra chez moi ; sa mine était sombre et contre l'ordinaire il ne me tendit pas la main.

« D'où venez-vous, docteur?

— De chez la princesse Ligowska, sa fille est malade. C'est une crise nerveuse ; mais ce n'est pas de cela que je viens vous parler. Voici ce qu'il y a : l'autorité commence à avoir des soupçons et quoiqu'il soit impossible qu'on ait des

preuves positives, je vous invite à vous tenir
davantage sur vos gardes. La princesse m'a
dit aujourd'hui qu'elle savait que vous vous
étiez battu pour sa fille. C'est ce vieillard qui
lui a tout raconté..... Comment s'appelle-t-il?
Il a été témoin de votre querelle avec Groutchnitski à l'hôtel. Je suis venu vous prévenir.
Adieu! Peut-être ne nous reverrons-nous plus;
on vous enverra qui sait où! »

Il s'était arrêté sur le seuil de la porte, avec
l'envie de me serrer la main..... Et si je lui en
avais exprimé le plus petit désir, il se serait jeté
à mon cou. Mais je restai froid comme un marbre
et il sortit.

Voilà les hommes; ils sont tous ainsi : ils cal-
culent d'avance toutes les bonnes ou mauvaises
conséquences d'un événement. Ils vous aident,
vous approuvent, vous encouragent même en
voyant l'impossibilité d'un autre expédient; mais
après ils s'en lavent les mains et se détournent
avec indignation de celui qui a osé prendre sur
lui tout le fardeau de la responsabilité. Ils sont
tous ainsi, même les meilleurs, même les plus
intelligents.

Le surlendemain matin, je reçus l'ordre de

l'autorité supérieure de partir pour la forteresse de N... et j'allai faire mes adieux à la princesse.

Elle fut étonnée lorsque, me demandant si j'avais quelque chose de particulièrement sérieux à lui dire, je lui répondis que je lui souhaitais d'être heureuse, etc.....

— Mais moi j'ai besoin de causer sérieusement avec vous.

Je m'assis en silence.

Il était clair qu'elle ne savait par où commencer ; son visage était devenu livide et ses doigts enflés frappaient sur la table ; enfin elle commença ainsi, d'une voix entrecoupée :

Écoutez-moi, Monsieur Petchorin, je crois que vous êtes un honnête homme.

Je m'inclinai.

Même j'en suis convaincue, continua-t-elle, quoique votre conduite inspire quelques doutes. Mais vous pouvez avoir des motifs que je ne connais pas et vous devez maintenant me les confier. Vous avez protégé ma fille contre la calomnie, vous vous êtes battu à cause d'elle, et par conséquent vous avez risqué votre vie....... Ne me répondez pas, je sais que vous ne l'avouez pas, parce que M. Groutchnitski a été tué

(elle se signa). Que Dieu lui pardonne je l'espère, et à vous aussi !...... Cela ne me regarde
pas....... Je n'ose pas vous accuser, parce que
ma fille, quoique involontairement, en a été le
motif....... Elle m'a tout dit... tout, je crois ;
vous lui avez exprimé de l'amour, elle vous a
avoué le sien (ici elle soupira péniblement). Mais
elle est malade, et je suis persuadée que ce n'est
pas une simple maladie. Un chagrin secret la
tue ; elle ne me l'a pas avoué, mais je suis sûre
que vous en êtes la cause..... Écoutez-moi !
Peut-être croyez-vous que je tiens au rang, à
une grande richesse ; détrompez-vous ! Je veux
le bonheur de ma fille. Votre situation pour le
moment n'est pas à envier ; mais tout peut s'ar-
ranger. Vous avez de la fortune, ma fille vous
aime, et elle a été élevée de façon à rendre son
mari heureux. Je suis riche et n'ai que cette
fille..... parlez ; par quoi êtes-vous empêché ?
Voyez, je ne devrais pas vous dire tout cela :
mais je compte sur votre cœur, sur votre honneur. Pensez que je n'ai qu'une fille... une fille
unique.

Elle pleurait.

— Princesse ! lui dis-je : il m'est impossible

de vous répondre ; permettez-moi d'avoir un entretien en tête-à-tête avec votre fille ?

— Jamais ! s'écria-t-elle, en se levant de sa chaise dans une grande agitation.

— Comme vous voudrez, » lui répondis-je en m'apprêtant à partir.

Elle devint pensive, me fit signe avec la main d'attendre un instant et sortit.

Cinq minutes s'écoulèrent ; mon cœur battait avec violence, mais mon esprit était tranquille et ma tête froide, et vainement je cherchais en moi une étincelle d'amour pour cette chère Marie ; mes efforts étaient inutiles.

Soudain la porte s'ouvrit et cette dernière entra : mon Dieu ! comme elle était changée depuis le moment où je ne l'avais revue, et il y avait si peu de temps de cela ?

En arrivant au milieu de la chambre elle chancela. Je m'élançai, lui présentai mon bras et la conduisis jusqu'à un fauteuil.

Je restai debout devant elle. Nous nous tûmes longtemps ; ses grands yeux pleins d'une tristesse profonde, semblaient chercher dans les miens quelque chose comme un peu d'espoir. Ses lèvres pâles s'efforçaient vainement de sourire ;

17

ses mains froides étaient croisées sur ses genoux,
et si amaigries, si diaphanes, que cela me navra.

« Princesse ! lui dis-je : vous savez que je me
suis moqué de vous et vous devez me mépriser.

Une rougeur maladive vint colorer ses joues.
Je continuai :

Par conséquent vous ne pouvez pas m'aimer.

Elle se détourna, s'accouda sur la table et cou-
vrit ses yeux de ses mains. Je crus voir couler
ses larmes.

— Mon Dieu ! prononça-t-elle à peine distinctement.

Cela devenait insupportable : et encore un
peu, je serais tombé à ses pieds.

— Ainsi, vous voyez bien vous-même, lui dis-
je de la voix la plus ferme que je pus prendre, et
avec un sourire contraint, vous voyez bien vous-
même que je ne puis vous épouser. Si vous vouliez cela maintenant, vous ne tarderiez pas à vous
en repentir. Mon entretien avec votre mère m'a
obligé à vous parler à cœur ouvert et aussi durement. J'espère qu'elle se trompe réellement
et il vous sera facile de la détromper peu à peu.
Vous le voyez, je joue à vos yeux un bien triste
et bien pénible rôle, et, je l'avoue franchement,

c'est là tout ce que je puis faire pour vous.
Quelque mauvaise que doive être l'opinion que
vous aurez de moi, je la subirai. Vous voyez
combien je suis vil auprès de vous ?..... Et si
même vous m'avez aimé, vous devez en ce moment me haïr ?....

Elle se tourna vers moi, pâle comme un marbre;
ses yeux seuls brillaient d'un éclat admirable:

— Je vous déteste, dit-elle.

Je la remerciai, la saluai avec respect et sortis.

Une heure après, un courrier à trois chevaux
m'emportait de Kislovodsk. A quelques verstes
d'Exentuki, je reconnus près de la route le cadavre de mon brave cheval. La selle avait été enlevée, probablement par quelque Cosaque, et sur
son dos, à la place de la selle, s'étaient installés
deux corbeaux. Je me détournai en soupirant.

Et maintenant, dans cette forteresse où je
m'ennuie, je songe souvent au passé et je me
demande pourquoi je n'ai pas eu l'envie d'entrer
dans ce sentier que la destinée m'ouvrait et où
m'attendaient de douces joies et de calmes émotions?......... Non! Je n'aurais pu me faire longtemps à ce sort! Je suis comme un matelot qui
est né et a grandi sur le pont d'un corsaire cr-

rant. Son âme est habituée à vivre au milieu des orages et des luttes ; revenu au port il s'ennuie et languit, malgré les bocages ombreux qui l'invitent doucement à rester et le soleil tiède qui le réchauffe. Il erre tout le jour sur le sable du rivage, n'écoutant que le monotone murmure des flots qui s'agitent et ne regardant que les lointains brumeux.

Il a aperçu là-bas, sur la ligne pâle où se confondent le gouffre bleuâtre et les nuages gris, il a aperçu la voile tant désirée : elle ressemble à l'aile d'un goëland rasant l'écume sur les galets, et s'avance tranquillement vers le port désert.

FIN DE LA PRINCESSE MARIE.

LE FATALISTE

Il m'arrivait quelquefois de passer quinze jours dans un village cosaque, placé sur le flanc gauche de l'armée ; là se trouvait un bataillon d'infanterie. Les officiers se réunissaient le soir alternativement chez l'un ou chez l'autre et jouaient aux cartes.

Un soir, ennuyés du boston et jetant les cartes sur la table, nous restâmes très longtemps chez le major S..... La conversation, contrairement à l'ordinaire, devint très intéressante. On disait que la croyance mahométane, qui veut que la destinée de l'homme soit écrite aux cieux, trouvait parmi nous beaucoup d'adeptes. Chacun racontait divers faits extraordinaires pour ou contre.

— Tout cela, messieurs, ne prouve rien, dit le vieux major : Sans doute aucun d'entre vous n'a été témoin de ces événements étranges qui confirment une opinion.

— Effectivement, aucun de nous, dirent la

plupart. Mais nous avons entendu des hommes dignes de foi.....

—Tout cela n'est qu'absurdité ! dit quelqu'un : où sont les hommes dignes de foi qui ont vu le livre sur lequel est écrite l'heure de notre mort ?.. Et si, réellement, la prédestination existe, pourquoi la volonté et la raison nous ont-elles été données ?..... Pourquoi devons-nous rendre compte de nos actions? »

A ce moment un officier, assis dans un coin de la chambre, se leva et s'avança lentement vers la table, en jetant tout autour des regards tranquilles et fiers. Il était Serbe de naissance, comme l'indiquait évidemment son nom.

L'extérieur du lieutenant Voulitch répondait tout à fait à son caractère. Sa taille était haute, la couleur de son visage, basanée, ses cheveux bruns, ses yeux noirs et pénétrants, son nez grand, mais bien fait, privilège de sa nation ; un sourire froid et triste errait sans cesse sur ses lèvres. Tout cela s'accordait pour le présenter comme un être particulier, incapable de partager les pensées et les passions de ceux que le sort lui avait donnés pour compagnons.

Il était brave, discutait peu, mais vivement,

et ne confiait à personne ses secrets de famille
ainsi que ceux de son âme. Il ne buvait presque
pas de vin. Quant aux jeunes filles cosaques
dont le charme est difficile à comprendre pour
celui qui ne les a jamais vues, il ne leur faisait
jamais la cour. On disait cependant, que la
femme du colonel n'était pas indifférente à son
regard plein d'expression ; mais il se fâchait réellement, lorsqu'on faisait quelque allusion à cela.

Il n'y avait qu'une passion dont il ne se cachait point : c'était la passion du jeu. Devant
un tapis vert, il oubliait tout et perdait habituellement ; mais sa mauvaise chance continuelle
excitait son entêtement. On racontait que pendant une nuit d'expédition où il jouait sur son
oreiller et était assez favorisé par la chance, tout
à coup des coups de feu retentirent ; on battit
l'alarme et tous s'élancèrent et coururent aux
armes : « Faites la banque ! » cria Voulitch sans
se lever, à un des pontes les plus ardents. « Va
pour le sept ; répondit celui-ci en s'enfuyant.
Malgré l'alerte générale, Voulitch tailla le coup
et donna la carte.

Lorsqu'il parut sur la ligne ; une fusillade
nourrie était engagée. Voulitch ne s'occupait ni

des balles, ni des sabres circassiens, et ne cher-
chait que son heureux ponte.

Le sept est sorti! lui cria-t-il en l'apercevant
enfin sur la ligne des tirailleurs, qui commen-
caient à débusquer l'ennemi du bois ; et s'étant
rapproché de lui, il tira sa bourse ; puis, malgré
le combat et l'inopportunité du moment, il paya
son adversaire. Après avoir rempli ce devoir désagréable, il se jeta en avant, entraînant derrière
lui ses soldats et jusqu'à la fin de l'affaire, il fit
le coup de feu contre les Circassiens, avec le plus
grand sang-froid.

Lorsque le lieutenant Voulitch s'approcha de
la table, tous se turent attendant de lui quelque
originale sortie.

« Messieurs, dit-il : (sa voix était calme,
quoique le ton en fût plus bas qu'à l'ordinaire),
Messieurs, à quoi aboutissent ces vaines discussions ? Voulez-vous expérimenter la chose ? Je
vous offre d'essayer sur moi. Un homme peut-il
volontairement disposer de sa vie ? Ou le moment fatal est-il fixé d'avance pour chacun de
nous ?.. A qui plaît-il de l'expérimenter ?

— Pas à moi ! Pas à moi ? s'écria-t-on de tous
côtés.

— Voilà un original !... que lui passe-t-il par la tête !....

— Je propose un pari, dis-je alors en plaisantant.

— Lequel ?

— Je soutiens qu'il n'y a pas de prédestination, ajoutai-je en jetant sur la table vingt ducats, tout ce que j'avais dans ma poche.

— Je tiens le pari, répondit Voulitch d'une voix grave. Major, vous serez juge. Voici quinze ducats ; vous me devez les cinq autres ; faites moi l'amitié de les ajouter à ceux-ci.

— Bien ! dit le major, seulement je ne comprends pas bien en quoi consiste la chose, et comment vous établirez la discussion ?..

Voulitch entra dans la chambre à coucher du major ; nous le suivîmes. Il s'approcha du mur sur lequel étaient appendues des armes, et décrocha de son clou un des pistolets d'ordonnance. Nous ne le comprenions pas encore ; mais lorsqu'il releva le chien et versa de la poudre dans le bassinet, beaucoup se recrièrent malgré eux et lui saisirent le bras.

— Que veux-tu faire ? écoute, c'est une folie ! lui dirent-ils.

17.

— Messieurs, reprit-il lentement, en débar-
rassant son bras, à qui plait-il de payer pour
moi vingt ducats ?

Tous se turent et s'éloignèrent.

Voulitch passa dans l'autre chambre et s'assit auprès de la table. Tous le suivirent. Il nous
fit signe de nous asseoir tout autour ; on lui
obéit en silence. En ce moment il avait pris sur
nous une influence mystérieuse. Je le regardai
fixement dans les yeux et son regard calme et
immobile rencontra mon coup d'œil scrutateur.
Ses lèvres pâles sourirent légèrement et, malgré
son sang-froid, je lus comme l'empreinte de la
mort sur son pâle visage. Je l'ai remarqué
(et beaucoup de vieux militaires ont confirmé
mes remarques), souvent sur le visage de
l'homme qui doit mourir dans quelques heures,
il y a quelque étrange expression de sort inévitable qu'il est difficile de confondre avec le
regard ordinaire.

— Vous mourrez aujourd'hui ! lui dis-je.

Il se retourna vivement vers moi et me dit
lentement et avec calme :

— Peut-être oui, peut-être non ! Puis se
tournant vers le major, il demanda :

— Ce pistolet est-il chargé?

Dans sa préoccupation, celui-ci ne comprit
pas bien.

— Oui parfaitement, Voulitch, lui cria quelqu'un, il est certainement chargé puisqu'il était
suspendu sur nos têtes. Quelle envie de plaisanter!

— Sotte plaisanterie! ajouta un autre.

— Je parie cinquante roubles contre cinq
que le pistolet n'est pas chargé, cria un troisième.

Un nouveau pari s'engagea.

Tous ces longs préparatifs m'ennuyaient.

— Écoutez, lui dis-je, ou brûlez-vous la cervelle, ou suspendez l'arme à sa place et allons
dormir.

— C'est cela! dirent la plupart: allons dormir.

— Messieurs, je vous prie de ne pas bouger
et il appuya la bouche du pistolet sur son front.

Tous furent comme pétrifiés.

— Monsieur Petchorin prenez une carte,
ajouta-t-il, et jetez-la en l'air.

Je pris sur la table, je m'en souviens maintenant comme si j'y étais, un as de cœur, et je
le lançai en l'air. La respiration de tous s'était

arrêtée : tous les yeux exprimaient une souffrance et une curiosité vague et couraient du
pistolet à la carte fatale, qui tremblant en l'air,
descendit lentement. A cet instant, comme elle
atteignait la table, Voulitch abattit le chien....
L'arme rata.

— Grâce à Dieu ! s'écrièrent beaucoup, il
n'était pas chargé.

— Regardons, cependant, dit Voulitch.

Il releva de nouveau le chien et ajusta une
casquette suspendue au-dessus de la fenêtre :
le coup partit, la fumée remplit la chambre ;
lorsqu'elle se fut dissipée, on regarda la casquette ; elle était traversée dans son milieu et la
balle était entrée profondément dans le mur.

Trois minutes s'écoulèrent sans que quelqu'un
put prononcer un mot. Voulitch serra tranquillement dans sa bourse mes ducats.

On se mit à discuter sur ce qui avait empêché
le pistolet de partir la première fois. Les uns sou-
tenaient que certainement la lumière devait être
bouchée, d'autres disaient qu'au premier coup
la poudre de l'amorce était humide et qu'ensuite
Voulitch avait dû en mettre de la fraîche. Mais
moi je soutins que la dernière supposition était

fausse, car je n'avais pas ôté les yeux un seul
instant de dessus le pistolet.

— Vous êtes heureux au jeu ! dis-je à
Voulitch.

— C'est la première fois de ma vie, répondit-il en souriant comme un homme content de
lui-même : cela vaut mieux qu'une veine au jeu.

— Et c'était plus dangereux.

— Eh bien ! commencez-vous à croire à la
prédestination ?

— J'y crois ; seulement, je me demande
pourquoi il me semble que vous devez certainement mourir aujourd'hui... »

Ce même homme, qui tout à l'heure avait
visé sa tête si tranquillement, soudain se mit
à s'irriter et se fâcha.

— En voilà assez dit-il, en se levant : notre
pari est terminé et vos remarques maintenant
me paraissent déplacées.

Il prit son bonnet et sortit. Tout cela me sembla étrange, et ce n'était pas en vain.

Bientôt tous s'éloignèrent pour regagner leurs
demeures, interprêtant diversement les bizarreries de Voulitch, et d'une seule voix, sûrement
ils m'appelèrent égoïste, parce que j'avais sou-

tenu un pari contre un homme qui voulait se brûler la cervelle ; comme si, sans moi, il ne pouvait trouver une occasion favorable.

Je retournai chez moi par les ruelles désertes
du village. La lune, pleine et rouge comme un
foyer d'incendie, commençait déjà à se montrer
au-dessus de l'horizon dentelé des maisons. Les
étoiles brillaient tranquillement à la voûte bleu
sombre des cieux et je ne pus m'empêcher de
sourire en me souvenant qu'il y avait autrefois
des hommes sages qui pensaient que les cons-
tellations célestes prenaient part à leurs futiles
discordes pour un morceau de terre ou pour des
droits inventés à plaisir. Eh quoi donc? Ces flam-
beaux auraient été allumés à leur intention et
seulement pour éclairer leurs luttes et leurs
triomphes. Mais ils brillent toujours avec le
même éclat, tandis que leurs passions et leurs
espérances se sont éteintes depuis longtemps
avec eux-mêmes, comme un feu mesquin, allumé sur la limite d'une forêt par un voyageur
insouciant. Et quelle volonté énergique il leur
a fallu, pour se persuader que le ciel entier et
ses innombrables habitants, les regardaient avec
une participation muette, il est vrai, mais im-

muable !... Quant à nous, leurs misérables des-
cendants, errants sur la terre sans conviction et
sans fierté, sans jouissances et sans douleurs,
hormis une peur involontaire, qui nous serre
le cœur à la pensée d'une fin inévitable, nous
sommes beaucoup plus incapables des grands
sacrifices que réclame la noble humanité et
même notre propre bonheur ; nous savons qu'il
est impossible et nous marchons avec indifférence, de doute en doute, comme nos aïeux se
sont jetés d'une erreur dans une autre. Nous
n'avons, comme eux, ni espérances, ni même
cette indéfinissable mais ardente jouissance,
que reçoit l'âme, au milieu de ses luttes contre
les hommes ou contre le sort...

Beaucoup d'autres pensées de ce genre enva-
hissaient mon esprit ; mais je ne m'y arrêtai
pas, parce que je n'aime point à m'appesantir
sur une idée abstraite quelconque. A quoi cela
mène-t-il ?... Dans ma première jeunesse,
j'étais rêveur ; j'aimais à caresser tour à tour
des images sombres ou riantes ; ce qui me valait
une imagination inquiète et avide. Mais que me
restait-il de tout cela ? Une fatigue, comme
après une nuit de combat avec un fantôme et

un souvenir confus plein de regrets. Dans ces luttes vaines j'épuisai et l'ardeur de mon âme et la permanence de la volonté nécessaire à une vie active. J'entrai dans cette vie, dont toute l'image était déjà dans ma pensée et je m'ennuyai honteusement comme celui qui lit une mauvaise imitation d'un livre connu depuis longtemps.

Les événements de cette soirée avaient jeté en moi une assez profonde impression et avaient irrité mes nerfs. Je ne savais vraiment si je croyais à la prédestination ou si je n'y croyais pas ; mais ce soir-là j'y avais cru fermement. L'épreuve avait été frappante, et quoique je me fusse moqué de nos aïeux et de leur serviable astrologie, j'étais tombé comme eux dans l'ornière. Mais je m'arrêtai à temps dans ce chemin dangereux, ayant pour principe de ne rien récuser d'une manière décisive et de ne croire à rien aveuglément. Je rejetai la métaphysique de côté et je regardai à mes pieds. Ma circonspection vint fort à propos ; j'avais failli tomber en heurtant quelque chose de gros et de mou, un corps mort apparemment. Je me penchai, la lune éclairait juste alors le chemin.

Devant moi était étendu un porc presque
coupé en deux par un coup de sabre.... Je
venais à peine de le voir, que j'entendis un
bruit de pas. Deux Cosaques accouraient d'une
rue; l'un vint à moi et me demanda si je n'avais
pas vu un Cosaque ivre qui courait après un porc.

Je leur déclarai que je n'avais pas rencontré
de Cosaque, mais je leur montrai la malheureuse
victime de sa furieuse bravoure.

« Ce brigand ! dit le second Cosaque, quand
il a bu du vin nouveau, il faut qu'il mette en
pièces tout ce qu'il trouve. Courons après lui,
Eremeitch ; il faut l'atteindre, car... »

Ils disparurent, je continuai mon chemin avec
beaucoup de prudence et enfin je parvins heureusement jusqu'à mon logement.

Je demeurais chez un vieux sous-officier que
j'aimais pour sa bonne humeur, mais surtout à
cause de sa jolie fille Nastia.

Selon l'habitude, elle m'avait attendu pour
m'ouvrir la porte, enveloppée dans sa pelisse. La
lune me montra ses chères petites lèvres bleuies
par le froid de la nuit. En me reconnaissant, elle
sourit, mais je n'allai point jusqu'à elle.

« Adieu Nastia ! » lui dis-je, en passant près

d'elle. Elle avait envie de me répondre quelque chose, mais elle se contenta de pousser un soupir.

Je fermai la porte de ma chambre derrière moi, j'allumai la bougie et me jetai sur mon lit. Cette fois seulement, le sommeil me fit attendre plus que d'ordinaire. L'Orient commençait déjà à pâlir, lorsque je m'endormis, mais évidemment il était écrit aux cieux, que je ne dormirais pas ce'te nuit. A quatre heures du matin, deux coups de poing ébranlèrent ma fenêtre. Je m'élance :

— Qui est là ?

— Lève-toi, habille-toi ! me crient quelques voix.

Je m'habillai rapidement et sortis.

Sais-tu ce qui est arrivé ? me dirent d'une seule voix trois officiers placés devant moi. Ils étaient pâles comme la mort :

— Quoi ?

— Voulitch a été tué.

— Je restai stupéfait.

— Oui, il a été tué ! continuèrent-ils. Allons plus vite.

— Mais où donc ?

— Tu l'apprendras en route. »

Nous partîmes : ils me racontèrent tout ce qui

était arrivé, en faisant différentes remarques sur le compte de cette prédestination qui l'avait soustrait à une mort inévitable une demi-heure avant sa mort. Voulitch allait seul dans une rue obscure. Le Cosaque ivre qui avait coupé en deux le porc, s'était trouvé devant lui et peut-être serait-il passé à côté sans l'apercevoir, si Voulitch ne s'était arrêté et ne lui avait dit : qui cherches-tu, mon cher? *Toi !* avait répondu le Cosaque en le frappant de son sabre, et il l'avait traversé presque de l'épaule au cœur.......

Les deux Cosaques qui m'avaient rencontré et qui poursuivaient l'assassin étaient arrivés juste à temps pour ramasser le blessé, mais il rendait déjà le dernier soupir et n'avait pu dire que ces trois mots : « il avait raison ! » — Moi seul je compris l'obscure signification de ces paroles; elles s'adressaient à moi. Je lui avais prédit involontairement sa triste destinée. Mes pressentiments ne m'avaient pas trompé, et effectivement j'avais distingué sur son visage le signe d'une fin prochaine.

L'assassin s'était enfermé dans une cabane vide, au bout du village. Nous y allâmes. Une foule de femmes couraient de ce côté, en poussant des gémissements. Au même instant un Cosaque sauta dans la rue, brandissant un poignard, et se hâtant, nous devança à la course. L'alarme était effrayante.

Enfin nous arrivons et nous regardons : autour de la cabane, dont les portes et les volets étaient fermés en dedans, se trouvait une grande foule. Les officiers et les Cosaques discutaient entre eux avec animation. Les femmes hurlaient et ajoutaient à leurs lamentations, diverses paroles. Au milieu d'elles, un visage remarquable de vieille femme exprimant un fou désespoir, frappa ma vue. Elle était assise sur une grosse poutre, accoudée sur ses genoux, et serrait sa tête dans ses mains. C'était la mère de l'assassin. Ses lèvres s'agitaient de temps en temps et murmuraient une prière ou une imprécation.

Il fallait cependant se décider à quelque chose et saisir le coupable. Personne ne se hasardait à se lancer le premier.

Je m'approchai de la fenêtre et je regardai par la fente du volet. Il était étendu sur le plancher, pâle et tenant dans sa main droite un pistolet; son sabre sanglant était placé à côté de lui. Ses yeux, pleins d'une expression effrayante erraient tout autour. Parfois il frissonnait et se pressait la tête comme s'il ne comprenait pas bien ce qui s'était passé la veille : Je ne lisais pas une grande détermination dans ce regard inquiet et je dis au major qu'il avait tort de ne pas faire enfoncer la porte et de ne pas lancer des Cosaques à l'intérieur : il valait autant le faire maintenant que plus tard, lorsqu'il serait tout à fait revenu à lui.

A ce moment un vieux capitaine de Cosaques s'approcha de la porte et l'appela par son nom : il répondit.

— Tu as fait une sottise, cher Ephimitch ; lui cria le capitaine : et il n'y a déjà plus rien à espérer, soumets-toi !

— Je ne me soumets point : répondit le Cosaque.

— Tu crains Dieu ! sans doute, tu n'es pas un payen maudit, mais un honorable chrétien. Allons, si ta sottise t'a fait perdre la tête, tu as beau faire : tu n'échapperas pas à ton sort.

— Je ne me soumets point ! cria de nouveau le Cosaque avec bruit et on entendit craquer le chien de son arme.

— Allons la mère, dit le capitaine à la vieille

femme, parle à ton fils, afin qu'il t'écoute, cela ne fait qu'irriter Dieu ; regarde, voilà déjà deux heures que ces messieurs attendent.

La vieille femme le regarda fixement et secoua la tête.

— Basile Petrovich ! dit le capitaine en s'approchant du major ; il ne se rendra pas : je le connais ; et si on enfonce la porte il blessera un grand nombre d'entre nous. Ne vaut-il pas mieux tirer sur lui ? il y a une large fente au volet.

Une bizarre pensée me passa dans la tête à ce moment : comme Voulitch, je voulus tâter le sort.

— Permettez, dis-je au major, je le prendrai vivant. »

Ordonnant au capitaine de lier une conversation avec lui, je plaçai à la porte trois Cosaques prêts à la briser et à s'élancer à mon aide à un signal donné ; je fis le tour de la cabane et m'approchai de la fatale fenêtre ; mon cœur battait avec force.

— Tu es un maudit ! lui cria le capitaine, est-ce que tu te moques de nous ! penses-tu que nous composerons avec toi ?

Il se mit à cogner à la porte de toutes ses forces, moi je posai mon œil sur la fente et

suivis les mouvements du Cosaque qui ne s'attendait pas à une attaque de ce côté : soudain
j'arrachai le volet et m'élançai par la fenêtre la
tête basse. Un coup de feu retentit à mon oreille,
la balle arracha mon épaulette, mais la fumée
remplit la chambre et empêcha mon adversaire
de trouver son sabre placé à côté de lui. Je le
saisis à bras le corps, les Cosaques firent irrup-
tion et en moins de trois minutes le coupable
était pris et mis sous escorte. La foule se dis-
persa; les officiers me félicitèrent... et réellement il y avait de quoi.

Après tout cela, comment ne serait-on pas
fataliste. Mais qui sait, s'il est réellement persuadé d'une chose ou non ?....... Et nous pre-
nons souvent pour la persuasion un sentiment
trompeur ou une erreur de la raison. J'aime à
douter de tout; cela n'empêche pas la décision
de caractère; au contraire, il me semble que je
vais toujours avec plus d'audace, lorsque j'i-
gnore ce qui m'attend, sans doute il ne peut rien
m'arriver de pire que la mort; et la mort on ne
peut l'éviter!

De retour à la forteresse, je racontai à Maxime
Maximitch tout ce qui m'était arrivé et tout ce

dont j'avais été le témoin. Je désirais connaître
son opinion sur la prédestination. Il ne comprit
pas d'abord ce mot ; je le lui expliquai comme je
pus et alors il me dit en remuant significative-
ment sa tête.

« Oui, en effet, ce trait est assez bizarre !...
Du reste les armes de ces Asiatiques ratent
souvent, si elles sont mal graissées, ou si l'on
n'appuie pas assez fortement le doigt sur la dé-
tente. J'avoue que moi non plus je n'aime pas
les carabines circassiennes ; elles ne vaudraient
rien, même pour notre prochain ; la crosse en
est trop petite et à chaque instant on peut se
brûler le nez..... quant à leurs sabres, ils ont tout
simplement toute mon admiration ! »

Puis il ajouta en réfléchissant quelque peu :

« Oui j'ai pitié de ce malheureux.... quel
diable le poussait donc à causer la nuit avec un
ivrogne !..... Du reste, il est évident que cela
avait été écrit dans sa destinée !....... »

Je ne pus rien en tirer de plus : en général il
n'aimait pas les discussions métaphysiques.

FIN DU FATALISTE.

LE DÉMON

POÈME ORIENTAL

LE DÉMON

POÈME ORIENTAL

PREMIÈRE PARTIE

I

Un ange déchu, un démon plein de chagrin,
volait au-dessus de notre terre pécheresse. Les
souvenirs de jours meilleurs se pressaient en
foule devant lui, de ces jours où, pur chérubin,
il brillait au séjour de la lumière ; où les comètes
errantes aimaient à échanger avec lui de bien-
veillants et gracieux sourires ; où, au milieu des
ténèbres éternelles, avide de savoir, il suivait,
à travers les espaces, les caravanes nomades
des astres abandonnés ; où enfin, heureux
premier-né de la création, il croyait et aimait ;
il ne connaissait alors ni le mal ni le doute ; et
une monotone et longue série de siècles infé-
conds n'avaient point encore troublé sa raison...
Et encore, encore il se souvenait !... Mais il n'était
plus assez puissant pour se souvenir de tout.

II

Depuis longtemps réprouvé, il errait dans les solitudes du monde sans trouver un asile. Et cependant les siècles succédaient aux siècles, les instants aux instants. Lui, dominant le misérable genre humain, semait le mal sans plaisir et nulle part ne rencontrait de résistance à ses habiles séductions. Aussi le mal l'ennuyait...

III

Bientôt le banni céleste se mit à voler au-dessus du Caucase. Au-dessous de lui, les neiges éternelles du Kazbek (1) scintillaient comme les facettes d'un diamant; plus bas, dans une obscurité profonde, se tordait le sinueux Darial, (2) semblable aux replis tortueux d'un reptile. Puis le Terek (3), bondissant comme un lion à la crinière épaisse et hérissée, remplissait l'air de ses rugissements; les bêtes de la montagne, les oiseaux décrivant leurs orbes dans les hauteurs azurées écoutaient le bruit de ses eaux; des nuages dorés, venus de

---

(1) Le Kasbek est un des pics les plus élevés du Caucase.
(2) Le Darial, torrent du Caucase.
(3) Le Terek, rivière du Caucase.

lointaines régions méridionales, accompagnaient
sa course vers le nord et les masses rocheuses,
plongées dans un mystérieux sommeil, incli-
naient leurs têtes sur lui et couronnaient les
nombreux méandres de ses ondes. Assises
sur le roc, les tours des châteaux semblaient
regarder à travers les vapeurs et veiller aux
portes du Caucase comme des sentinelles
géantes placées sous les armes. Toute la création divine était aux alentours, sauvage et imposante; mais l'ange, plein d'orgueil, embrassa
d'un regard dédaigneux l'œuvre de son Dieu
et aucune de toutes ces beautés ne vint se re-
fléter sur sa figure hautaine.

IV.

Puis le tableau changea; une nature pleine
de vie s'épanouit à ses regards; les luxuriantes
vallées de la Géorgie se déroulèrent au loin
comme un magique tapis. Terre heureuse et
florissante!... Les silhouettes des ruines, les
ruisseaux à l'eau rapide et murmurante et au
fond parsemé de cailloux aux mille couleurs;
les buissons de roses sur lesquels les rossignols
à la voix douce, chantent la plaintive beauté que

18.

rêva leur amour ; les ombrages des platanes
touffus , entremêlés de lierre abondant ; les
grottes où les timides chevreuils se réfugient
aux jours brûlants; l'éclat, le mouvement, le murmure des feuilles ; le bruit sonore de mille voix ;
l'haleine parfumée de mille plantes ; la voluptueuse ardeur du milieu du jour ; les nuits toujours humides d'une rosée odorante; les étoiles
du ciel, brillantes comme le regard et les yeux
des jeunes Géorgiennes. Mais hormis une froide
jalousie, cette nature splendide n'éveilla dans
l'âme insensible du proscrit, ni nouveau sentiment, ni nouvelle aspiration et tout ce qu'il
voyait devant lui, il le méprisait et le détestait.

V.

Cette grande demeure, ce palais spacieux, le
vieux Gudal aux cheveux blancs les a bâtis pour
lui. Ils ont coûté bien des larmes, bien des fatigues aux esclaves soumis depuis longtemps à
ses ordres. Au lever du jour, les ombres de ses
murailles s'allongent sur les pentes des montagnes voisines. Des marches creusées dans le
roc conduisent de la tour, placée à l'un des
angles, au bord de la rivière. C'est en suivant

cette rampe sinueuse, que la jeune princesse
Tamara va puiser de l'eau à l'Arachva (1).

VI.

Toujours silencieuse, la sombre demeure, du
haut des rochers escarpés, semble contempler
les vallées. Mais en ce jour un grand festin a
été servi dans ses murs ; la zourna (2) résonne
et le vin coule à flot. Gudal marie sa fille ;
toute la famille a été conviée au banquet. Sur la
terrasse couverte de tapis, la fiancée est assise
parmi ses compagnes et les heures s'écoulent
oisivement pour elle au milieu des jeux et des
chants. Déjà le disque du soleil s'est caché
derrière les montagnes lointaines. Les jeunes
filles chantent en battant la mesure avec leurs
mains et la jeune fiancée prend son bouben (3).
Tout à coup, le balançant d'une main au dessus de sa tête et plus rapide qu'un oiseau, elle
s'élance : tantôt elle s'arrête et regarde autour
d'elle et son œil humide scintille à travers ses
cils jaloux ; tantôt elle joue gracieusement de

---

(1) L'Arachva est une rivière de la Géorgie.
(2) Instrument à corde ; espèce de viole.
(3) Sorte de tambour de basque.

la prunelle sous ses noirs sourcils ; puis, légère,
se penche vivement et tandis que son petit pied
adorable semble nager dans l'air, elle sourit
avec une gaîté enfantine. Les rayons tremblants
de la lune se jouant parfois tout doucement à
travers une atmosphère humide, peuvent à
peine être comparés à ce sourire animé comme
la vie, comme la jeunesse.

VII.

J'en jure par l'astre des nuits, par les rayons
du soleil levant ou couchant ! jamais monarque
de la Perse dorée, jamais roi de la terre ne posa
ses lèvres sur de pareils yeux. Jamais la fontaine jaillissante du harem, aux jours les plus
brûlants ne lava de sa rosée perlée une semblable taille. Jamais la main d'un mortel cou-
vrant de caresses un corps bien-aimé ne déroula
une aussi belle chevelure. Depuis le jour où
l'homme perdit le paradis, je le jure, jamais
semblable beauté n'est éclose sous le soleil du
midi.

VIII.

Pour la dernière fois, elle a dansé !... Hélas!
Demain l'attendent, elle l'héritière de Gudal,

l'enfant gâtée de la liberté, le triste sort de l'esclave, une famille étrangère, une patrie inconnue. Et déjà des doutes mystérieux assombrissaient la sérénité de son visage. Mais il y avait tant de grâce harmonieuse dans sa démarche, tant d'expression et de naïve simplicité dans tous ses mouvements, que si le démon dans son vol l'eût regardée en ce moment, il se fut rappelé ses anciens frères célestes ; il se serait doucement détourné et aurait soupiré.

IX

Et le démon la vit !..... Et à l'instant même il ressentit dans tout son être une agitation étrange. Une bienfaisante harmonie vibra dans la solitude de son âme muette, et de nouveau il put comprendre cette divine merveille d'amour de douceur et d'incomparable beauté. Longtemps il admira cette tendre image et les rêves d'un bonheur évanoui se déroulèrent encore devant lui, comme une longue chaîne ou comme les groupes d'étoiles au firmament. Cloué par une force invisible, il fit connaissance avec une nouvelle tristesse et soudain le sentiment fit résonner en lui sa puissante voix d'autrefois. Était-ce un

symptôme de régénération ? au fond de son âme,
il ne pouvait trouver des paroles de perfide sé-
duction. Devait-il oublier ? Mais Dieu lui refusa
l'oubli et du reste, il ne l'eût point accepté !

X.

Le jour est à son déclin, et sur un superbe
coursier, brisé de fatigue, le fiancé se hâte avec
impatience vers le festin nuptial. Déjà il a atteint les vertes rives du limpide Arachva, et
péniblement, pas à pas, courbée sous la lourde
charge des présents, une longue file de chameaux s'avance et couvre au loin les détours
nombreux du chémin. On entend le bruit de
leurs clochettes !...... Le roi de Cinodal lui-
même conduit la riche caravane. Une ceinture
serre sa taille svelte ; la garniture de son sabre
et de son poignard brillent au soleil ; il porte
sur ses épaules un fusil à la batterie reluisante
et le vent joue avec les manches de son manteau, bordé tout autour de riches galons. A la
selle et à la bride pendent des houppes de soie
brodées aux mille couleurs, sous lui piaffe un
fringant coursier à la robe dorée et sans prix ;
il est déjà tout blanc d'écume ; c'est un enfant

de Karabak; (1) il dresse l'oreille et, plein de
frayeur, souffle avec force ; puis, du haut des
rochers, regarde avec ombrage les flots de la
rivière à l'écume jaillissante. Le chemin que
suit le rivage est étroit et dangereux ; à gauche
le rocher ; à droite le lit profond de la rivière
furieuse. Il est déjà tard. Sur les sommets couverts de neige le jour s'éteint et l'obscurité se
fait !..... La caravane hâta le pas.

XI.

A ce point de la route s'élève une chapelle.
Là, depuis de longues années, repose en Dieu,
un prince inconnu, qu'une main vengeresse im-
mola et ce lieu est devenu depuis l'objet d'un
culte. Le voyageur qui court au combat ou va à
la fête, vient en tout temps prononcer dans la
chapelle une fervente prière, et cette prière le
protège contre le poignard musulman. Mais le
jeune fiancé dédaigna la coutume de ses aïeux,
et un esprit méchant le troubla avec une perfide
vision. Au milieu des ombres de la nuit, il
s'imaginait couvrir de baisers ardents les lèvres

(1) Pays du Caucase renommé pour ses bons chevaux.

de sa jeune fiancée. Tout à coup dans l'obscurité, en avant de lui, deux hommes paraissent ; puis d'autres encore ; un coup de feu retentit ; qu'arrive-t-il? Le prince intrépide se dresse sur ses étriers bruyants, enfonce son bonnet sur ses sourcils ; puis, sans articuler un mot, saisit d'une main la crosse de son fusil turc, fouette son cheval et comme un aigle fond en avant. Un second coup de feu retentit, puis un cri sauvage et un gémissement étouffé résonnent dans la profondeur de la vallée. Le combat n'a pas duré longtemps ; les timides Géorgiens ont fui de tous côtés.

XII.

Tout s'est apaisé. Pressés en foule, les chameaux regardent avec frayeur les cadavres des cavaliers et l'on entend parfois tinter leurs clochettes. Là riche caravane est dépouillée et déjà les oiseaux nocturnes volent autour des corps des chrétiens. Hélas ! ils n'auront pas la sépulture paisible qui les attendait sous les dalles du monastère, où furent enterrées les dépouilles de leurs pères. Leurs mères et leurs sœurs, couvertes de longs voiles, ne viendront pas des

pays lointains prier et sangloter tristement sur
leurs tombes ! sous le rocher qui borde le chemin, seule, une main pieuse élèvera une croix
en leur mémoire ; le lierre printanier l'entourera
en grandissant de son réseau d'émeraudes
comme une douce caresse ; et le pèlerin fatigué
par une marche longue et pénible ne manquera
jamais de se détourner de sa route pour venir
se reposer à l'ombre du signe divin !.., ...

XIII.

Un cheval plus rapide qu'un daim précipite
sa course, souffle bruyamment et semble voler
au combat. Tantôt il recule subitement après un
bond et prête l'oreille au moindre souffle en
dilatant ses larges naseaux : tantôt il frappe
vivement le sol avec les clous de ses fers
bruyants, secoue sa crinière éparse et repart
follement en avant. Son cavalier silencieux
chancelle à chaque pas sur les arçons et laisse
pencher sa tête sur l'encolure. Déjà il a abandonné les rênes et ses pieds se sont enfoncés
dans les étriers, la housse est sillonnée de
larges taches de sang ! O vaillant coursier ! Rapide comme la flèche ! tu as emporté ton maître

du combat. Mais la balle ennemie d'un Circassien l'a frappé dans l'ombre.

XIV.

Toute la famille de Gudal pleure, se lamente
et une grande foule s'attroupe dans la cour.
Quel est ce cheval emporté qui vient de s'a-
battre? quel est ce cadavre étendu sur le seuil de
la porte? quel est ce cavalier sans vie? Les plis
de son front basané ont conservé la trace d'une
alarme guerrière ; ses armes et ses vêtements
sont souillés de sang ; dans une dernière
étreinte nerveuse sa main s'est raidie sur la
crinière. O fiancée ! Ton regard n'a pas attendu
longtemps ton jeune promis ! Il a tenu sa parole
de prince et il est accouru au festin nuptial !
Mais, hélas ! Jamais plus il ne remontera sur
son rapide coursier

XV.

La colère divine a fondu comme la foudre au
milieu de cette famille qui ne connaissait point
encore le malheur. La pauvre Tamara s'est jetée
sur sa couche en sanglotant, ses larmes coulent
avec abondance, et son sein gonflé se soulève pé-

niblement !......... tout à coup au-dessus d'elle
une voix surnaturelle se fait entendre : « Ne
pleure pas enfant, ne pleure pas en vain ; tes
larmes ne peuvent tomber sur ce cadavre muet
comme une rosée vivifiante ; les larmes ne
peuvent que ternir le regard limpide des jeunes
filles et creuser leurs joues. Il est bien loin déjà ;
il ne connaîtra point ta douleur et ne pourra
l'apprécier ; la lumière céleste réjouit maintenant ses yeux qui n'ont plus rien de ce monde
et il n'entend plus que les concerts du paradis.
Que sont les rêves insignifiants de la vie, et les
gémissements et les larmes d'une pauvre fille,
pour un hôte des cieux ? Rien. Non ! le sort d'une
créature mortelle, crois-moi, mon ange terrestre
ne vaut pas un seul instant de ta chère tristesse.
A travers les océans éthérés sans gouvernail et
sans voiles, les chœurs des astres brillants
voguent doucement au milieu des vapeurs ; dans
les espaces infinis des cieux, les groupes flocon-
neux des nuages impalpables passent sans laisser de trace ; l'heure de la séparation, l'heure
du retour, n'ont pour eux ni joie ni tristesse ;
pour eux l'avenir est vide de désirs et le passé
sans regret. En ce jour d'affreux malheurs sou-

viens-toi d'eux, bannis toute pensée terrestre et comme eux, écarte de toi tout souci : dès que la nuit enveloppera de son ombre les sommets du Caucase ; dès que sous la puissance d'une voix magique, le monde charmé se taira ; dès que la brise du soir agitera sur les rochers l'herbe fanée, que les petits oiseaux cachés sous elle sautilleront plus gaiement dans l'ombre, et que sous les branches de la vigne la fleur des nuits s'épanouira pour boire avidement la rosée céleste ; dès que la lune argentée montera lentement derrière la montagne et jettera sur toi ses regards indiscrets, je volerai aussitôt vers toi, je serai ton hôte jusqu'au jour et sur tes paupières aux cils soyeux je ferai éclore des songes d'or.»

XVI.

La voix se tut ; et dans le lointain les sons s'éteignirent doucement l'un après l'autre. Tamara se lève en sursaut et regarde autour d'elle. Une agitation indicible fait battre son cœur. C'est de la douleur, de l'effroi, un élan d'enthousiasme ; — rien ne peut être comparé à cela. Tous les sentiments fermentent en elle, l'âme a brisé ses liens ; le feu court dans ses veines.

Cette voix nouvelle et admirable semble encore résonner auprès d'elle. Vers le matin seulement le sommeil désiré vint fermer ses yeux fatigués.

Mais alors son esprit fut agité par un rêve étrange et prophétique : un nouveau venu sombre et silencieux, resplendissant d'une beauté immortelle, se penchait vers son chevet et son regard se fixait sur elle avec un tel amour, une telle tristesse, qu'il semblait avoir pitié d'elle. Ce n'était point un ange des cieux, ni son divin gardien ; l'auréole aux rayons lumineux ne se mêlait point aux boucles de sa chevelure ; ce n'était point l'esprit méchant de l'enfer ni un martyr du vice. Oh non ! Il avait la douce clarté d'un beau soir, qui n'est ni le jour ni la nuit, ni les ténèbres ni la lumière !...

DEUXIÈME PARTIE

I.

« O Père ! O Père ! cesse tes reproches ; ne gronde pas ta Tamara. Tu vois ses larmes ? Hélas ! ce ne sont pas les premières ! Je ne serai la femme de personne !... Dis à ceux qui demandent ma main, que mon époux repose dans la terre humide et que je ne puis donner mon cœur ! Depuis le jour où nous ensevelîmes son cadavre sanglant dans la montagne, un esprit perfide me poursuit avec une vision que je ne puis écarter et au milieu du calme des nuits, des songes tristes et étranges viennent jeter le trouble en moi. Mes pensées et mes paroles s'égarent confusément ; une flamme emplit tout mon sang ; je me dessèche et me flétris de jour en jour. O mon père ! Mon âme souffre ! Aie pitié de moi ! Livre au saint lieu ta fille déraisonnable ; là, je serai sous la protection du Sauveur et à ses pieds j'épancherai ma douleur. Ici-bas, il n'y a déjà plus de joie pour moi..... Que bientôt à l'ombre paisible des autels, une sombre cellule se referme sur moi, comme une tombe.

II.

Et sa famille l'a transportée dans un couvent
solitaire, où ses jeunes épaules furent recou-
vertes d'un humble cilice. Mais sous la robe
monastique comme sous la soie aux mille couleurs, son cœur luttait avec la vision impie. Au
pieds des autels, sous l'éclat des lumières, aux
heures du chant solennel, au milieu de la prière,
souvent une voix connue venait résonner à son
oreille. Sous la voûte obscure du temple une
image qu'elle connaissait bien glissait de temps
à autre sans bruit et sans laisser de trace. Elle
rayonnait doucement comme une étoile à travers la fumée transparente de l'encens, lui faisait
signe de la main et l'appelait : Mais où ?.......

III.

Le pieux couvent était caché entre deux collines et en lieu frais ; des platanes d'Orient, des
rangées de peupliers l'entouraient de tous côtés,
et parfois, quand la nuit descendait dans les
défilés de la montagne, la lumière de la lampe
de la jeune religieuse, passant à travers les fenêtres de sa cellule, venait se jouer au milieu
d'eux. Tout autour, à l'ombre des amandiers,

auprès de la sombre rangée de croix qui pro-
tègent les tombes muettes, les chœurs des petits
oiseaux entonnaient de doux concerts. Des
sources à l'onde fraîche couraient en murmurant sur les rochers, puis se réunissaient dans
le défilé et roulaient plus loin entre les buissons
couverts des fleurs du givre.

IV.

Vers le Nord se dressaient les montagnes.
Lorsqu'aux lueurs de l'aurore matinale, une vapeur bleuâtre monte des profondeurs de la vallée ; lorsque le muezzin tourné vers l'Orient invite à la prière, et que la voix sonore de la
cloche réveille l'habitation ; à cette heure calme
et recueillie où les jeunes Géorgiennes descendent la montagne escarpée et vont avec leurs
longues cruches , puiser de l'eau, les sommets
de la chaîne neigeuse se dessinaient dans le
ciel pur comme un mur violet tendre et au
coucher du soleil semblaient se couvrir d'un
vêtement de pourpre. Au milieu d'eux, le Kazbek traversant les nuages, les dépassait de
toute la tête, comme le roi puissant du Caucase
en turban et en long manteau de soie.

V.

Mais le cœur de Tamara, plein d'une pensée profane, est insensible aux extases pures. Pour elle tout l'univers est couvert d'une teinte sombre, et tout y est pour son âme une cause de souffrance, et la lumière du jour et les ténèbres de la nuit. Aussi, dès que la fraîcheur du soir vient endormir la terre, elle se prosterne devant l'image de son Dieu et fond en larmes. Ses sanglots déchirants au milieu du silence de la nuit troublent l'imagination du voyageur, qui, croyant entendre les gémissements de quelque esprit de la montagne, enchaîné dans une de ses cavernes, prête à peine l'oreille et hâte sa monture épuisée.

VI.

Tamara triste, agitée par la fièvre, vient souvent s'asseoir auprès de la fenêtre. Là, seule, irrésolue, elle regarde au loin avec un œil attentif, soupire, et attend !...... Une voix murmure à son oreille : « Il viendra. » Ce n'était pas en vain qu'il lui apparaissait avec des yeux pleins d'une tristesse douce et des paroles de sublime tendresse : Depuis longtemps déjà elle

19.

s'épuise sans savoir pourquoi. Veut-elle prier les saintes? c'est à lui que son cœur s'adresse ; accablée par cette lutte incessante se penche-t-elle sur sa couche, son oreiller la brûle, elle suffoque horriblement, s'éveille en sursaut et frissonne ; ses épaules et sa gorge sont enflammées, elle peut à peine respirer, ses yeux s'obscurcissent, ses bras étendus cherchent avec passion un être imaginaire, tandis que des baisers expirent sur ses lèvres. . . . . . .

VII.

Le brouillard du soir a déjà couvert de ses vapeurs légères les collines de la Géorgie, et fidèle à sa douce habitude, le démon a dirigé son vol vers le couvent. Mais bien longtemps il n'osa violer ce paisible asile de la vertu. Il y eut même un moment où il parut prêt à abandonner ses affreux projets. Il errait mélancoliquement autour des murs élevés et ses pas, plus légers que le vent, faisaient doucement frissonner les feuilles dans l'ombre. Puis il levait les yeux vers cette fenêtre, qu'illuminait l'éclat de la lampe. C'est là qu'elle attendait depuis si longtemps. Soudain, au milieu de ce silence universel, une harpe harmonieuse vibra et des chants sonores résonnèrent ; ces sons semblaient se suivre avec mesure comme coulent des pleurs. C'était une mélodie si tendre, qu'elle paraissait avoir été composée au ciel pour la terre. On aurait dit un ange descendu ici-bas mystérieusement, qui venait en visiter un autre oublié et qui lui parlait du passé, afin d'adoucir sa souffrance ! Et le démon comprit alors pour la première fois les douleurs et les agitations de l'amour. Effrayé, il veut s'éloigner ; mais ses ailes restent immobiles ! et ô prodige ! une larme roule lentement de ses yeux obscurcis !

. . . .

On voit encore près de cette cellule une pierre que cette larme brûlante à traversée comme une flamme et ce n'était point une larme humaine !

VIII.

Le démon entre, il est prêt à aimer, et son âme est tout ouverte au bien. Il croit que le moment désiré pour essayer d'une vie nouvelle est venu. Les palpitations de l'attente, les craintes de l'incertitude demeurent pour lui

sans voix et sans puissance ; elles ont reconnu
tout d'abord une âme pleine de fierté. Il entre,
regarde; devant lui se dresse l'envoyé du ciel ;
c'est le chérubin qui veille sur la belle pécheresse : son visage rayonne d'un sourire plein de
sérénité et son aile la protège contre l'ennemi.
Un instant son regard impie fut ébloui par l'é-
clat de la lumière divine, et au lieu du doux
accueil qu'il espérait, il entendit éclater de pé-
nibles reproches.

IX.

« Esprit turbulent, démon du vice, qui t'a
appelé au milieu des ténèbres de la nuit?Tes adorateurs n'habitent point ces lieux et jusqu'à présent le souffle du mal n'a point pénétré ici ; ne
viens point souiller de ton pas impie cet asile de
mon amour et de ma sainteté! qui t'a appelé?...

L'esprit méchant lui répond par un sourire
perfide, son regard s'enflamme de jalousie et
de nouveau le poison de la vieille haine a em-
brasé son âme : « Elle est à moi, dit-il d'une
voix dure; laisse-la ; elle est à moi ; tu as paru
trop tard pour la défendre, tu n'es ni mon juge
ni le sien et, sur ce cœur plein d'élévation, j'ai

posé mon empreinte ; ici il ne reste plus rien de
ta sainteté ; ici je règne et j'aime. » L'ange
alors abaissa ses yeux pleins de douleur sur la
pauvre victime, et déployant lentement ses ailes,
disparut dans les sphères célestes.

X.

TAMARA.

Qui es-tu ? Tes paroles sont dangereuses!
Qui t'envoie vers moi ; le ciel ou l'enfer? Que
me veux-tu ?

LE DÉMON.

Que tu es belle !

TAMARA.

Mais parle ; qui es-tu ? Réponds ?

LE DÉMON.

Je suis celui que tu écoutais dans le calme
des nuits ; celui dont la pensée parlait doucement à ton âme ; celui dont tu voyais l'image
dans tes songes et dont tu devinais la tristesse
avec peine. Je suis celui qui tue l'espérance dès
qu'elle naît dans un cœur. Je suis celui que personne n'aime et que tout être vivant maudit.
L'espace et les années ne sont rien pour moi.
Je suis le fléau de mes esclaves de la terre ; je

suis le roi de la science et de la liberté ; je suis
l'ennemi des cieux et le mal de la nature et tu
vois je suis à tes pieds! Je t'apporte une
humble et douce prière d'amour, ma première
souffrance ici-bas et mes premières larmes.
Oh! mais par pitié, écoute, tu pourrais avec
une de tes paroles me rendre au bien et me
rouvrir les cieux ; resplendissant de ton chaste
amour je reparaîtrais là, comme un nouvel
ange dans l'éclat nouveau ; mais écoute je
t'en supplie, je suis ton esclave et je t'aime!
Dès que je t'ai vue, soudain au fond de moi-
même, j'ai détesté l'immortalité et ma puissance
et j'ai envié malgré moi les joies incomplètes de
la terre. Ne pas vivre comme toi serait une
souffrance pour moi, et ce serait affreux que de
vivre séparé de toi. Dans mon cœur insensible,
une flamme inattendue s'est rallumée avec plus
de force ; et j'ai senti l'aiguillon de mes anciennes blessures se réveiller au fond de moi-
même comme un serpent. Sans toi qu'est pour
moi l'éternité? Que sont mes domaines infinis ?
des paroles résonnant dans le vide ; un temple
immense sans divinité!

TAMARA.

Laisse-moi, esprit perfide ! tais-toi, je ne crois point aux discours d'un ennemi. Mon Dieu ! hélas, je ne puis plus vous prier ! Un poison funeste s'empare de mon esprit affaibli. Écoute ! tu me perdras, tes paroles c'est du feu, c'est un philtre empoisonné..... Dis ? pourquoi m'aimes-tu ?

LE DÉMON.

Pourquoi ma belle ? hélas ! je ne sais ; plein d'une vie nouvelle, j'ai fièrement arraché de ma tête criminelle ma couronne d'infamie, et j'ai jeté tout le passé dans la poussière. Mon paradis et mon enfer sont dans tes yeux ! Je t'aime d'un amour qui n'a rien de terrestre et comme tu ne pourrais aimer toi-même. Je t'aime avec tout l'enivrement et la puissance de la pensée et du rêve immortels. Dès le commencement du monde ton image fut gravée dans mon âme ; elle se montrait à moi dans les immensités désertes de l'espace. Depuis longtemps ton nom agitait mon esprit et résonnait doucement en moi. Aux jours heureux du paradis, toi seule me manquait. Oh ! si tu pouvais comprendre ce qu'il y a d'amère douleur dans une vie sans fin

et toute sans partage. Jouir, souffrir, mais ne
jamais attendre d'éloges pour le mal et jamais
de récompense pour le bien. Vivre pour soi
seul ; être un objet d'ennui pour soi-même ; et
traverser cette éternelle lutte sans noblesse et
sans espoir de réconciliation. Toujours regretter
et ne rien désirer : tout savoir, tout ressentir,
tout voir, détester tout ce qui est contraire à mes
désirs et tout mépriser dans le monde. Du jour
où la malédiction divine m'a frappé, les embra-
sements passionnés de la nature se sont éternellement refroidis pour moi. Les espaces s'étendaient à l'infini devant mes yeux ; je voyais les
astres, qui m'étaient connus depuis si longtemps, couverts de leurs parures nuptiales,
glisser doucement devant moi, portant des cou-
ronnes d'or : Mais hélas ! Aucun ne reconnais-
sait son ancien frère ! Dans mon désespoir je
me mis à appeler des proscrits semblables à
moi ; mais moi-même de mon regard méchant
je ne pouvais plus reconnaître ni leurs visages
ni leurs voix. Alors effrayé j'agitai mes ailes et
me mis à courir rapidement, mais où ? pourquoi ? je ne le sais. Mes anciens frères m'avaient
repoussé et comme l'Éden, le monde entier de-

vint pour moi sombre et muet ; j'étais comme
une barque brisée, sans gouvernail et sans
voiles, qui nage follement au caprice des courants et des flots et ne sait où elle va ; ou comme
un flocon de nuage orageux qui, au lever du jour,
se montre comme un point noir dans l'horizon
azuré, et n'osant s'arrêter nulle part, erre seul,
sans but et sans laisser de trace. Dieu seul sait
d'où il vient et où il va. Mais je ne pus gou-
verner longtemps les hommes et leur apprendre
longtemps le péché ; il me fut impossible de
diffamer longtemps tout ce qui était noble et de
blasphémer tout ce qui était beau : facilement
je rallumai pour toujours en eux les ardeurs de
la foi pure. Étaient-ils dignes de mes efforts
ces sots et ces hypocrites ? Je me cachai alors
dans les défilés des montagnes et me mis à
errer comme un météore au milieu des ténèbres
d'une nuit profonde. Le voyageur isolé, égaré
par ce feu follet qui voltigeait devant lui, rou-
lait au fond des précipices avec sa monture et
appelait en vain à son secours !..... Et le sillon
sanglant de sa chute se tordait sur le rocher
Mais les plaisirs du mal ne me plurent pas longtemps. Que de fois dans ma lutte avec l'ouragan

puissant, au milieu des tourbillons de poussière, enveloppé d'éclairs et de vapeurs, je m'é-
lançai avec fracas dans les nuages ; j'aurais
voulu pouvoir dans la foule des éléments ré-
voltés, étouffer les murmures de mon cœur ;
échapper à la pensée inévitable et oublier ce qui
ne pouvait être oublié. Que peut être le récit des
pertes douloureuses, des fatigues et des maux,
des générations passées et futures de la race
humaine, en présence d'un seul instant de mes
souffrances inconnues ? Que sont les hommes,
que sont leur vie et leurs peines ? Elles ont passé, elles passeront ; l'espérance leur reste ; un jugement équitable les attend et à côté du jugement reste encore le pardon ! Ma douleur à moi
est constamment là et comme moi elle ne finira
jamais et ne trouvera jamais le sommeil de la
tombe ! tantôt elle se glisse en moi comme un
serpent ; tantôt elle me brûle et luit comme une
flamme ; tantôt elle pèse sur ma pensée comme
le lourd rocher des passions et des espérances
perdues. Mausolée indestructible !

TAMARA

Pourquoi me faire connaître tes souffrances ?
Pourquoi te plains-tu à moi ? tu as péché !...

LE DÉMON.

Est-ce contre toi ?

TAMARA.

On peut nous entendre :

LE DÉMON.

Nous sommes seuls ;

TAMARA.

Et Dieu !

LE DÉMON.

Il ne daignera pas jeter un regard sur nous;
il s'occupe des cieux et non de la terre.

TAMARA.

Et le châtiment et les tortures de l'enfer ?

LE DÉMON.

Que te fait cela ? tu seras là avec moi !

TAMARA.

Qui que tu sois, toi que le hasard a fait mon
ami, tu as perdu mon repos pour toujours ; et
moi ta victime je t'écoute malgré moi-même
avec un plaisir secret. Mais si tes paroles sont
mensongères, si tu veux me tromper, oh ! aie
pitié de moi ! Quelle gloire y trouverais-tu ?
Pourquoi veux-tu posséder mon âme ? Est-ce
que je suis préférable à toutes celles qui n'ont
pas été remarquées par toi aux cieux ? Cependant elles sont bien belles aussi et comme en

ce lieu aucune main mortelle n'a encore pro-
fané leur couche virginale ! Non ! fais-moi un
serment irrévocable. — Dis, tu vois, je souffre !
Tu vois ce que rêve une pauvre femme ! Sans
le vouloir tu entretiens la peur en moi ; mais tu
as tout compris, tu sais tout, et certainement
tu auras pitié de moi ! Jure-moi, fais-moi serment de renoncer dès à présent à tes mauvais
desseins ! Est-ce qu'il n'y a déjà plus de serments
et de promesses inviolables ?

LE DÉMON.

Je jure par le premier jour de la création ; je
jure par son dernier jour ; je jure par l'opprobre
du crime et par le triomphe de la vérité éternelle ; je jure par l'horrible souffrance de la
chute et par la joie bien courte de la victoire.
Je jure par notre rencontre et par la séparation
qui nous menace de nouveau. Je jure par la
foule des esprits, par le sort de mes frères qui
me sont soumis, par les glaives sans tache des
anges mes ennemis vigilants ; je jure par le ciel
et l'enfer, par ce qu'il y a de plus sacré sur la
terre et par toi ; je jure par ton dernier regard,
par ta première larme, par l'haleine de ta bouche
si pure et par les boucles de ta chevelure soyeuse ;
je jure par la félicité et la douleur ; je jure par

mon amour, — je renonce à mes vieilles ran-
cunes ; je renonce à mes pensées d'orgueil ; dès
maintenant le poison de la flatterie trompeuse
ne viendra plus agiter mon esprit. Je veux aimer ; je veux prier ; je veux croire au bien ; avec
les larmes du repentir j'effacerai sur mon visage
digne de toi, les marques du feu céleste ;
et que désormais l'univers tranquille croisse
dans l'ignorance sans moi. Oh! crois moi! Moi
seul jusqu'à ce jour t'ai comprise et appréciée.
En te choisissant pour mon sanctuaire, j'ai dé-
posé ma puissance à tes pieds. J'attends ton
amour comme un don et je te donnerai ·l'éternité pour un regard. Dans l'amour comme dans
l'aversion , crois-moi Tamara : je suis im-
muable et grand. Moi, fils libre de l'espace, je
t'emporterai dans les régions qui planent au-
dessus des étoiles et tu seras la reine du monde,
ma première compagne. Sans regrets, sans désirs, tes yeux regarderont cette terre où il n'y a
ni bonheur vrai, ni beauté durable, où l'on ne voit
que crimes et châtiments , où la passion mes-
quine peut seule vivre et où on ne sait pas sans
crainte haïr ou aimer. Ignores-tu ce que c'est que
l'amour passager des hommes ? Un sang jeune

qui fermente ! Mais les jours passent et le sang
se refroidit. Quel est celui qui peut rester fidèle
pendant la séparation et ne pas céder aux attraits de la beauté nouvelle ? Quel est celui qui
peut résister à la fatigue, à l'ennui, aux caprices
de l'imagination ? Non, mon amie, sache-le bien,
ta destinée n'est point de te flétrir en silence
dans un cercle aussi étroit, esclave d'une jalousie grossière, parmi des hommes froids et
pusillanimes, parmi de faux amis et des ennemis, au milieu de craintes et d'espérances sans
fin, de peines lourdes et sans but. Tu ne dois
point t'éteindre tristement, derrière ces murs
élevés, sans avoir connu l'amour, toujours en
prières, également loin de Dieu et des hommes.
Oh non ! admirable créature, tu as une autre
destinée ; tu es réservée pour d'autres souffrances et pour des extases autrement sublimes.
Laisse donc tes premiers désirs et abandonne
cette terre méprisable à son sort : En échange
je t'ouvrirai les abîmes des plus profondes
sciences ; j'amènerai à tes pieds les nombreux
esprits qui me servent et je te donnerai, ma
belle, des servantes légères comme des fées.
Pour toi j'arracherai à l'étoile d'Orient sa cou-

ronne d'or ; je cueillerai sur les fleurs la rosée
des nuits et je répandrai sur toi cette rosée. Avec
un rayon pourpre du soleil couchant, j'entourerai
ta taille comme avec une écharpe ; avec la sen-
teur des parfums les plus purs j'embaumerai l'air
qui t'environne ; sans cesse je caresserai tes
oreilles avec une mélodie admirable, je te bâtirai
des palais somptueux d'ambre et de turquoise ;
je descendrai pour toi jusqu'au fond des mers ; je
volerai au-dessus des nuages ; je te donnerai
tout, tout ce qui est sur la terre ; Aime-moi !....

XI.

Et doucement, il appuya sa bouche pleine de
feu sur ses lèvres tremblantes. Il répondait à
ses prières par des paroles pleines de séduc-
tion et son regard, plongeant jusqu'au fond de
ses yeux, l'enflammait. Dans l'obscurité de la
nuit, il étincelait devant elle, inévitable comme
la lame d'un poignard !... Hélas ! L'esprit du mal
triompha. Le poison mortel de ses baisers a pénétré en un instant dans son sein et un cri terrible
de souffrance a troublé le silence de la nuit !...

Dans ce cri il y avait de tout, de l'amour, de
la douleur, un reproche avec une dernière

prière, un adieu sans espoir, un adieu en pleine
jeunesse !...

. . . .

XII.

Pendant ce temps, le veilleur de nuit exécu-
tait seul et lentement autour des grands murs,
sa ronde ordinaire. Il allait de tous côtés, agitant sa crécelle de fer ; (1) mais en arrivant à
hauteur de la cellule de la jeune novice, il as-
sourdit la cadence de son pas et l'âme troublée,
s'arrêta, la main sur son instrument. Au milieu
du silence environnant, il crut entendre deux
bouches échangeant des baisers, puis un cri
étouffé, suivi d'un faible gémissement. Un doute
impie traversa le cœur du vieillard. Mais un moment s'écoula et tout redevint calme. On n'entendit plus que le souffle de la brise, apportant de
loin le murmure des feuilles et le ruisseau de la
montagne qui bruissait tristement sur ses rives
sombres. Le vieillard dans sa peur se hâta de lire
son livre de prières, afin d'éloigner de sa pensée
pécheresse les tentations de l'esprit du mal ; il se

(1) Instrument en fer qu'agitent autour du couvent les
veilleurs de nuit pour constater leur passage.

signait rapidement de ses doigts tremblants ; puis
silencieux, agité par une vision, il se mit à préci-
piter son pas et continua sa ronde habituelle !...

XIII.

Couchée dans son cercueil, elle ressemble à
une gracieuse péri qui vient de s'endormir. Son
visage pâle et sombre est plus pur que le linceul
qui l'enveloppe. Ses paupières se sont abais-
sées pour toujours. Mais ô ciel ! Ne dirait-on
pas que sous elles ce merveilleux regard som-
meille seulement et semble attendre un baiser
ou le retour du jour ! Non ; inutilement les
rayons lumineux se glissent entre elles comme
un fil d'or ; en vain sa famille, pleine d'une
muette douleur, vient couvrir sa bouche de baisers ; non ! la mort a mis sur elle son empreinte
éternelle et rien n'est assez puissant pour l'arracher de ses bras. Et toute cette nature dans
laquelle naguère la vie ardente et pleine d'é-
nergie parlait si distinctement aux sens, n'est
plus maintenant qu'une vaine poussière. Un
sourire étrange à peine éclos sur ses lèvres s'y
était arrêté ; l'expression douloureuse de ce sourire était sombre comme la tombe elle-même.
Que signifiait-il ? se raillait-il de la destinée, ou

accusait-il un doute insurmontable? Exprimait-il
un froid dédain de la vie ou une colère audacieuse
contre le ciel ? Comment le savoir ? Sa signification est à jamais perdue pour le monde. Mais il
attire involontairement les yeux, comme le dessin
d'une inscription antique, ou peut-être sous des
caractères bizarres, se cache l'histoire des temps
passés. Maxime de grande sagesse indéchif-
frable ! Trace oubliée de pensées profondes!...

Longtemps l'ange de la destruction respecta
la dépouille de la pauvre victime et ses traits
conservèrent cette beauté que garde un marbre
sans expression, privé d'animation et de sentiment, mystérieux comme la mort même.
Jamais aux jours les plus gais, la parure de fête
de Tamara ne fut aussi variée en couleurs, ne fut
aussi riche. Les fleurs du vallon chéri qui la vit
naître, selon l'antique coutume, exhalaient sur
elle leurs parfums et serrées dans sa froide main,
semblaient avec elle dire adieu à ce monde...

XIV.

Ses parents, ses voisins se sont déjà réunis
pour le triste voyage. Le vieux Gudal arrache
ses cheveux gris, frappe sa poitrine en silence
et pour la dernière fois monte sur son coursier

à la blanche crinière, et le cortège se met en route!... Le voyage doit durer trois jours et trois nuits. C'est auprès des ossements de ses aïeux qu'on a creusé pour elle un lieu de repos...

Un des ancêtres de Gudal qui avait passé sa vie à piller les voyageurs et les villages, se trouvant enchaîné par la maladie, fit vœu dans un moment de repentir, de bâtir une église en expiation de ses péchés passés, sur le haut des rochers granitiques, où l'on n'entend que le sifflement du chasse-neige et où on ne voit voler que les vautours. Bientôt un temple solitaire s'éleva au milieu des neiges du Kazbek et les ossements de ce méchant homme trouvèrent là un asile où reposer. Le roc ami des nuages se transforma en cimetière ; comme si en rapprochant sa tombe des cieux elle devait être moins froide et comme si plus loin des hommes son dernier sommeil devait être moins troublé... Mesure inutile ; les morts ne doivent plus ressentir ni la joie ni la tristesse des jours passés.

XV.

Dans les espaces azurés, un des anges de Dieu volait en agitant ses ailes d'or ; et dans ses

bras il emportait de la terre une âme pécheresse.
Avec de douces paroles d'espérance il dissi-
pait ses doutes, et de ses larmes il effaçait en
elle les traces de l'opprobre et de la douleur. Les
harmonies célestes, quoique de loin, arrivaient
déjà vers eux. Tout à coup au milieu de l'espace
libre, l'esprit des enfers surgit du fond de l'a-
bîme. Il tourbillonnait avec fracas et brillait
comme le sillon de l'éclair, puis avec une impu-
dente fierté il répétait : « elle est à moi ; » la
pauvre âme de Tamara se serra contre la poitrine de son gardien et se mit à prier pour cal-
mer sa frayeur. En ce moment son avenir allait
se décider ! Il reparaissait devant elle. Mais
grand Dieu ! Qui l'aurait reconnu ? Quels regards méchants il fixait sur elle ! Comme on
sentait qu'il était plein du poison mortel d'une
colère inextinguible ! son visage immobile ex-
halait un froid sépulcral.

    — « Disparais, esprit de doute et de ténèbres ;
répondit le messager des cieux : tu as assez
longtemps triomphé ; mais l'heure du jugement
est venue, et que la sentence divine soit bénie !
Les jours de la tentation sont passés ; en quittant son enveloppe terrestre et périssable elle a

secoué à jamais les chaînes du mal. Sache-le !
Depuis longtemps nous l'attendions ! Son âme
était de celles dont la vie se compose d'un court
instant de souffrances intolérables et de délices
qu'on ne peut comprendre. Le Créateur les a tis-
sées avec les cordes vivantes d'un meilleur
monde ; elles ne sont point créées pour la terre
et la terre n'est pas faite pour elles ; elle a expié
ses doutes par d'atroces douleurs ; elle a souffert
et aimé et le paradis lui est ouvert pour cet amour !

. . . .

Et l'ange, jetant sur le séducteur un regard sévère, agita ses ailes avec joie et disparut au milieu des cieux purs. Et le démon vaincu, maudis-
sant ses rêves pleins de folie, comme autrefois
resta seul dans l'univers, sans espérance et sans
amour !...

Sur le penchant de la montagne, au-dessus
de la vallée de Koïchaoursk s'élève encore une
vieille ruine crénelée. Les traditions restent
pleines de récits faits sur elle, avec lesquels
on effraye les enfants. Ce monument muet qui
fut le témoin de ces événements surnaturels se
montre au milieu des arbres comme une sombre
vision. En bas, s'éparpillent les maisons d'un

village tartare ; la terre y est verdoyante et couverte de fleurs, et le bruit discordant de mille voix se perd au milieu de celui des caravanes dont on entend de loin résonner les clochettes. La rivière se précipite à travers les vapeurs, brille, écume ; tandis que la nature, semblable à un enfant insoucieux, joue avec la vie éternellement jeune, la fraîcheur, le soleil et le printemps.

Mais le château est triste et a fini de servir à son tour, comme un pauvre vieillard qui survit à ses amis et à sa famille chérie. Ses habitants invisibles attendent le lever de la lune. Alors libres et joyeux, ils se mettent à fredonner et courent de tous côtés. L'araignée grisâtre, nouvelle ermite, file la trame de ses toiles et une famille de lézards verts court gaiement sur les toits ; le serpent prudent sort de la fente obscure et vient ramper sur les dalles du vieux perron. Tantôt il s'enroule comme un triple anneau, tantôt il s'étend comme une longue raie et brille comme une épée d'acier, oubliée depuis longtemps sur un champ de bataille par un héros mourant à qui elle ne devait plus servir. Le tout est sauvage, et nulle part on ne retrouve la trace des années passées. La main des siècles s'est appliquée longtemps à les effacer et rien ne rappelle le nom de Gudal et celui de sa fille bien-aimée. Mais l'église, où leurs ossements sont ensevelis, protégée par une puissance sacrée se voit encore sur les rochers escarpés, à travers les nuages. Près de la porte s'élèvent comme des gardiens, des blocs de granit noir, couverts de neige ; et sur leur poitrine, au lieu de cuirasse, miroitent des glaces qui ne fondent jamais. Des masses écroulées dorment sur les saillies du rocher et pendent tout autour, menaçantes comme des chûtes d'eau saisies subitement par le froid. Là, le chasse-neige fait sa ronde et balaye la poudre des murailles grises ; puis, faisant entendre ses longs sifflements, semble appeler les sentinelles. Les nuages seuls, apprenant qu'un temple nouveau et magnifique a été bâti dans cette contrée de l'Orient, s'y rendent en foule pour l'adoration ; et sur les dalles du tombeau de famille, déjà depuis longtemps personne ne vient plus gémir. Le rocher sombre du Kazbek garde avidement sa proie et le murmure de l'homme ne trouble jamais leur éternel repos.

FIN DU DÉMON

ÉMILE COLIN — IMPRIMERIE DE LAGNY

TABLE DES MATIÈRES

FIN DE LA TABLE